KB078252

내가 바로 세종대왕의 아들이다

내가 바로 세종대왕의 아들이다 1

유아리 퓨전 판타지 소설

초판 1쇄 찍은 날 § 2020년 5월 19일
초판 1쇄 펴낸 날 § 2020년 5월 26일

지은이 § 유아리
펴낸이 § 서경석

총괄팀장 § 노종아
편집책임 § 이민지
디자인 § 소소연

펴낸곳 § 도서출판 청어람
등록번호 § 제387-1999-000006호
등록일자 § 1999. 5. 31
어람번호 § 제1-3052호

주소 § 경기도 부천시 부일로 483번길 40 서경B/D 3F (우) 14640
전화 § 032-656-4452 팩스 § 032-656-4453
http://www.chungeoram.com
E-mail § chungeorambook@daum.net

ISBN 979-11-04-92194-0 04810
ISBN 979-11-04-92193-3 (세트)

FUSION FANTASTIC STORY

1

내가 바로
세종대왕의
아들이다

유아리
퓨전 판타지 소설

도서출판
청어람

내가 바로 세종대왕의 아들이다

목차

제1장
죽음에서 돌아온 세자

"으음… 요 며칠 사이, 종기가 온몸에 퍼지고 있어 심히 고통스럽도다."

내 몸을 한참 살피던 어의 전순의(全循義)는 고개를 숙이고 말했다.

"저하, 종기가 아직 심각하게 악화된 것은 아니니, 우선 옥체를 보할 탕약을 지어 올리겠습니다."

"그렇게 하라."

저녁이 되고 어의가 올린 탕약을 마시자 쓰러지듯이 잠이 들었다.

하지만 이내 가위에 눌린 듯 몸을 움직일 수 없었고, 의식은 깨어 있는 채로 몸을 움직일 수 없는 것이 심히 두려웠다.

약 한 식경 동안 그러다 내 몸 안에서 무엇인가 뽑혀 나가는 감각이 들었다.

'아… 안 돼.'

그대로 몸이 공중에 부유하는 듯이 묘한 감각이 느껴지고, 고개를 움직일 수 없는 채로 실눈만 간신히 떠 한정된 시야로 내 몸의 일부를 볼 수 있었다.

희미한 형태의 인간 모습을 한 형체가 내 몸에 들어오려는 듯 달라붙고 있었다. 영문은 모르겠지만 저것이 내 몸을 차지하려는 느낌이 든다.

본디 유학자로서 괴력난신과 귀신 같은 건 부정하는 입장이지만, 지금 내 몸을 차지하려는 저 존재는 아무리 봐도 귀신처럼 보여 대경하여 외쳤다.

'이노옴! 당장 여기서 나가지 못할까? 어디 잡귀 따위가 어찌 감히 조선의 세자를 노린단 말이냐!'

하지만 그건 내 마음속의 외침이 될 뿐이었고 의지와 다르게 입으로 소리 같은 건 나오지 않았다.

상대는 얼굴 윤곽이 보이긴 하지만 눈 코 입이 보이지 않아 표정을 읽을 수 없었다.

뭐라 형언하기 힘들지만 그 존재가 내 몸에 씌워지는 듯한 느낌에 말로 표현할 수 없는 끔찍한 감각이 전신에 맴돈다.

난 귀신에 홀려 이대로 아무것도 못 하고 죽는 건가?

이대로 죽으면 내 아우가 세자가 되려나? 아니면 귀신이 내 몸을 뺏어 세자 노릇을 하려는 건가?

이대로 사라지긴 싫다.

죽고 싶지 않아, 제발…….

그 순간 현명하신 주상 전하와 자애로우신 모후 중전마마의 모습이 떠올라 피를 토하듯 외쳤다.

'이대로 부모님을 두고 먼저 죽는 건 더할 나위 없는 불효이며, 또한 세자로서 사직을 보존할 의무를 저버리는 불충이로다!'

집중해야 한다. 어떻게든 저항해야만 한다.

제발 움직이거라, 움직여야 한다.

온 신경을 집중해 손끝부터 나의 의지를 전달한다.

그러자 그 존재에게서 반응이 왔다. 여태까지 말 한마디 없이 내 몸을 차지하려던 그놈이 갑자기 허공을 보고 중얼거리기 시작했다.

조선말 같긴 한데 성조도 다르고 들어본 적도 없는 단어와 억양이 대부분이라 이해할 수 없었지만, 정신을 집중하니 마지막 한마디의 문장의 일부 몇 단어들을 간신히 이해할 수 있었다.

"적합 대상… 자아… 말살……."

그와 동시에 그 존재에게서 회색 기운이 뿜어져 나와 내 몸을 둘러싸기 시작했다.

이게 뭔지는 모르겠지만 내 몸에 스며든 기운에 완전히 잠식되면 나라는 존재가 영원히 소멸할 것이라는 게 직감적으로 느껴졌다.

다급하게 오른손에 의지를 전해 몸을 움직이려고 노력했다.

하지만 손까지만 움직일 수 있었고 아직 팔 부분까진 마음대로 할 수가 없었다.

그러는 와중에 회색 기운은 점점 내 몸을 타고 올라와 머리 부분에 달라붙어 마치 나를 공격하는 듯했다

그러자 급격하게 나른한 기분이 들며 정신이 몽롱해졌다.

'으음… 왜 이리도 졸린가……. 이건 꿈인가? 내가 꿈을 꾸고 있는 건가… 난 누구지, 난 왜 이러고 있는가. 난 누구와 말하고 있는 거지, 대체 여긴 또 어디…….'

마음이 멀고 깊은 곳으로 가라앉으며 편안한 느낌이 든다.

끝도 없이 지속할 것 같은 그 편안함에 취해 현실과 꿈의 경계가 희미해지고, 나의 자아가 무언가에 섞여 사그라드는 느낌이 들었다.

그 찰나에 난 공포를 느끼고 졸다가 깨는 것처럼 정신이 번쩍 들었다.

곧바로 나 자신에게 다짐하듯 외친다.

'정신 차리자, 이러면 나는 사라지고 만다. 이리 쉽게 정신을 놓는다면 잡귀에게 내 몸을 빼앗기고 죽을 것이야. 정신 차려야 한다.'

마침 그 순간 오른팔이나마 내 의지대로 온전히 움직일 수 있다는 게 느껴졌다.

성공이다! 할 수 있어.

악몽을 꾸거나 가위에 눌려도 다른 이가 건드리면 쉽게 잠에서 깬다.

요 몇 년간 불면증에 시달려서 알게 된 경험이었다.

악독한 원귀가 내 몸을 지배하려 하니 강한 자극이 필요할 것 같고, 적당한 강도는 소용없을 듯하다.

난 곧장 망설임 없이 주먹을 휘둘러 내 머리를 후려쳤다.

― 퍽!

당장 내 몸에서 나가라 이 잡귀야!

정신을 차리기 위해서 연이어 얼굴을 내려치자 잘못 맞아서 코피가 터진 것인지 코에서 따뜻한 액체가 흐르는 감각이 느껴졌다.

그 순간 정체불명의 귀신이 크게 타격을 받아 괴로워하는 감정이 내게도 느껴졌다.

효과가 있다! 그럼 한 번 더!

안 되면 될 때까지!

계속해서 얼굴을 치다 보니 양쪽 코가 다 터진 듯했고, 다른 부분도 멀쩡한 곳이 없을 것 같다.

내 안에서 귀신의 존재감이 점점 엷어져 가고 있었다.

하지만 어느 순간부터 얼굴을 쳐도 귀신이 더 약해지는 것 같지는 않았다.

얼굴만으론 좀 부족한가?

그럼 가슴을 쳐보자!

낼 수 있는 최대한의 힘을 모아 가슴의 정중앙을 강하게 가격했다.

— 쾅!

"커허헉."

전력을 다해 가슴을 치자 형언할 수 없는 어마어마한 충격이 느껴졌다.

너무 세게 친 건가? 내 근력이 이 정도로 강했었나?

사람은 위기의 상황에선 몇 배의 괴력을 발할 수 있다더니, 그 힘으로 나 자신을 파괴하게 될 줄이야.

"흐… 흐으… 흐윽… 그르륵… 으… 으."

폐에서 숨이 다 빠져나오고 곧 숨이 넘어갈 듯 괴이한 소리가 내 입에서 난다.

가슴의 뼈가 전부 부러진 듯한 엄청난 고통 속에서 더는

숨을 쉴 수가 없었고 그대로 의식이 흐려졌다.

아, 정신을 잃으면 안 되는데······.

"세자 저하!"

뒤늦게 내 침전에 이변을 느낀 궁녀들과 시위들이 몰려오는 걸 보고, 그대로 내 의식은 끊어졌다.

*   *   *

사방을 가득 채운 소음에 다시 정신이 들었다.

내가 악몽을 꾸었던 건가?

그게 다 꿈이었나? 참 다행이다.

정신 차리고 몸을 일으키려 하는데 내 입안에 이물질이 가득하고 콧구멍도 막혀 숨쉬기가 힘이 든다.

대체 무슨 일이 일어난 거지?

입안에 든 걸 뱉어내려고 상반신을 일으키려 하는데, 몸을 움직이는 게 불편하다.

그래도 힘을 짜내 몸을 일으키자 곡하는 소리가 가득하던 공간에 정적이 흐르기 시작한다.

눈을 뜨고 주변을 둘러보니 수많은 사람이 산발을 한 채 상복을 입고 엎드려 있다.

수의를 겹겹이 입은 내 몸에 상선과 내시들이 염의(殮衣)를 묶고 있다가 기겁하는 게 보인다.

내가 입안에 든 걸 뱉어보니 그건 쌀과 진주 구슬이었다.

설마… 내가 죽어서 장례 치르던 중이었던 거야?

내가 죽었다가 살아난 건가? 소렴(小殮) 중이었던 거 보니 죽은 지 삼 일이나 경과했다는 소리인데… 대체 무슨 일이 일어난 거지?

그 순간, 벼락같은 외침이 울렸다.

"세자야!"

"세자 저하께서 소생하셨소!"

"어서 어의를 불러오라!"

순식간에 일어난 일에 다들 어안이 벙벙해 보인다.

"세자는 정신이 드느냐, 과인을 알아보겠느냐?"

인자하신 아바마마의 용안이 보인다.

"네, 어찌 소자가 주상 전하의 용안을 잊을 수 있겠사옵니까. 위대하신 세……."

아바마마의 하문에 답을 하다 내가 무의식중에 무슨 말을 하려 했는지 자각하고 소름이 끼쳐 빠르게 말끝을 흐렸다.

"소자는 이게 무슨 영문인지… 도통 알 수가 없사옵니다."

아바마마께서 세종이라니… 내가 어찌 불경스럽게 정해지지도 않은 묘호를 떠올릴 수 있는 거지? 내가 미친 건가? 정신 차려야 한다.

난 조선의 세자 이향이다!

그러자 엉뚱하게 나의 묘호가 떠오른다. 내가 문종이라고? 대체 이게 뭐야?

아바마마가 떨리는 목소리로 내게 말했다.

"살아줘서 고맙다. 정말 고마워… 정말 조선 왕실의 홍복이 야, 태조 대왕이시여… 감읍하옵니다. 선대왕 전하! 감사드립 니다… 이 불민한 자손을 보우하시어, 세자가 무탈하게 살아 돌아왔습니다. 흑흑흑……."

결국, 아바마마는 울음을 참지 못하셨다. 그러면서도 내가 살아난 게 더없이 기쁘셨는지 간간이 웃기도 하시니 표정이 변화무쌍하시다.

아바마마, 그러시다 엉덩이에…….

아니… 내가 지금 아바마마의 목전에서 이런 무엄한 생각 을 하다니! 지금 제정신인가?

"세자가 살아 돌아왔으니, 당장 수의를 벗기고 새 옷을 가져 와라!"

나는 내관들에게 도움을 받아 겹겹이 몸을 묶다시피 한 수 의를 벗다가 기운이 없어 자리에 주저앉았다.

"향아! 어의는 대체 무얼 하는 게야? 당장 어의를 대령하 라!"

"괜찮습니다. 아바마마, 그냥 기력이 달려서 그런 듯합니다."

그러자 내관들이 손발을 주무르기 시작했고 곧이어 물을 떠 와 대령했다.

물을 마시자 좀 살 것 같았고 숨을 돌리려고 하는데, 소식을 듣고 오신 건지 내 손을 꼭 잡고 울고 계신 어마마마의 얼굴이 보였다.

"어마마마, 소자는 괜찮사옵니다. 너무 심려 마소서."

"이 어미가 어려서부터 좋지 못한 일을 겪고 나서 팔자가 드셈을 탓하고, 이번에 아들마저 내 팔자 때문에 잃은 줄 알고 자책했는데… 이렇게 무탈히 살아 돌아오다니, 이 어미는 너무 기뻐서 뭐라고 말을 해야 할지 모르겠구나… 고맙다! 고마워! 살아줘서 너무 고맙다. 우리 귀한 세자… 내 아들아… 소중한 내 아들."

그러면서 아바마마의 손을 잡고 두 분이 울며 기뻐하고 계신 걸 보니 뭐라 말할 수 없는 감정이 든다. 혼란스럽기도 하고 죄책감도 들고, 죽었다 살아났다고 하니 기쁘기도 하다.

"아바마마, 소자가 어찌하다 이리된 것이옵니까?"

"삼 일 전 자선당 침전에서 세자가 얼굴이 피투성이가 될 정도로 구타당하고 가슴이 움푹 팰 정도로 맞은 것을 시위들이 발견하였다. 이후에 어의가 세자가 숨을 쉬지 않고 맥과 심장이 멎은 것까지 확인해, 누군가 세자를 시해한 줄 알았다."

생각해 보니 그건 내가 지난밤에 귀신인지 뭔지 몰아내려고 한 짓인데… 근데 내 심장이 멈췄었다고? 그럼 내가 어떻게 살아난 거야?

뒤늦게 도착한 어의들이 내 몸을 이리저리 살펴보더니 그들 중 한 명이 최대한 자신을 낮추어 말했다.

"무능하고 고루한 일개 의관의 얕은 소견이지만, 좀 더 정밀한 진단이 필요하옵니다. 하지만 일견 다쳤던 곳들도 무탈하시고 심장도 맥박도 고르게 뛰어 세자 저하의 예체는 일단 무탈해 보입니다."

내가 죽었다고 진맥을 했다가 살아났으니, 어의들 입장에서 굉장히 충격을 받은 듯했다. 오진을 한 자신들에게 화가 미칠까 봐 두려워하는 게 보인다.

하지만 아바마마께선 기쁨이 앞서 당장 그런 건 상관 안 하실 것 같다.

"세자가 이렇게 건강히 소생하였으니, 이는 조선 왕실의 홍복이로다!"

"주상 전하, 감축드리옵니다!"

"세자는 간밤에 흉수의 얼굴을 보았는가?"

"아! 그것이… 기억이 흐려, 생각을 좀 더 해봐야 할 것 같사옵니다."

지난밤에 일어난 일을 뭐라고 설명해야 할지 몰라서 적당한 평계를 생각하던 중에 주변을 둘러보았다.

관료들 모두가 내가 살아나자 기쁜 표정을 지으며 서로 작게 이야기를 나누고 있고, 맨 앞줄에 종친들 사이에서 내 아우 진양대군 이유(李瑈)의 얼굴이 보였다.

그 순간, 동생의 표정에서 못내 아쉬운 감정과 분노와 절망이 보여 의아했다. 평소 둥글둥글하여 사람 좋은 인상의 내 동생은 보이지 않고, 이 순간만은 그저 고기를 탐하다 못 먹게 되어 짜증이 난 늑대같이 보인다.

의아한 감정으로 유의 얼굴을 보고 있으니 아우의 목소리가 들린다.

"세자 저하, 정말 천운으로 살아 돌아오셨으니, 이 아우는 정말 이 기쁨을 어찌 표현해야 할지 모르겠습니다."

조금 전 잠깐 보였던 표정은 금세 보이지 않게 되었고 유가 평소처럼 환하게 웃는 얼굴로 답한다.

순진무구하게도 내가 되살아난 것을 매우 기뻐하는 동생처럼 보인다.

그런데 아우가 수양대군이라고? 왜 들어본 적 없는 생소한 수양이라는 군호가 익숙하게 느껴질까. 그리고 저 녀석이 세조라니? 내 동생이 왕이 된다고? 이런 영문 모를 정보는 왜 떠오르는 걸까?

뭔가 이상해서 유의 얼굴을 유심히 더 보자 이내 내 것이 아닌 듯 여러 가지가 섞인 기억이 떠올랐다. 그것을 온전히 받아들이자 곧 참을 수 없는 분노가 들끓어 올랐다.

"이 역적 새끼! 네가 어찌 감히 홍위를! 내 너를 그리 믿었건만, 내게 어찌 이럴 수 있어!!"

난 몸을 박차고 일어나 유에게 달려들어 그 뻔뻔한 얼굴에 주먹을 날렸다.

"어억… 혀… 형님! 대체 왜 이러십니까?"

"감히 네놈이."

유를 두들겨 패면서 나도 모를 절규가 토해져 나왔다.

"어째서! 왜 그랬어! 왜! 왜! 그렇게 해서라도 용상에 오르고 싶었느냐!"

나를 말리려 주변의 대군들이 가까이 오자 그들을 전부 뿌리쳤다. 대군들은 전부 장례 때문에 삼 일간 금식한 여파로 기운이 없는지 내 힘에 밀려 전부 내동댕이쳐졌다. 밀어낸 나도 놀라 잠깐 주위를 둘러봤다.

곧바로 다시 난 유의 얼굴에 주먹을 계속 내려쳤다.

"커헉, 형님! 제발 그만… 아악!"

그런데 갑자기 의문이 들었다. 내 자식은 딸 경혜뿐이고 아직 아들은 없는데 홍위가 대체 누구야?

내가 왜 이리도 화가 난 거지? 도저히 영문을 모르겠네. 그래도 일단 열받았으니까 넌 맞기나 해.

― 퍽!

"이억……."

― 퍽!

"끄으윽… 형님, 제발……."

그렇게 몇 번을 더 두들기던 와중에 아바마마의 호통이 들려왔다.

"당장 그만두지 못할까!"

주먹질을 멈추자 뒤늦게나마 시위들이 몰려와 우리 둘을 갈라놓았다.

그리고 아버지가 유를 노려보며 노기가 가득한 목소리로 질문했다.

"설마 진양대군, 네가 세자를 해하려 한 것이냐?"

"아니옵니다. 아바마마, 제가 어찌 감히 형님 저하를 해한다 말입니까? 이는 분명 형님이 뭔가 오해를 한 듯하옵니다."

유는 피투성이가 된 몰골로 억울한 표정을 지으며 항변했다.

"우선 진양대군을 의금부로 데려가서 간밤의 행적부터 조사하라."

"명을 받들겠사옵니다."

"향아, 사흘 전 너를 해하려 한 자가 정말 진양대군이 맞느냐?"

나도 내가 무슨 짓을 한 것인지, 왜 그런 것인지 이해가 잘 안 된다.

생각하는 방식도 경박해졌고 입을 열면 떠오르는 경박한 말투가 생각 없이 바로 튀어나올 것 같다. 나는 분명 조선의 세자 이향이 맞는데, 내 안에서 뭔가가 급격하게 변해 버린 느낌이다.

알 수 없는 지식들이 빠른 속도로 두서없이 마구 뇌리에 스치고 그중에 들어본 적도 없는 이상한 언어와 문자들도 떠오른다.

혼란스럽지만 갑자기 내가 저지른 짓을 되새기자 갑자기 머리가 멍해진다.

나 대형 사고 쳤다! 이걸 어떻게 수습하지?

*   *   *

일단 난 이 혼란을 수습하기 위한, 전가의 보도 같은 방책을 내밀기로 마음먹었다.

"아, 머리… 소자의 머리가……."

"세자! 어디가 불편한 것이냐?"

그러자 급하게 어의가 다가와 진맥을 시작했다.

"세자 저하가 생사의 고비에서 방금 돌아왔으니, 지금 심기체가 온전치 않고 맥이 고르지 못해 기혈이 불안정해 보입니다. 속히 안정을 취하심이 옳을 듯합니다."

그거야 당연히 앞뒤 안 가리고 사람을 쥐어팼으니, 흥분해서 아드레날린이 분출돼서 그런 거지.

어휴… 저 어의란 작자는 도저히 신뢰가 안 가네.

그런데 아드레날린이라니… 이런 정체불명의 단어의 개념을 내가 어떻게 알고 있는 거야?

출처를 알 수 없는 지식들이 자꾸 머릿속에 떠오르다 사라지니, 혼란스럽고 나 자신이 생소하게 느껴진다.

일단 생각을 정리하고 이후의 계획을 짤 시간이 더 필요해.

"당장 세자를 자선당으로 데려가 요양토록 하고, 과인은 바로 강녕전으로 행차할 것이다. 의금부장을 강녕전으로 호출하라. 내관들은 여기 장례 준비하던 것들은 모두 치우도록 하라."

"명을 받들겠사옵니다, 주상 전하."

그렇게 나의 장례식 소동은 일단락이 됐고, 내 거처인 자선당(資善堂)에 돌아온 나는 가만히 누워 요양하는 척하며 깊은 사색에 잠겼다.

일단 정리를 해봐야지.

난 조선의 세자 이향이다.

나는 내가 이향임을 틀림없이 자각하고 있다.

어린 시절 시절부터 최근까지의 기억을 죽 떠올려 봤지만 별문제는 없었다. 그 와중에 전 세자빈들의 안 좋은 기억들도 떠올라 얼굴이 찌푸려졌지만 기억의 결손이나 별다른 문제는 없었고 나 자신이 온전한 이향이란 확신을 얻을 수 있었다.

그럼 지난번 정체불명의 귀신은 대체 누구인가?

나도 모르게 혼잣말이 튀어나온다.

"이걸 어떻게 찾나… 귀신이라 증좌가 없어 검색할 수도 없고."

그러자 곧바로 눈앞에 정체를 알 수 없는 반투명한 사각형의 틀이 생겨났다.

너무 놀라 나도 모르게 비명이 나왔다.

"으악, 이게 대체 뭐야!"

"세자 저하 괜찮으십니까?"

내 비명에 놀란 것인지 경계 중이던 시위가 급하게 달려 들어왔다.

"자네, 저기… 저게 보이나?"

"무엇을 이르시는 말씀이십니까?"

"저 허공에 떠 있는 게 보이지 않는단 말인가?"

"네, 그러하옵니다, 세자 저하……."

시위는 내가 가리키는 방향과 나를 번갈아 보지만, 정말 아무것도 보지 못한 듯 당황한 표정을 지었다.

저게 안 보인다고? 저건 귀신과 관련된 것인가? 그럼 일단 수습부터 하자.

"허… 내가 큰일을 겪고 나니 심신이 허해져 잠시 헛것이 보인 듯하다. 그만 물러가거라."

"네 세자 저하 저희가 물샐틈없이 방비 중이니 심려 마소서."

그런데 못 보던 얼굴이네?

"전에 있던 김 시위는 어디 가고 자네가 여기 있나?"

"아… 김 시위는 흉수가 세자 저하의 옥체에 불궤를 범하는 것을 막지 못한 책임을 물어 파직되고 옥에 갇혀 있사옵니다."

뭐? 아니, 그래도 날 오 년 동안 별 탈 없이 지켜준 사람인데, 내 자해 소동 때문에 파직이라니. 아… 이 망할 귀신 놈 같으니, 너 때문에 사람 여럿 인생 망치게 생겼다!

일단 지금은 방도가 없으니 사태가 진정된 후에 구명해야겠다.

"알겠네, 이만 물러가게나."

일단 눈앞에 떠 있는 정체불명의 틀을 자세히 살펴보자 익숙한 형태의 문자가 보였다.

눈앞에 쓰여 있는 문자는 생김새가 조금 달라 보이지만 아바마마와 내가 함께 연구하여 제작 중이던 문자다.

이건 정음이잖아? 거의 완성되긴 했지만 반포도 안 된 문자가 어찌하여 여기에 쓰여 있지?

그 순간 지식이 떠올라 저것에 맞는 정음의 독해법과 사용법이 떠올랐다.

대체 무슨 일이 일어나는지 알 수 없어 잠시 혼란스러워하다 정신 차리고 쓰여 있는 글자들을 천천히 읽어 문장을 해석했다.

'백업된 전자사전을 열람하시겠습니까? 검색어를 입력해 주세요.'

백업은 뭐고 전자는 뭐야? 검색어라니?

처음엔 그 뜻이 이해가 안 가 고민하려던 차에, 금세 그 단어의 뜻이 자연스럽게 이해가 되었다.

"허, 이게 대체 무슨 변고인가?"

내가 검색을 말한 것은 사건의 단서를 찾아 조사하려는 뜻으로 말한 건데, 새로 알게 된 검색의 뜻은 달랐다. 특정한 단어를 매개로 정보를 찾는다는 개념에 가까웠다.

그리고 전자사전의 용도 또한 알게 되었다.

인터넷이라고 부르는 곳에서 여러 명이 지식을 모아 작성한 지식을 저장해 찾아볼 수 있도록 한 것이었다.

검색을 외치면 나만 볼 수 있는 틀이 생성된다고 한다.

사용자가 이용 가능한 정보 인터페이스의 하위 기능이라는데 이 부분은 아직 온전히 이해가 안 간다.

그런데 그놈은 누구고 대체 누굴 위해서 나를 해하려 한 거지?

한참을 생각하며 뭔가를 떠올려 보려고 노력하니, 나를 해치려던 귀신의 정체와 목적을 알게 되었다.

그 녀석은 미래에서 온 사람이고 정말 내 몸을 차지하려던 놈이었다.

믿어지지 않지만, 미래의 세상에서 시간 여행이라는 방법을 개발해서 과거로 왔다고 한다.

그 귀신을 보낸 집단은 시간 여행을 시도하다 여러 번 실패하여 인간의 육체를 온전히 보존한 채로 시간을 넘을 수 없다고 판단해, 영자(靈子)라고 부르는 영혼과 비슷한 물질로 사람을 분해해서 과거로 보낸다.

미래 세상에선 시간 여행을 시도하는 것만으로 중대한 범죄행위라고 한다.

원래 이 귀신을 보낸 놈들이 목적한 시간은 그들의 시간대에서 십여 년 전이었고 이렇게 멀리 오려던 게 아니라고 한다.

본래 그들의 기술로는 시간을 거슬러 올라가는 데 이십 년 안쪽이 한계였고 전송 당시 원인 불명의 사고가 발생해 내가 사는 조선에 떨어진 거 같다.

영자화된 인간은 육체가 없기에 유지 가능한 시간이 한정

돼 있는데, 때문에 제한 시간 내에 적합 대상을 찾아 몸을 강탈해야 한다.

적합 가능한 대상은 유전자적 일치도가 높은 혈연관계가 제일 우선된다고 한다.

뭐야, 그 새끼가 후손이라고?

이런 불효 불충한 범죄자가 내 후손이라니, 미래에는 종친 관리를 어찌 하는 거야?

원래 그들은 미리 목표를 정해 대상의 몸을 탈취 가능한 인간을 확보 후 훈련시켜 시간을 거슬러 가려다 조선에 떨어지고, 당황한 귀신 놈은 그놈만 알 수 있는 뭔가를 이용해 적합자를 찾다 결국 나에게 온 모양이다.

그렇게 육체 강탈이 성공하는 듯 보이다 내 반항에 실패했고 그놈은 소멸해 버린 듯하다.

만약 이놈이 아바마마에게 갔다면 아무것도 모르고 범죄자 놈을 아바마마로 모실 뻔했네.

그게 얼마나 끔찍한 일인지 생각하니 화가 난다.

그런데 내게 이런 알 수 없는 지식이 떠오르는 건 소멸해 버린 그놈의 일부 기억과 지식이 남아 있기 때문인 듯하다.

하지만 그 녀석의 기억은 불완전하다.

이름도 기억에 남아 있지 않고 가족이나 주변 사람들의 얼굴이나 개인적인 추억 같은 건 없다시피 하다.

그놈이 살면서 배운 지식만 가득하고 유일하게 남아 있는 기억은 나의 몸을 강탈하려던 당시의 상황과 감정뿐이다.

그 녀석은 제한 시간이 임박하자 성급하게 내 몸을 뺏으려고 정해진 절차를 무시하고 엉망으로 시도했다. 그러나 삼할 정도 육체에 동화된 상태에서 의식이 깨어난 내가 반항하자 당황해서 급하게 내 자아 소멸 절차에 돌입하다가, 자해로 심정지 상황이 오니 급하게 뭔가를 주입해 내 몸을 고쳐보려다 결국 실패하고 내 육체가 사망하고 말았다.

결국 그놈은 영자로 활동 가능한 제한 시간이 지나 끔찍한 공포 속에서 자아가 완전히 소멸했다.

미리 흡수되었던 영자의 파편이 내게 그대로 남아 내게 영향을 끼치고 있는 거 같다.

그런데 결국 내가 살아난 걸 보니 내 몸에 주입한 뭔가가 뒤늦게나마 효과를 보긴 한 모양이다.

일단 동경을 꺼내 얼굴을 살폈다. 얼굴은 멍이 좀 들긴 했는데 그래도 여전히 잘생겼군.

하… 내 얼굴에 취할 거 같다.

그러자 왕자병이란 신조어가 떠오른다. 왕자병이라고? 난 이미 왕자보다 높은 세자인데 그게 무슨 상관이냐.

마저 얼굴을 보다 하관을 비추니 당연히 있어야 할 것이 없다.

내 수염 어디 갔어? 죽었다 살아난 와중에 경황이 없어서 의식을 못 해 수염이 없어진 줄도 모르고 있었다.

미염공의 재래로 불리던 내 명품 수염이… 내가 죽은 줄 알았으니 아바마마께서 사찰에 봉납이라도 하시려던 건가?

그럼 설마 내 머리도? 머리를 비춰보니 역시 손바닥의 절반 길이 정도 남기고 몽땅 잘려 있다. 허! 이런 말도 안 되는 일이 있나?

아버님이 지금 불교에 온정적인 태도를 보이고 계시지만 내 머리와 수염을 전부 잘랐다면 조정 대신들이 전부 들고 일어났을 거다.

분명 사흘 동안 내 몸에 나도 모르는 일이 벌어진 게 틀림없다.

미래에서 온 놈이 뭔가 주입한 게 관련이 있는 건가? 아직은 알 수가 없으니 답답하네.

기억도 잘 안 나는 어린 시절에나 볼 법한 머리를 보고 망연자실해졌다.

이게 뭐야… 눈물이 나올 것 같다.

신체 수지 발모하여, 자라나라 머… 어? 이게 아닌데, 미래의 놈과 섞여 버린 부작용인지 효경(孝經)의 구절이 다 헷갈린다.

그건 그렇고 부모님에게 물려받은 소중한 것을 이리 상실하다니, 이를 어찌하나? 아, 정말 혼란하다, 혼란해…….

하지만 다르게 생각해 보니 내 의지로 스스로 자른 것도 아니고 그깟 털보다 내가 죽음의 위기에서 살아난 게 가장 큰 효도가 아닌가?

마음을 추스르고 다시 동경을 보는데 귀신 놈의 지식 속에 누군가와 닮았는지 원빈이라는 이름이 떠오른다.

흠… 나랑 닮았다고 하니 원빈이란 이도 미래에서 한 얼굴 하나 보다.

가슴을 만져보니 골격이 온전하다. 내가 쳤을 때 뼈가 여럿 부러진 느낌이었는데 별다른 이상은 없어 보인다.

그리고 놀랍게도 수없이 나 있던 종기가 대부분 사라지고 남아 있는 종기들 역시 많이 호전되었다.

눌러도 아프지 않고 차 있는 고름만 손으로 짜내면 나을 거 같아 보인다. 그렇게 날 괴롭히던 종기가 이리 낫다니, 뭘 한 것인지 모르겠는데 미래의 기술이 대단하다고 말 그대로 피부로 느끼고 있었다.

처음으로 그놈에게 고마움을 느끼고 손으로 고름을 터뜨려 짜내려는 순간, 새로운 지식이 떠오른다.

더러운 맨손으로 환부 접촉 시 2차 감염 우려. 과산화수소수 혹은 끓였다 식힌 물을 흐르도록 씻어 손과 환부를 깨끗이 소독 요망.

오, 이젠 단편적 단어 개념이 아닌 문장째로 지식이 떠오르네?

하지만 한참 후 감염의 의미와 소독의 개념을 완전히 이해하자, 왜 내가 앓던 종기가 점점 악화되었는지 알 것 같다.

미래에선 이런 건 누구나 다 알고 있는 상식이라고 한다.

그러자 평소에 주위에서 천재나 천고의 기재 같은 칭찬만 듣고 자라, 자만에 취해 조선에서 내가 모르는 건 없다고 생각하고 살던 과거의 내가 심하게 부끄러워졌다.

           *   *   *

우선 궁녀들을 불러 끓였다 식힌 물을 가져오게 한 후, 의관 배상문(裵尙文)을 불러 환부를 절개해서 종기의 고름을 짜내려 했다.

그런데 문제가 생겼다.

"어찌 감히 소관이 주상 전하의 허락 없이 세자 저하의 예체(睿體)에 날붙이를 댈 수 있단 말입니까? 부디 통촉하여 주시옵소서!"

잘못될 경우 책임을 지기 싫어 그런 것인지 불궤의 죄를 짓고 싶지 않은 것인지 배상문은 내 지시를 극렬히 거부하고 있다.

요 보름간 여러 번 내 몸을 봐준 적도 있고 그전에 몇 번 일도 같이해 친한 사이라고 생각해서 불렀는데 내 생각보다 안 친했나 보다.

그래서 기겁하는 그를 내버려 두고 내가 직접 시술하기로 했다. 칼은 익숙지 않으니 침으로 해야지.

"그럼 은침하고 화로를 가져오게. 내가 친히 시술할 것이니, 의관은 더는 이의를 제기하지 말지어다."

"저하 어찌 제게 어의(御醫)의 책무를 방기하라고 하시나이까, 부디……."

문득 짜증이 치밀어 올라 떠오르는 말이 여과를 거치지 않고 그대로 튀어나왔다.

"거참 더럽게 말 많네! 내가 알아서 할 테니 그 입 닥쳐라!"

나도 말을 내뱉고 아차 했다.

그놈의 영향인지 사고방식도 묘하게 천박해져 항상 말을 입 밖으로 꺼낼 때마다 몇 번씩 생각하고 조심스럽게 했는데 실수를 저질렀다. 일단 잘 달래서 수습부터 하는 김에 다른 데로 눈을 돌리게 해야겠다.

"흠흠. 그게… 아무튼, 내가 평소에 병증이 심해 이를 개선하고자 오래전부터 독자적으로 의학을 연구했다. 이기론을 대입해서 눈에 보이지 않는 사이한 기가 사람의 병을 일으키는 근원이라고 생각하고 이에 대해 고민하다가 사이한 기운을 씻어내거나 병소를 없애서 발본색원해야 병증을 치료할 수 있다고 생각해 이를 실증해 봤네."

"저하, 눈에 보이지도 않는 것들을 어떻게 근원으로 생각하셨습니까?"

"독성이 가득한 걸 태운 연기가 멀리 퍼져 눈에 보이지 않을 정도로 흩어져도 그것은 사라진 것이 아니며 여전히 독성을 품고 있고 사람이 들이켜면 탈이 난다. 광산에서 일하는 자들은 눈에 보이지 않는 수많은 기운에 몸이 상하고 보이지 않는 가루들을 숨 쉴 때마다 들이마셔 나중에 입으로 시커먼 것들을 토해낸다. 이와 같이 사람의 눈으로 볼 수 없는 티끌과 기운들이 수도 없이 존재하니, 그것들을 연결해 생각한 이치일세."

그러면서 난 환부를 세척하였다.

"종기를 고치려면 고름을 완전히 제거하고, 주정(酒精)에 적당한 양의 끓였다 식힌 물을 섞어서 환부에 흐르게 하여 완전히 씻어내야 한다. 주정이 없다면 끓였다 식힌 물만으로 행한다. 씻어내고 잘 말린 후엔 환부에 통풍이 잘되도록 조처하는 것이다. 이는 내 몸으로 이미 실험해 본 바이다."

아직 항생제 같은 미래의 약은 만들 수 없으니 다른 방법을 제시해야겠다.

"그 후에 약탕이나 음식으로 몸을 보해, 신체가 남아 있는 병소와 싸울 만한 힘을 가질 수 있게 도와야 한다."

그러면서 배상문에게 상태가 호전된 종기들을 보여주었다. 사기 치는 것 같지만 죄책감 같은 건 들지 않았다.

난 왜 이리도 뻔뻔해진 걸까?

아… 이건 원래 내 성격이었지.

그러자 배상문의 눈이 휘둥그레졌다.

그 많던 종기가 말끔하게 사라지고 몇 개만 남은 게 충격적인가 보다.

"저하, 어찌 예체를 사사로이 다루셨나이까……."

그런데 말은 그렇게 하지만 의원의 본능인지 내가 몸으로 증거를 보이니 새로운 의학 지식에 눈이 돌아간 듯한 표정이다.

궁금한 것을 질문하려는 의관의 말을 잘라내고 강의하듯이 시술을 시작했다.

"육안으로 보이지 않는 수많은 기운 중엔 부정하면서 사람에게 해로운 기운이 많으니 난 이걸 통틀어 독기(毒氣)로 명명했네."

세균이나 바이러스의 명칭을 어찌할까 고심하다 즉흥적으로 독기라고 정했다.

"사람 몸에 사용할 도구는 반드시 불로 달군 후 끓였다 식힌 깨끗한 물이나 주정을 흘려내어 독소를 제거해야 한다. 달리 말하면 부정을 털어내는 것이다."

불에 달궈 소독한 후 물로 씻어낸 은침으로 종기를 찌른 후, 흘러나온 고름을 소독한 천으로 닦고 압박을 가해 남아 있는 고름을 모두 짜냈다.

"그리고 고름을 받아낼 천도 삶아 빤 후에 먼지가 날리지 않는 곳에서 햇볕에 충분히 말려 사용해야 한다. 반드시 한 번에 한 환자에게만 쓰고 다시 삶아 세척해야 하고 치료 후엔 새로 세탁한 옷으로 갈아입혀야 한다."

그 후 흐르는 물로 환부를 깨끗이 씻고 물기를 제거한 후 의원에게 말했다.

"자, 이게 끝일세."

"정말… 이리 간단한 방법으로 종기를 치료할 수 있사옵니까?"

"아! 물론 가장 중요한 건 청결을 유지하고 더러운 손으로 환부를 만지면 절대 안 되네."

배상문은 붓을 꺼내 여태 내가 말한 내용을 적기 시작했다.

"시술자 역시 반드시 손을 씻어야 하고 도구 역시 반드시 청결함을 유지해야 하니, 이를 하나라도 지키지 않으면 시술 후 종기가 악화할 것이다. 기존의 약탕이나 음식으로 몸을 보해 종기를 이겨내는 방법은 오래 앓아 환자의 원기가 전부 소진되어 독소를 이길 수 없는 상태면 효과가 없도다."

"또한 지독하게 악화되어 됫박으로 고름을 받아낼 정도로 커진 종기는 이렇게 한다 한들 더 악화되는 것만 막아줄 뿐 큰 효과를 볼 수 없도다. 이 방법은 종기가 생긴 초기에 행해야 한다. 간혹 피부 안쪽 깊은 곳에 생겨 초기에 발견 못 했을 경우 칼로 도려내는 것이 더 효과가 있을 것이다."

"그래서 내가 정리한 바를 소독법이라고 명명했는데 어떤가?"

혼자 시술하면서 한참을 떠들다 대답이 없길래 어의를 바라보니, 그는 나를 앞에 두고 얼이 빠져 입을 쩍 벌리고 있었다. 그거 세자의 안전에서 보이기엔 무례한 표정인 거 모르나? 하지만 난 관대하니 이 정돈 넘길 수 있다.

그건 그렇고… 이게 그렇게 충격받을 일인가?

"그래, 내가 연구한 의학론을 자네가 보기엔 어떠한가?"

"저하, 소관 배모가 오늘 새로이 개안을 한 거 같아 망극하옵니다."

망극할 것까지야… 사람 민망하게.

"소관도 지난 세월 동안 수많은 환자를 보면서 종기를 앓는 환자들의 증세가 시간이 경과하면 달라지는 걸 보고 항상 의문이 들었습니다. 환자 대부분이 사대부일수록 종기의 악화가 느리고, 양인이나 천민들의 종기는 악화가 빨랐습니다."

아, 그러고 보니 사대부들은 매일 목욕하지는 않지만, 기침한 뒤에 손하고 얼굴은 씻는 게 관습이다. 손만 씻어도 웬만한 감염은 예방할 수 있다고 하니 맞는 말이다.

"경험적으로 반상의 차이로 증상이 다른 것은 어렴풋이 알고 있지만, 구체적인 인과를 몰라 환자가 죽고 사는 것을 천운으로 치부했사옵니다. 그 원인을 알려고 하지 않던 소관이 세자 저하 덕에 품고 있던 의문이 한 번에 걷힌 기분입니다. 전하께서 말씀하신 독소와 청결이라는 개념에 대입하면 거의 다 맞아떨어지는 거 같습니다."

오, 그래도 배상문, 이 사람… 의원 경력이 대단하긴 한데? 보통 요즘 이런 말 들으면 터무니없는 소리로 치부하는 게 정상 아닌가? 생각이 많이 트인 사람일세.

"세자 저하께서는 역시 천고의 기재십니다. 이 고루한 의원도 모르고 있던 이치를 혼자 알아내시니, 소관은 그저 부끄러울 뿐입니다."

아니, 스스로 알아낸 게 아니라서 그렇게까지 말하면 내가 부끄러운데.

"앞으로 저하께서 이 불학한 자에게 손수 내리신 가르침은 혜민국에 전해 실증할 것이며 다른 의원들에게도 말해 널리 퍼뜨릴 것입니다. 이러한 지식과 술기를 아무 조건이나 대가도 없이 이 미천한 의원에게 알려주시니, 그 은혜에 소관은 그저 감읍할 뿐이옵니다."

그러고 보니 내가 사는 세상은 기술이나 지식의 전수가 극히 까다롭고 별거 아닌 지식이나 기술 조금 배우는 데도 몇 년씩 도제 노릇을 하고 스승에게 재물을 바쳐야 하는 게 관례다.

왕희지의 말, 비인부전(非人不傳) 비기자부전(非器者不傳). 즉 성품이 바르지 못한 자에게 가르침을 내리지 않는다는 구절의 영향인데, 인성이 바르지 못한 스승들이 제자를 트집 잡아 마구 부려먹거나 괴롭히는 데 정당한 구실로 이용하곤 했다. 그렇게 대물림하며 배운 제자들 역시 나중에 비슷한 스승이 되니 배움이 힘든 세상이 되었다.

"만약 세자 저하의 방법이 성공한다면 앞으로 수많은 이들을 살릴 수 있을 것입니다."

이 아재 초롱초롱한 눈으로 날 바라보는 게 심히 부담스럽다. 마치 사랑에 빠진 아낙 같은데 아, 이건 좀…….

배상문을 보내고 난 후 곰곰이 생각해 보니 미래의 지식 덕에 본의 아니게 앞으로 수많은 이들을 살리게 될 거라 생각하면 기분이 나쁘지 않다.

그 덕에 적극적으로 미래의 지식을 활용할 마음이 들지만, 아직 자유자재로 써먹을 만한 것이 없다.

머릿속에 수많은 지식들이 잠들어 있지만 양이 방대하고

뜻을 알 수 없는 것들로 가득 차 있다. 내가 알게 된 극히 일부를 제외하면 그것들을 내 의지대로 꺼내 표현하거나 사고하는 것은 지금은 힘들다.

경험으로 추측하건대 내 사고와 제대로 연동해서 내가 알아들을 수 있게 이해하려면 해당 항목을 연상 가능한 대상을 보거나 연동되는 개념을 스스로 사고하면서 풀어야 하는 것 같다.

이를 비유하자면, 엄청난 크기의 서고에 제목도 알 수 없는 책이 셀 수 없을 정도로 잔뜩 꽂혀 있고 그 안에서 책의 제목을 해독해서 알아내야 하는 것과 같다.

그러니 일단 그 작업에 도움이 될 전자 백과부터 사용에 익숙해져 봐야겠다.

이것에 사용에 익숙해지면 머릿속에 이해하지 못하고 있는 지식을 터득하고 미래 놈도 모르고 있던 수많은 지식도 추가로 배울 수 있을 거다. 이 안에 있는 지식의 양은 한 사람이 몇 백 년을 읽어도 모자랄 정도로 방대하다고 한다.

전자 백과를 사용하려면 단어를 넣어 검색해야 하는데 지금은 쓰이지 않는 미래에서나 쓰이는 개념과 단어가 너무 많아 그것을 알아가는 과정이 필요하다.

음… 일단은 모르는 것보다 알기 쉬운 역사 기록이나 먼저 찾아볼까?

일단 조선의 역사를 찾아보자…….

검색법은 허공에 떠 있는 틀 아래 자판에 있는 글자를 한 자씩 조합해서 조립하듯 쳐서 입력하면 되는 것 같다.

자판이라는 것에 미래에 한글로 불리게 될 정음과 본 적 없는 문자가 같이 적혀 있는데, 그것을 보자 그것이 영어인 것을 알게 됐다.

곧장 사용법은 이해했지만 손이 익숙하지 않아 조선이란 글자를 힘겹게 천천히 완성하고 Enter라고 쓰인 자판을 누르니, 그제야 화면이 바뀌고 어마어마한 양의 검색 결과가 화면을 가득 채웠다. 차마 셀 수가 없을 정도의 분량이다.

혹시나 했지만 역시 조선의 기록이 이리 많은 걸 보니 미래의 조선은 잘나가나 싶어 가슴이 뿌듯하다. 오, 역시 위대하신 선대왕들께서 세우신 조선이…….

국뽕이란 단어가 떠오르는데 이건 또 뭐야?

정신 차리고 검색창을 보는데, 맨 위에 조선왕조실록이라고 적힌 것을 보고 순간 눈이 돌아갈 뻔했다.

내가 죽을 때까지 절대 읽을 수 없는 그 실록이라고?

실록은 왕의 신분으로도 절대 읽을 수 없으며, 전대의 기록을 보고 선례대로 처리할 일이 생기면 신하들이 해당하는 부분만 찾아 인용하여 읽어줄 뿐이다.

왕은 오직 그것을 듣기만 할 수 있을 뿐이다.

아바마마께서도 내 할아버지 태종 대왕 시절의 실록을 보려고 몇 번 시도하다가 신하들에게 한 소리 듣고 결국 포기하셨을 정도다.

결국 난 한참을 고민하다가 호기심을 이기지 못하고 읽기로 했다.

원래 금지된 걸 더 하고 싶어지는 게 사람의 본성인가?

실록을 살펴보니 진서로 쓰인 원본도 있고 정음으로 번역된 본도 있는데, 그쪽은 처음 보는 역법으로 따로 표시하고 있다. 그래서 미래의 역법이 궁금해 새 틀을 띄우고 해당 역법에 관련 지식을 찾아보니 후세엔 공용 역법을 서역 종교 선지자의 탄신 년에 맞춰서 쓰고 있었다.

고얀 것들, 공자의 탄신 년도 아니고 서역의 종교 기준이라니… 이 어찌 유자의 나라 후손들이 할 짓인지 쯧쯧… 오호통재라, 이 불학한 것들 같으니.

그러자 꼰대라는 미래의 은어와 뜻이 떠오른다.

뭐 내가 꼰대라니, 이게 무슨 소리야?

어… 알고 싶지 않은 걸 알아버렸네. 그래도 알게 됐으니 나중에 꼭 써먹어야지.

올해가 서력으로 몇 년인지 계산해 보다가 산통 없이 계산하는 게 힘들어 올해 서력 변환이라고 입력하니, 올해가 1440년이고 오늘은 2월 10일이라고 자동으로 계산된다. 이거 무슨 원리로 바로 기준을 잡아 계산해 주는지 모르겠지만 너무 편한걸?

그 와중에 아라비아 숫자라고 부르는 미래의 숫자 표기의 개념을 알게 되니, 전보다 수를 세는 게 편해졌다.

정리된 실록 첫 장에 묘호와 통치 연도순으로 정리된 왕의 수를 세어보니 무려 27명이다.

1900년대까지 조선이 존재하는구나. 조선이 이리 오래가다니… 사람을 과거로 보낼 만한 기술이 발달한 미래의 조선은 어떤 나라일지 궁금하다.

날 죽이고 몸을 차지하려던 놈은 대체 몇 년도에서 온 걸까?

우선 세종이라고 써진 아버님 다음 항목인 나 문종의 항목을 보는데… 뭐야, 이거 왜 이리 짧아……? 겨우 2년이라고?

바로 내 재위 기록을 전부 읽었는데, 일부 기록도 분실돼버렸고 워낙 재위 기간이 짧아 전염병 돈 걸 제외하면 별다른 사건도 없었다.

그저 내 취향대로 군사들 조련 열심히 하다가 마지막에 내가 앓던 등창이 악화되어 승하해 버렸다고 적혀 있다. 그게 삼년상을 연달아 치러 건강이 악화된 탓이라고 한다.

내 동생 수양대군 유가 통곡하며 어의를 질책했다는데, 내 장례식장에서 그 일을 겪고 나니 사실 믿기지 않는다.

읽기 전에 각오는 했지만 나의 죽음을 기록으로 알게 되니 충격이 심해 아무런 생각도 들지 않았다.

한참 후 간신히 정신을 추스르고 아버님의 치세 부분에서 앞으로 일어날 기록들을 읽었는데, 세자빈은 내 아들 홍위를 낳은 후 죽고 동생 광평대군과 평원대군도 창진에 걸려 죽는다. 어마마마도 역병에 걸려 동생의 집에서 돌아가시고 이어 아바마마도 건강이 악화되어 돌아가신 후, 내가 보위에 올랐단다. 이게 대체 무슨…….

가족들의 죽음을 미리 알게 되는 것도 내 죽음의 기록 못지않게 정신에 심대한 타격을 주는 일이구나.

하지만 한참을 고민한 끝에 다른 결론이 나왔다.

이 모든 것은 내가 미래의 의학과 지식을 이용해 바꿀 수 있다.

내가 귀신에게 죽을 뻔한 것도, 내 동생 진양대군이 내게 맞은 일도 이 기록엔 적혀 있지 않다.

이미 역사는 달라진 것이다.

아바마마! 어마마마! 반드시 두 분 다 제가 만수무강하도록 만들어 드리겠습니다.

마찬가지로 세자빈과 동생들 역시 허무하게 죽게 만들지 않을 거다.

그나마 다행인 건 나의 치적의 대부분은 왕이 아닌 세자의 신분으로 대리청정 동안 이룬 것이다.

하지만 내 꿈은 백만 대군 양성이었는데… 그 꿈을 이루지 못하고 죽다니 참으로 원통하다! 원통해! 목표의 삼 할도 못 미치고 죽다니…….

마음을 다잡고 아직 태어나지 않은 아들 홍위 단종의 기록을 살펴보았다.

다 읽고 난 후…….

내 감정은 한 문장으로 요약 가능했다.

이런 시발 엿같네.

내 아들은 내가 죽고 난 후 돌봐줄 힘 있는 웃어른도 없고 나이도 어려서 실권은 내가 임명한 삼정승에게 다 있었다. 결국 반정을 일으킨 내 동생 유에게 쫓겨나듯 선위하고 노산군으로 강등되어 귀양 간 곳에서 17살에 죽은 후 후대에 추증되기 전까지 왕으로 인정도 못 받았다.

분통 터지게도 반란을 일으킨 동생 놈은 실록에 정난이라는 표현을 써서 마치 자기가 간신 김종서 패거리들의 반란을 진압한 것처럼 써놓았다.

아니, 금군은 뭐 했길래 저런 시정잡배들 모아서 일으킨 난도 하나 제압 못 하냐? 아, 정말 답답하네!

순간 화차로 저 무도한 놈들을 전부 쏴 죽이고 싶은 마음이 들었다.

그 후 동생이 정권을 잡고 스스로 공신에 봉하고 영의정에 올라 정사를 보았다는데, 힘쓰는 것만 좋아하고 정치 감각 같은 건 없는 애가 무슨 영의정이야? 아무리 생각해도 어처구니가 없네. 유는 정말 자기가 누굴 위에서 다스릴 만한 재목이라고 생각한 걸까?

한참을 그렇게 화를 내다 문득 이 모든 게 내가 죽다 살아나 몸이 정상이 아니라 망상하는 것이고, 정신에 이상이 생겨서 헛것을 보는 것이 아닐까 하는 의심도 들었다.

이미 소독 때문에 알게 된 미래의 지식도 증거로 있지만 이리도 가혹한 기록을 보다 보니 이 모든 걸 부정해 버리고 싶은 마음이 들어 마음을 진정할 수가 없었다.

항상 사이좋게 지낸 동생이 권력을 탐해 반정을 일으켰다니, 믿고 싶지가 않았다.

그래… 이 기록이 사실인지 검증해 보자.

이 실록엔 내가 평소에 자잘한 종기로 고생한 건 적혀 있지 않고 위중할 정도로 악화되었을 때만 나온다.

그러니 이 실록에 기록된 일이 실제로 일어났는지 비교해 보자.

실록에서 요 며칠간 기록에 없던 나의 장례 이야기를 제외하고, 편전에서 논의된 정사와 내가 보는 실록이 일치하는지 알고 싶어 주변의 내관들에게 물었다. 하지만 그들은 일개 내관이라 함부로 정사를 논할 수 없다 하길래, 어쩔 수 없이 다음 날 문병 온 내 장인어른 공조판서 권전(權專)에게 슬쩍 지나가듯이 물어보았다.

"제가 죽었다 살아난 사이에, 편전에 별일 없었습니까?"

"선대왕 전하와 주상 전하의 은덕으로 세자 저하가 무탈히 돌아오셨는데 별일 있겠습니까? 오늘 대마도에서 온 사신들이 입조해 공물을 바치려다가 세자 저하의 일 때문에 동평관에 계속 머물고 있습니다. 비록 야인들이지만, 저들도 예를 아는지 세자 저하께서 하늘이 내리신 성인이라며 경하하였습니다."

"별소릴 다 하는군요. 제가 성인이라니요? 당치도 않습니다."

"아닙니다. 세자 저하, 소관도 간혹 여염집에서 죽었다 살아난 사람들의 이야기는 들어봤지만 그들은 길어야 다경이나 식경 안에 살아났고 의학을 잘 모르는 무지한 자들이 착각했던 게 대부분입니다. 세자 저하처럼 졸(卒)한 후, 삼일이나 지나 살아 돌아온 이는 고금을 통틀어 없었을 것입니다."

아뇨… 장인어른 1400여 년 전에 있었대요. 지저스 크라이스트라고…….

설마… 이러다 나도 나중에 예수 취급당하는 거 아냐?

황급히 전자사전을 띄워 기록을 보니, 11일에 대마도의 야인들이 공물을 바쳤다고 한다. 이거 정말 맞는 기록이었어?

완벽히 검증하기 위해 최근 한 달간의 기록에 있지만, 본래 내가 알 수 없던 부분을 물었는데 기록과 전부 완전히 일치했다. 내가 모르고 있던 옛 조정의 일도 물었는데, 그마저 맞다는 걸 알게 되자 소름이 끼쳤다.

이게 내 망상이 아니고 사실이라니… 그럼 거기 적혀 있던 조선의 미래가 전부 사실이었단 말인가?

그리고 장인어른이 돌아간 후 며칠을 더 요양하는 척하며 식사 시간을 제외하고 동생의 재위 기록부터 읽었다. 그 와중에 아바마마와 어마마마와 동생들, 세자빈과 후궁들이 다녀갔다. 난 적당히 응대한 후, 계속 아픈 척을 하며 누워서 기록만 읽었다.

의금부에서 시해 미수 사건의 담당관이 와서 그날 밤 사건에 관해 묻길래, 그 당시 몸이 좋지 않아서 기억이 잘 나지 않으니 떠오르면 답하겠다고 돌려보냈다.

그렇게 실록을 읽다 양이 너무 방대해 완독하려면 몇 년을 봐야 할 것 같아서, 요약한 사서를 찾다 만화로 보는 조선왕조실록이라는 책을 찾았다. 만화라… 미래엔 인쇄가 얼마나 발달했길래, 이렇게 화려한 그림을 인쇄할 수 있는 거지? 거참 신기하네…….

만화란 것은 그림으로 행동을 표현하고 구름 같은 칸 안에 사람이 하는 말이 적혀 있다. 1권을 보니 역적 정도전과 태조 대왕의 이야기로 시작하는데 정도전을 대단한 이로 미화한 것이 거슬리지만, 중요한 사건만 요약해서 흥미진진한 이야기로 만든 것이 만든 이가 누구인지는 몰라도 참 갸륵한 후손일세.

내가 알고 나면 역사가 변해 일어나지 않을 일들이 많을 테니, 짧고 재밌게 볼 수 있는 이 책이 지금 내게 적합해 보인다.

태조 대왕과 할아버지 태종 대왕의 이야기를 보고 나니, 내가 모르던 사실이 많아 정도전에 대해 다시 한번 생각하게 했다.

아바마마와 나의 치세를 넘기고 동생의 반란을 그림으로 생생하게 보게 되니 다시 화가 나 잠시 이성을 잃을 뻔했다. 하지만 간신히 참고 이후에 벌어진 일들을 보았다.

후대에 사육신들이라 불린 충신들의 이야기를 보고 감격해 사서를 교차해 가며 읽었는데 눈물이 나올 뻔했다.

내 아들을 복위시키려고 이렇게까지 하다니, 참으로 만고에 길이 남을 충신들이로다……

배신자 중 신숙주는 집현전 학사라서 잘 아는 사이였는데, 그가 변절한 것도 역시 충격적이다.

성삼문과 절친한 사이로 알고 있는 성삼문은 청사에 길이 남을 충신으로 남고 신숙주는 배신의 상징이 되다니… 숙주나물? 그건 또 뭐야.

역시 사람은 학식만 높다고 좋게 볼 일이 아니구나… 그 외 여럿 친숙한 이들이 적극적으로 내 동생을 지지한 걸 보니 배신감이 든다.

사육신은 원래 능력도 출중한 이들인데 충성심마저 검증됐으니 앞으로 중히 써야겠다.

그런데 이징옥이 반란을 일으키다니 참 의외네? 그 착하고 용맹한 이가 얼마나 화가 났길래 반란을 일으키게 만드냐? 이 한심한 동생아…….

동생 이후의 왕들 역시 별의별 사건들이 많아 서서히 화를 내면서 읽었는데, 후대에 양란이라고 부르는 왜란과 호란의 부분을 보고 있자니 분통이 터졌다.

아니, 어찌 군왕이 되어 함부로 도성을 버리고 세자에게 다 떠넘긴 다음에 명으로 도망칠 생각을 할 수 있지? 죽어가면서도 결국 나라를 지켜낸 고금제일의 명장도 의심병으로 죽일 뻔하고… 니가 그러고도 왕이냐? 하성군 이 개새끼…….

그리고 세자를 평소에 얼마나 괴롭혔길래 왕이 되고 나서 정신이 온전치가 못할 정도야?

허어… 그 뒷놈은 더 가관이네, 반정으로 왕 자리 오른 놈이 오랑캐 여진의 추장 놈에게 절이나 하고, 쯧쯧… 왜놈들하고 전쟁한 지 얼마나 지났다고 저리도 개판으로 대처해서 역사에 길이 남을 추태를 부릴 수 있지? 어휴… 저런 놈한테 인조라는 묘호가 가당키나 한가? 정말 어이가 없네, 어이가 없어.

이후 아비가 자식을 뒤주에 가둬 죽인 이야기를 보고 안타까워 탄식했고, 죽은 세자의 아들이 선정을 펼친 걸 보고 감탄했다.

그의 사후에 나라가 외척으로 인해 걷잡을 수 없이 망가지고 결국 외세에 휘둘리다가 일본에 나라를 빼앗겼다는 결말을 보고 정신이 멍해졌다.

이후에 독립하여 새로 건국된 나라도 있다고 하지만, 조선이 망했다는 충격적인 사실에 그런 건 눈에 들어오지도 않았다.

아니, 왜놈들에게 나라를 빼앗기다니 이게 말이 되는 소리야?

얼마나 나라가 힘이 없길래 단 한 번이라도 제대로 싸우지도 않고 손발이 다 잘려 허수아비 왕조로 전락해 배신자들이 왕을 협박해 나라를 바친 게 말이 되냐고!

게다가 감히 천황이라고 참칭하는 섬나라 무당 놈에게 왕가가 복속되다니 이게 무슨 치욕이야?

이건… 썩을 대로 썩어 태조 대왕께서 혁파한 전조 고려보다 더 비참한 최후잖아!

게다가 조선의 중기부터 스스로 도덕적 자긍심이 넘치던

조선의 지배계층, 그러니까 사대부와 양반이라는 것들이 이상하게 변질된 성리학을 교조화시켰다. 주자께서 그리 타파하시려던 형식적이고 거창한 예식에 목을 매고 성현들을 마치 신처럼 모셔 저것들이 정말 성리학을 배운 이들이 맞는지 의심스러웠다.

주자께서 저승에서 통곡할 일이다, 이놈들아…….

그들은 기득권을 지키기 위해 별의별 사안에서 명분 없는 반대를 위한 반대만 일삼았고, 결국 권문세족화되어 대지주로 변해 소작농과 백성들을 수탈하면서 자기 땅은 은결로 만들어 세금도 제대로 내지 않았다.

결국 외척의 세력들이 조정을 장악해 세도 정치를 하며 무소불위의 권력을 휘둘렀다. 한 짓을 보니 고려 시절 무신 정권에 버금갈 만한 폭거인데? 외척을 타파하신 할아버님 태종 대왕께서 저승에서 저 꼴을 보셨다면 답답해서 어찌 견디셨을까?

게다가 지방의 서원들은 전조 고려의 불교 사찰만큼이나 포악하게 굴면서 법을 이용해 세금 한 푼 내지 않고, 그 우두머리들은 사사로이 수령도 잡아다가 곤장을 칠 정도로 패악을 부렸다. 그들이 그렇게 증오하는 전조 고려의 승려들과 다를 바 없이 횡포를 일삼는 게 너무 충격적이었다.

이런 걸 보고 있자니 조선의 국본인 내가 공맹의 도와 성리학에 대한 굳건한 믿음이 흔들린다.

가뜩이나 미래 귀신 놈과 일부 동화된 이후로 성리학과 유학을 중심으로 세상을 바라보던 나의 사고방식이 흔들리던 차에 저런 걸 보니 금이 가듯 나의 세상이 무너지려 한다.

하… 모르겠다. 이걸 어떻게 해야 하나?

한참을 고민하다 생각을 바꿨다. 이건 좀 더 나중에 생각할 문제고 지금 당장 내가 어떻게 할 수도 없으니, 나중에 내가 새로 법을 정비해 백성들을 구제할 수밖에…….

지금은 조선 초기라서 사대부의 도덕성은 상당히 높은 수준이라고 할 수 있다. 삿된 무리도 있긴 하지만 아바마마에게 걸리면 큰일 난다.

일부 파직되어야 하는 비리 관료들도 있긴 하지만, 형벌 대신 아바마마께서 죽을 때까지 부려먹고 계시는 중이다. 나 같으면 조말생은 유배지에서 평생을 보내게 했을 것이고, 황희는 사사당했을 수도 있다.

아바마마께서 그들을 부리는 게 이해가 안 갔었는데, 가끔 보면 그들을 두고두고 정신적으로 괴롭히시는 걸 즐기시는 것처럼 보여 무섭다.

대략적인 조선의 역사를 파악하고 나서 동생 놈의 재위 기록은 큰 사건들을 골라 실록과 교차해 꼼꼼하게 읽어본 후 후대 역사가들의 평가에 내 의견을 합해 동생 놈의 치세를 평가해 보자면, 무리하게 자기의 정통성을 확보하려고 재위 내내 병신 짓을 하고 아바마마께서 세우신 업적을 모두 날리고도 모자라 나라를 망가뜨린 불효자식으로 정리되는데······.

유는 태종 대왕 같은 왕이 되고 싶어 한 거 같은데, 어디 저런 놈에게 태종 대왕이 가당키나 한가?

게다가 유(瑈) 이 자식이 저지른 악행을 찾아보니 셀 수도 없을 지경이다. 그중에서 가장 열받는 건 복위 운동에 가담한 사람들과 연루됐다고, 이미 죽은 내 아내 권 씨를 폐서인한 것도 모자라 개장(改葬)해 버렸다고 한다.

그러니까 쉽게 말하면, 나랑 합장돼 있던 시신을 꺼내서 이장해 버렸다는 소리다.

이 새끼가 정말 제정신인가? 야사에선 내 아내가 꿈에 나타나 저주를 쏟아 동생의 아들을 죽게 했다고 하니, 당시 세간의 평을 알 것 같다. 천벌받았다는 소리를 돌려 해 왕을 깐 거다.

그 외에도 여러 야사를 보니, 내 동생은 다수의 유자와 백성들에게 지지받지 못했다고 생각한다.

그렇게 폐서인해 버린 아내의 신위와 고명은 따로 보관하다가, 성종 때 태워 버렸다고 한다.

이 천벌받을 놈들! 하긴 내 동생의 아들들과 후손은 단명하다가 그 뒤로 연산군 같은 놈이 태어났으니, 천벌이긴 한데 그 대가로 나라가 망가졌다.

하도 열받다 보니 입이 쓰네.

게다가 집현전을 박살 내고 내가 오랫동안 힘써 만든 화약 무기 부대인 총통위와 숙련병들도 없애 버렸다.

화약 무기와 팽배병을 비롯한 근접 병과도 거의 다 없애고 궁병만 키우니 군대가 제대로 돌아가겠냐?

화약이 미래다.

왜 그 진리를 몰라? 이 멍청아!

조선의 모든 무기는 내가 죽고 난 후에 일부 기본적인 개량 말곤 큰 발전도 못 한 모양이다. 하긴 그러니까 왜란 때 그렇게 쉽게 밀렸겠지.

그나마 왜란 때 신무기들 좀 써본 듯한데, 왜란이 끝나고 이 금붕어 같은 놈들은 전란에서 배운 게 없었나 보다. 병과의 조화는 무시하고 조총부대만 미친 듯이 늘리고 훈련도 안 해서 여진족 놈들과 전쟁에서 전투다운 전투 한번 제대로 못 해보고 나라가 망할 뻔했다.

멍청이 동생 놈 핏줄을 타고 내려가서 그런지 얼간이들이 즐비하다. 그렇게나 무를 숭상하던 동생 놈의 핏줄들이 무를 이리도 천시하다니 웃기는 일이다.

결국 왕의 자질도 없는 녀석이 내 아들과 다른 동생들을 죽이고, 후세의 조선을 망친 거다.

유가 이런 놈인 줄 알았으면, 더 패서 그 자리에서 죽여 버렸어야 했는데… 이 자식을 어떻게 처리하지?

시해 미수 사건으로 엮기에는 증좌도 없고 억지로 증거를 조작해서 밀어붙이다간, 김 시위를 비롯한 죄 없는 이들이 경비를 소홀히 한 책임을 물어 큰 벌을 받게 될 거다.

그 조작이 잘 풀려서 유가 시해 미수 혐의를 뒤집어쓴다 해도, 죄 없는 내 호위들이 죽거나 유배행이다.

내가 보위에 오른 몸이라면 동생이고 뭐고 당장 죽여 버렸을 텐데, 난 아직 몸조심해야 하는 세자의 신분이다.

아무리 아바마마가 인자하신 성군이라고 해도, 이런 큰 사건을 조용히 처리하실 분도 아니다.

흠… 증좌를 미래에선 증거라고 부르네… 아무튼, 수양이 날 해치려 했다는 증거를 어떻게 만들지?

그러던 와중에 내 첫째 부인의 사건이 떠올라 묘수가 생각났다.

그래, 바로 이거다… 유! 너 이 자식 딱 걸렸어!

*   *   *

내 빌어먹을 동생, 진양대군(晉陽大君) 이유(李瑈)의 국문이 개시되었다.

왕자의 신분이라서 그런가, 고신을 당한 흔적은 없다.

"죄인 진양대군은 고개를 들라!"

"죄인은 사이한 술수로 세자를 해하려 했다. 그 죄를 인정하는가?"

"아니옵니다, 아바마마, 소자는 절대 그러지 않았습니다. 이건 누군가의 모함입니다."

"이리도 명백한 증거가 죄인의 집에서 발견되었는데 부정하는가?"

"제가 어찌 세자를 저주했다고 하십니까! 전 유자로서 그런 건 믿지도 않고, 행한 적도 없습니다. 어찌 왕자의 신분으로 천박한 무당이나 할 법한 저주에 손을 댔다고 하십니까? 이건 분명 누군가의 모함입니다."

"하지만 죄인의 사저에서 수많은 증좌가 발견됐고, 그 필적이 죄인의 필체와 일치하다. 어찌 이를 부정하는가?"

"모두 모함이고 조작입니다! 제가 예전에 써두었던 글이 이용된 게 분명합니다. 이는 분명 왕실을 해하려는 사특한 이들의 음모가 틀림없습니다."

"네가 밤마다 은밀하게 행적도 알리지 않고 사라졌다는 증언도 있었다."

"아바마마… 그건 그냥 밤놀이를 다녔을 뿐입니다. 주상 전하께서 항상 형제의 우애가 보기 좋다며 칭찬하시지 않으셨나이까? 그런 제가 어찌 형님을 해치려 했겠습니까. 흑흑⋯
저는 정말⋯ 원통하고 억울하옵니다, 아바마마⋯⋯."

와, 대단하다, 정말⋯ 내 동생 놈. 이야기꾼으로 살았으면
분명 대성했을 거야. 정말 서럽게도 잘도 우네, 참관한 사람들
전부 눈물 한 방울씩 고였어.

"세자 저하! 형님 저하! 형님! 이 아우는 정말 억울합니다.
제발 저 좀 살려주십쇼!"

억울하긴 하겠지. 아직은 아무것도 한 게 없을 테니까. 하
지만 동생아⋯⋯.

넌 그냥 이대로 조선의 미래를 위해 죽어다오. 그리고 나
죽었다 살아났을 때 보여준 표정은 잊을 수가 없단다.

난 혐오감을 숨기지 못하고 동생을 차가운 눈으로 바라보
았다.

"설마⋯ 이게 다 형님이 꾸미신 일이십니까?"

와, 눈치 하난 정말 빠르네! 어떻게 알았니? 하긴 그렇게 눈
치가 빠르고 연기도 잘하니 과거와 미래의 나도 네 야심을 모
르고 살았겠지.

"이놈! 어디서 망발이냐, 당장 그 더러운 입 닥치지 못할까!"

"아바마마! 형님! 제발 살려주십시오. 살려만 주시면 평생을
죽은 듯이 없는 사람처럼 살겠습니다. 제발 살려주십쇼!"

약 보름간 의금부의 수사가 진행된 결과 확보한 증인을 통

해 유는 사건 당일의 행적이 소상히 파악되었고, 별다른 증거가 발견되지 않아서 세자 시해 혐의는 피했지만 내가 조작한 증거 덕에 다른 죄를 뒤집어썼다.

강상죄의 혐의를 받고 있는데, 구체적인 범죄 항목은 바로 세자에게 저주를 행함이다.

그 결과 내 주변의 죄 없는 사람들은 다치지 않고 오직 진양대군 혼자만 죄인으로 만드는 데 성공한 것이다.

며칠 전 다시 방문한 장인에게 그날 분명히 날 죽이려고 한 자가 내 동생이 맞는데, 증좌가 빈약해 풀려날 거 같으니 유를 처벌할 수 있게 도와달라고 했다. 정치적 기반이 약했던 내 장인은 이번이 기회라고 생각했는지 기꺼이 나의 지시를 따랐다.

장인이 은밀히 사주한 사람들이 한밤중에 움직여 몰래 동생의 집 안 곳곳에 내 이름을 써 붙여둔 제웅, 달리 말하면 저주용 짚 인형을 숨기고 거기에 말뚝과 화살을 박아두었다. 항아리에는 죽은 까마귀와 뱀, 개구리, 지네 등을 넣어 고독(蠱毒)을 만들려 시도한 듯한 증거를 심어두었다. 나도 자선당에 제웅 몇 개를 숨겨두었다.

그 밖에도 진양대군이 글을 써서 주문으로 날 여러 번 저주했었다는 증거들을 교묘하게 심어두었다.

세간의 소문을 듣자 하니, 난 강력한 주술에 걸려 죽을 뻔한 세자가 되었고 내 아우는 졸지에 주술로 형을 해하려 한 대역 죄인이 되었다고 한다.

좋아! 세간의 여론도 내게 유리하게 퍼지고 있다.

사전으로 관련된 지식을 찾아보니 미래에선 죄가 성립되지도 않을 사건이라고 하는데 지금은 조선 시대다. 동생이 세자 자리를 탐해 형에게 저주를 행했다는 건 유교의 나라 조선에선 상상도 못 할 만한 패륜이다.

충분히 죄가 되고 사사될 수도 있는, 중대한 대역죄로 취급당하는 대사건이다.

게다가 조선에선 이미 검증된 방법이기도 하다.

미래의 후손들이 정적들 처리할 때마다 조작해서 심심치 않게 써먹었더라고. 참 고~ 오맙다, 이 고얀 후손 놈들아.

그래서 사건의 진상이 밝혀지자 지방에서부터 조정 대신들까지 화가 났는지 당장 진양대군을 사사하라는 상소가 수도 없이 올라온다고 들었다.

다른 이가 그랬으면 바로 사사하셨을 법도 한데 혈육의 정에 약한 아바마마께선 진양대군의 처리에 고심 중이신 듯하다.

뭐 당장 죽이지 않더라도 아바마마께서 폐서인하고 유배만 보내주면, 나중에 내가 반드시 처리할 거다. 네가 내 미래의 아들에게 한 짓 그대로 해주마.

"세자는 죄인을 어찌 처리하길 바라는가?"

아, 아바마마에게 점수 좀 따고 겸양의 덕을 보여야겠다. 미래 용어로 이미지메이킹이란 것을 해볼까?

"소자는 그저 공명정대하신 주상 전하께서 내리는 판결에 따를 뿐입니다. 다만 저런 불측한 자가 제 동생이니 형으로서 저리되기 전에 바로잡지 못했으니, 제게도 죄가 있사옵니다. 부디 소자에게도 벌을 내려주시길 청합니다."

"흐으음… 그게 어찌 세자가 죄를 청할 일인가? 이게 다 과인이 자식 교육을 제대로 못 한 불찰이로다……."

"아니옵니다. 전하, 어찌 무도불측한 진양대군의 죄가 전하의 탓이라 할 수 있사옵니까? 이는 반드시 주변에서 헛된 바람을 불어넣은 누군가가 있다고 생각됩니다."

귀양 간 내 아들 죽이라고 부추긴 배신자 새끼들 전부 엮어서 보내주마.

양녕대군 당신은 집안 어른이지만, 기필코 이 기회에 처리하고 말 거다.

"뭐라, 그게 정말인가?"

"네, 아바마마. 죄인은 저주만 했다고 하지만, 평소에 헛된 바람을 불어넣은 자가 없이 어찌 그런 삿된 생각을 했겠습니까? 이는 분명 연루된 자가 더 있을 것이라 소자는 생각합니다."

"정녕 그렇다면 평소 진양과 서신을 주고받던 자들부터 조사해야겠다."

그렇게 말씀하시며 아바마마께선 미심쩍어 하는 표정을 비추신다. 내가 뭔가 꾸미는 걸 눈치를 채신 것 같기도 한데 아직 확신은 없으신 듯하다.

큰일인데, 이거… 여기서 잘못하면 거꾸로 내가 아버님의 눈 밖에 날 수도 있다.

이럴 때일수록 정신 바짝 차리고 조심해야지.

그렇게 국문의 첫날은 끝이 났다.

내가 미리 아우에게 심어둔 서신 증거들에는 결정적인 증거가 숨어 있다.

검색창의 각도를 조정해 바닥에 깔고 사전에 기록된 진양과 양녕대군의 필치를 띄워두고 겹쳐 베끼며, 부족한 부분은 평소 주고받던 서신을 참고해 내가 직접 글씨를 위조했다.

아우 안평대군만큼은 아니지만, 나름 명필이라고 자부할 만한 내가 몇 번 연습하자 곧장 따라 쓸 수 있게 되었다. 그렇게 교묘하게 아바마마와 나를 비난하는 듯한 어조의 서신들이 오간 것으로 날조되었다.

죄 없는 진양대군의 하인들을 불쌍히 여긴 내가 의금부에 미리 일러 고신을 하지 말고 잠을 재우지 않는 방법으로 심문하라고 하자, 이틀을 넘기지 못하고 전원이 서신을 배달했다고 인정했다고 한다.

그중엔 날조한 서신 말고도 진양대군과 양녕대군이 주고받던 서신들도 있었으니, 진짜 편지들과 조작된 증거가 뒤섞여 거짓 서신마저 증거물로 둔갑한 거다.

의금부에서는 그 서신들을 전부 증좌로 채택했다.

게다가 결정적인 증거가 새로 진양대군의 사저에서 발견되었다.

양녕대군이 분명 문약한 세자는 오래 살지 못할 테니 세자가 죽으면 그때는 집안의 큰 어른인 자기가 나서 진양대군을 세자로 지지하겠다는 약조가 담긴 편지다.

이게 발견되자 조야는 다시 한번 발칵 뒤집혔다.

가뜩이나 평소 행실이 좋지 않고 여러 번 죄를 짓고도 아바마마의 관용으로 어물쩍 넘어갔던 양녕대군이 역모에 준하는 죄를 지었다고 하니, 진양대군과 양녕대군을 사사하라는 상소가 빗발쳤다.

이런 상황에선 아바마마께서도 절대 여론을 무시할 수 없다.

일이 이렇게 돌아가게 되자 아바마마께서 한밤중에 나를 부르셨다.

"세자… 아니, 향아. 이 자리는 사관도 동석하지 않았으니 아비와 아들의 독대라고 생각하고 편하게 이 아비를 대해다오."

"소자가 어찌 사사로이 조선의 지존인 주상 전하를 편히 대할 수 있단 말입니까? 말씀을 부디 거두어주시옵소서."

"향아, 사실 이 아비는 사건의 전말을 거의 다 알고 있다."

뭐라고요, 아버지? 난 깜짝 놀라 경박한 말투가 그대로 튀어나올 뻔했다.

"……"

"향아, 네가 공격당한 그날에 내가 친히 어의들을 동반해 네 몸 곳곳을 검안하다 오른손이 피투성이였던 걸 확인하고 흉수와 네가 다툼을 벌였다고 생각했다. 하지만 시위들에게 묻자 세자와 다른 이가 다투는 소리를 듣지 못했다고 한다. 그래서 흉수가 정말 부상을 입었는지 파악할 수 없었고 증좌를 찾기 위해 궁 안팎을 샅샅이 뒤졌지만 핏자국 하나 찾을 수가 없었다."

그런 사정도 모르고 적당히 장례가 치러진 줄 알았는데, 내가 뭔가 착각해 너무 쉽게 생각한 모양이다.

"그리하여 이 아비는 흉수가 네 오른손을 제압해 그대로 입을 막고 공격한 것이 아닌가 생각했다. 그리하여 의심받지 않고 불시에 습격이 가능한 내부인의 소행으로 단정한 후, 흘린 피의 양을 보아 흉수의 옷에도 피가 잔뜩 묻어 있을 거라고 추론하여 그날 궁궐에 있던 이들 전부 나갈 수 없게 지시하고 다른 이를 이용해 증좌를 파기할까 싶어 철저히 격리시켰다. 근무하던 시위들과 궁인 내관 그 모든 이들을 심문하고 교차하여 비교하며 행적을 파악하고 그들의 자택 역시 전부 수색해 봤지만 증좌는 발견하지 못했다. 그래서 그날 휴가였던 이들과 비번들마저 같은 방법으로 조사했지만, 성과가 없어 궁 내부를 잘 아는 외부인일 가능성이 커 수사 대상을 확대했다."

"그렇사옵니까……?"

"처음엔 향이 네가 아는 이가 연루되어 범인이 잡히면 연좌될까 봐 보호하려고 침묵하는 줄 알았는데, 네가 세자빈의 아비 권전과 두 번째 대면한 후 한 번 수색했던 진양의 집에서 서신이나 저주의 단서가 나오자 이 아비는 사건을 다른 시각으로 보게 되었다."

"유는 사건 당일의 행적이 소상히 확보되었으니 직접 너를 해하려 한 흉수일 수가 없고, 그 아이가 사람을 시켜 너를 해하도록 사주했거나 네가 어떤 이유로 인해 동생을 모함했다. 이 둘 중 하나라고."

"이 아비는 향이 네가 주변에 있는 이들을 지키려 유(瑈)를 범인으로 몬 것으로 생각하는데… 정녕 이 아비의 추측이 맞느냐?"

"……."

소름이 끼친다. 본래 나 역시 아버님의 명석함은 익히 알고 있었지만 아버님은 내 상상보다 더 대단하신 분이었다.

후세에도 조선 최고의 천재라고 알려진 위대하신 내 아버지 세종대왕께선 미래에서 온 놈이 개입되어 엉망진창이 될 수밖에 없는 사건을 한정된 정보 안에서 단서를 모아 합리적으로 사건의 인과관계를 대략적이나마 전부 파악하고 계신다.

으윽, 이걸 대체 어떻게 돌파해야 하지?

'사실 아버지 둘째 아들이 먼 훗날 제 아들을 폐위하고 스스로 옥좌에 올라 결국 제 아이를 죽였기에 제가 먼저 손을 썼습니다.'

…절대 저렇게 말할 수는 없다.

반드시 세자가 미쳤다는 반응이 나올 테고, 이미 역사가 뒤틀리기 시작해 기록과 다르게 편전에선 종일 이 사건에 대해 갑론을박 중이다.

그 와중에 내가 저런 말을 한다면 반응이 어떨지는 불 보듯 뻔하다.

미래에 일어날 자연재해나 큰 사건을 이야기해 미래를 예언한들 증명하려면 한참을 기다려야 하는데 맞춘다 한들, 죽었다 살아난 세자가 신기가 들어 무당이 됐다고 난리가 날 일이다.

조속히 새로 국본을 정해야 한다고 할 거고, 아무것도 안 하고 있던 안평대군이 어부지리로 세자의 자리에 오를 거다.

증거 조작 한 것부터 난 이미 죄를 지은 건데, 아바마마에게 안전에서 대놓고 거짓을 고하는 것도 불효이자 기군망상의 큰 죄다.

하지만 미래 조선의 사직을 지키기 위해 어쩔 수 없다. 한 번만 눈 딱 감고 지르자……. 아버님, 정말 죄송합니다! 이 못난 아들을 용서해 주세요! 이 죄는 두고두고 새겨 평생 동안 갚겠습니다.

"향아, 정녕 네가 이 아비에게 할 말이 없느냐?"

"주상 전하, 아니… 아버님, 이렇게 부르는 것은 사가 시절 이후 처음입니다만… 사실대로 고하자면 소자는 소싯적부터 유와 서로 반목하고 있었습니다."

"뭐라고? 그게 정말인가?"

"네, 아버님. 저와 유가 사이좋은 형제로 보인 것은 아바마마께 심려를 끼쳐 드리지 않기 위해 가장한 모습일 뿐, 사실 물밑으론 치열한 암투가 벌어지고 있었습니다. 제 아우는 항상 제가 실수를 저질러 아버님의 눈 밖에 나기만을 기다리고 있었습니다."

"내 자식들 역시 그랬단 말인가… 허, 그랬단 말이지, 이 아비의 죄가 크구나……."

아버님이 대군 시절을 떠올려 우리 형제와 비교하신 듯하다.

아버님도 양녕대군과 서로 치열한 신경전을 벌였고, 양녕대군이 실수를 하나씩 저지를 때마다 묵묵히 학식을 닦아 장남과 대비되는 모습을 보여 할아버님에게 신망을 얻으시고 결국 세자 자리에 오르셨다.

"네, 아버님. 그리하여 소자 역시 누구에게도 책잡힐 명분이 없도록 처신하였고 학문을 힘써 익혔습니다."

드러난 사실을 왜곡해 거짓을 고했으니, 슬슬 여기서 진실을 섞어야 한다.

선동과 날조를 하려면 그중 일부의 진실을 적절히 섞어야 한다는 미래의 격언 덕인데 참으로 옳은 말이다.

앞으로 내가 해야 할 일들의 지침이 되는 말이기도 하다.

"그러다 유는 제게 학문으로 이길 수 없음을 알고, 열등감에 빠져 무예 수련에 힘써 몸을 단련하고 불교에 관심을 가졌습니다."

"너희가 그 지경까지 이르도록 이 아비는 아무것도 몰랐다니… 정사에 바빠 내 가족을 보지 못해 일이 이렇게 되었구나……."

아버님이 괴로워하시는 걸 보니 마음이 아프다. 하지만 여기서 멈출 수는 없으니 어쩔 수 없다.

"처음엔 유가 태조 대왕을 닮고자 해 무예를 단련했는데, 이때부터 아버님에게 환심을 사기 위해 종종 기행을 벌인 것은 아바마마도 아실 것이옵니다."

진양대군은 둥글둥글한 얼굴형에 어렸을 때 창진(瘡疹), 그러니까 두창병을 앓아 커다란 곰보가 나 있고 체질 탓인지 수염도 듬성듬성 자라 결코 빈말로도 잘 생겼다고 할 수 없었다.

그 탓에 수려한 외모를 타고난 나와 항상 비교당할 수밖에 없었다.

내게 열등감을 느끼며 자라 그런지 몸을 단련해 남자답게 보이려고 노력했고 점점 근육질의 몸으로 변했다. 나와 같이 강무에 나서면 소매를 잘라 팔뚝을 드러내 근육을 자랑했고, 왕이 되고 나선 한겨울에도 웃통 벗고 근육 자랑 하고 다녔더라.

그렇게 과시하는 것에 재미가 들었는지 마술을 연마해 승마할 일이 생기면 나와 아바마마 앞에서 과시하듯 그 재주를 뽐내곤 했는데, 공중제비를 돌아 하마하는 재주마저 있었다. 당시엔 동생이 정말 멋지다고 생각했는데 지금 생각해 보니 아버지 앞에서 자기 봐달라고 시위하는 거였어! 이 망할 놈…….

"과인도 그것은 알고 있었지만, 철없는 둘째의 치기로 치부해 버렸도다. 그리하여 일이 이렇게 됐으니 지고 갈 악업이 깊도다……."

"아닙니다! 아버님께선 잘못한 것이 없으십니다. 유가 거기까지만 했으면 저도 동생을 추스르고 달래며 잘 지냈을 것이옵니다. 결정적인 건 소자를 습격한 이가 저의 숨이 멎은 걸 확인하고, 제가 죽었다고 생각해 이젠 진양이 세자가 될 수 있다고 한 말을 들었기 때문입니다. 하나 그때 소자는 의식을 아직 남아 있었사옵니다."

"그때, 흉수의 얼굴은 확인했느냐?"

"품이 작은 검은 옷을 입고 얼굴엔 두건과 입 가리개를 하여 소자도 흉수가 누구인지 알 수 없었습니다."

가상의 상대를 적당히 상상하며 말하자 닌자라고 부르는 첩자들을 알게 됐는데 왜국엔 저런 놈이 많은가 보다. 그게 아니라 먹고 튀는 도둑놈이라고? 대체 이놈의 지식은 뭐가 이리 제멋대로야?

"흉수가 어떤 비법으로 궐에 침입하고 빠져나갔는지는 소자 역시 알 수 없지만, 유가 비밀리에 사병이나 왈패들을 부려 일을 도모했다고 생각하옵니다. 만약 유가 다른 마음을 먹었었다면 아바마마의 신변 역시 위험할 수 있었사옵니다."

"그것은 이 아비가 호위병을 배로 늘려 재발하지 못하게 조처할 것이다. 그럼 네가 진양이 저주한 증거들과 서신을 조작했다고 인정하느냐?"

"소자는 그저 충실히 저를 호위했던 이들이 다치는 걸 볼 수 없었을 뿐입니다. 하나 양녕대군의 일은 소자도 모르는 일이옵니다……. 제가 개입한 건 진양의 일뿐이고 나머진 알 수 없사옵니다."

일이 이렇게 됐으니, 미래의 배신자들을 전부 엮어 처리하는 건 불가능해진 거 같은데…….

그렇다면 조선 왕실을 망치는 노괴(老怪) 양녕대군이라도 반드시 처리해야 한다.

"부디 아바마마를 기망한 저를 벌하시고, 시위들을 용서해주시옵소서!"

"네가 그렇게까지 말하니 시위들은 가벼운 처벌로 넘길 순 있지만… 내 형님인 양녕대군과 진양대군의 일은 가벼이 처결할 수 있는 일이 아니다."

"그렇다면 이 불효 불충한 소자가 앞장서 그들을 탄핵하겠습니다. 소자가 이 일로 세자의 위를 잃어도 좋으니, 반드시 그들을 벌할 것입니다."

"어찌 국본인 세자의 신분으로 종친인 큰아버지와 동생을 탄핵하려 한단 말이냐……. 세자의 자리를 거는 것도 허(許)할 수 없다."

"못난 소자가 악업을 다 지고 갈 테니, 아바마마께서는 부디 성군이 되어주시옵소서!"

그러자 아바마마의 눈가가 촉촉해지셨고 내 말에 심히 감격하신 듯하다.

"정녕 네가 이 못난 아비를 울리려고 하는구나……. 알겠다, 이 일은 과인이 책임지고 처리할 테니 세자는 더는 이 일에 신경 쓰지 말라."

방금 한 말은 나도 모르게 떠올라서 즉흥적으로 한 말인데, 어디선가 본 거 같기도 하다.

대체 뭐였지?

제2장
총, 덕, 쇠

결국 판결이 떨어졌다.

내 동생 진양대군은 강상죄와 불궤죄 혐의를 받아 폐서인 되고 팽형(烹刑)에 처해졌다.

그렇다고 정말 솥에 넣어 끓여 죽인 건 아니고, 내가 미래 의 기록에서 본 팽형을 참고했다.

그 기록에선 말하길 죄인이 빈 솥에 잠깐 들어갔다 나오면 죽은 것처럼 장례를 치르고 이후 죄인을 투명한 사람 취급해 철저하게 따돌린다고 한다.

이게 조선시대 때 있던 형벌이라는데, 난 이런 게 있다는 걸 처음 알았다.

후대에 잘못 알려진 것일까?

기록의 사실 여부를 떠나 너무 참신한 발상이라 동생 놈을 두고두고 괴롭히기 위해서 아바마마께 건의했더니, 자식을 차마 사사하기 꺼렸던 아바마마께서는 내 의견을 적극적으로 받아들이셔서 시행하셨다.

아버님께선 내가 차마 동생을 죽일 수 없어서 팽형을 권했다고 생각하시는 거 같은데, 예전의 착한 장남 이향은 이미 타락했어요…….

슬슬 성리학의 가르침도 그저 겉으로 내세울 명분으로만 생각되는 중이라 스스로 유자라고 부르기도 민망하다.

생각해 보면 이런 내 기질은 선천적인 것 같긴 하다. 그러니까 왕위에 올라 경연에서 병서를 강의했겠지.

형이 집행되자 이유(李瑈)의 이름이 남아 있던 기록을 전부 찾아 수정했다. 유의 이름은 실록엔 남겠지만 종친부나 족보에서 사라진 것이다.

내 동생은 공식적으로 가문에서 축출되고 폐서인당해 신분도 강등된 상태니 앞으로 어떻게 살게 될지 기대가 된다. 혹시 그렇게 좋아하던 절에라도 들어가려나?

아바마마의 처지에선 최소한의 온정을 베푼 것이지만 내게 있어선 나중에 수양을 완전히 처리할 명분을 만든 거니 지금 상황에선 최선의 방책으로 생각한다.

아우야! 없는 사람처럼 살겠다는 네 바람대로 되었는데 기분이 어때? 막 부들부들 대고 떨리려나?

아무튼 나중에 네가 내 아들에게 한 짓의 몇 배로 돌려주마. 기대해도 좋아, 곱게 죽을 수 있을 거란 희망 따윈 버리는게 좋을 거다.

내가 직접 나서서 괴롭히면 구설에 오를 수도 있으니 주기적으로 다른 사람들을 써야겠다.

양녕대군은 그동안 저지른 여러 가지 죄상에 세자의 동생을 부추겨 역모를 꾀한 대역죄를 물어 폐서인되고 사사당했다.

그동안 큰형님을 극진히 모시고 웬만한 죄도 눈감아주던 아버님도 명분이 생기자 더는 참을 수 없으셨는지 대담한 결단을 내리셨다.

정말 송구합니다, 아버님……. 후세에 형을 죽인 왕이란 악명을 저 때문에 뒤집어쓰시다니, 이 불초 소자가 기필코 아버님께 보답할 것이옵니다.

그렇게 사화가 될 뻔한 소동이 끝나고 모든 것이 정상으로 돌아왔다.

마음이 평온해졌으니 전부터 궁금한 걸 알아볼 때다.

머리는 관으로 가리면 되지만 수염이 없으니 허전해서 뭔가 빠진 기분이 들었거든.

내 장례에 참석한 내관을 불러 물었다.

"이보게, 장 내관. 내 머리카락과 수염은 대체 왜 이리된 건가?"

"그것이… 장례 도중 세자 저하의 예체를 목욕(沐浴)하다 머리카락과 수염을 빗어 정리하려는데 수염은 전부 뿌리부터 상해 말라 버려 끊어져 빠졌으며 머리카락은 어느 부분부터 말라 비틀어져 가닥가닥 끊어지니 어쩔 수 없이 그것들을 모아 주머니에 넣어 보관하였사옵니다."

이건 또 무슨 소리야? 대체 내 몸에 무슨 일이 일어난 거지?

"하면 그 연유를 아는가?"

"어의들도 연유를 알 수 없어 처음엔 독을 의심하여 검안했지만 찾을 수 없었고 여러 추측이 오고 갔지만 결국 알아내지 못했다 합니다."

어의들도 모른다고 하면 내가 알아보는 수밖에 없다.

그런데 그놈이 날 살리려고 주입했던 게 뭔지 모르는데 어떻게 찾지?

아무튼 내가 살아났으니 그다지 중요한 것도 아니고 털이야 기르면 그만이지. 나중에 사전 보다가 알게 될 거 같으니 특별히 신경 쓰지 말아야겠다.

그리고 평소대로 병법에 대해 공부하려고 병서를 보다, 뭔가 부족하다고 느껴 전자사전으로 미래의 병기에 대해 검색해 보았다. 뭔가 강력한 무기 없나? 미래의 세상엔 분명 내가 상상도 못 해볼 만한 무기가 분명 있을 거 같은데…….

그렇게 최강의 무기를 검색해 보니, 미래는 내 상상을 아득하게 초월하고도 모자라 공포마저 느끼게 했다.

뭐지, 이것들은? 사람 한 명이 손가락 놀리는 것만으로도 인간 세상을 멸망시킬 수 있다고?

이걸 만든 놈은 과연 제정신인가?

그렇게 핵폭탄에 대해 알게 되고 관련 기록을 찾아봤는데 왜놈들이 핵폭탄에 맞았다고 한다.

그걸 보니 미래 조선의 복수라고 여겨져 통쾌하기도 한데 조선인들도 휘말려 죽었다 하니 거부감도 좀 든다. 솔직히 말하면 아예 상상도 안 된다. 대포알 한 방에 나라가 망한다고 하는 거나 마찬가지라서 실감이 나지 않는다.

전장의 화살엔 눈이 없다고 없다 하나… 이건 그런 수준을 아득히 초월했구나.

보유만으로 전쟁을 억지하는 수단이 된다 하니, 미래의 세상은 대체…….

그래서 지금 조선에서 만들 만한 무기를 찾다 보니 총이란 걸 봤는데, 이거야말로 내 취향이다. 귀신 놈도 사용해 본 적이 있는지 바로 어떤 무기인지 알게 되었고 이런 무기로 조선을 무장시킬 수만 있다면 얼마나 좋을지 상상했다.

그놈의 지식엔 대략적이나마 연도별로 발달한 총의 종류에 관한 구분이 있어, 그중 나와 가장 가까운 시대의 총 설계도와 도면이 있는 기록을 찾았다.

그런데 뭔가 이상하다. 제목이 취미와 장식용으로 만들 수 있는 머스킷 총신 도면이라는데 미래엔 취미로 무기를 만든다고? 일반적인 도면과 뭔가 많이 달라 보여 알아보니 3D 프린터용? 그것의 의미를 이해하니, 다시 한번 미래는 내가 감히 재단할 수 없는 것들이 가득하단 걸 깨달았다.

일단 머스킷에 관한 기록을 보니 조선말로 조총이나 화승총이라고 한다는데, 지금 쓰고 있는 총통보다 더 발전된 무기다.

그 와중에 각종 총의 이름이 붙어 있는, 동영상이라고 부르는 매체가 보여 관람했더니 이건 무슨 원리로 만든 건지 모르겠지만, 사람이 기록한 모습을 생생하게 보여줘 미래의 의복이나 생활상을 잠시나마 알 수 있었다.

그걸 보고 사람들이 미래의 총을 사격하는 방법을 알 수 있었고, 내 상상을 초월한 사정거리나 파괴력이 나를 흥분시켜 마음을 진정할 수 없었다. 그래, 이런 게 진정 무기지! 저걸 보고 나니 소총통 같은 건 하찮게 보인다.

그렇게 영상을 보고 나니 영화나 드라마라는 단어가 떠올라 알게 됐고, 개중엔 사극이라 하여 후대의 배우란 이들이 조선이나 전조의 이야기를 만든 게 있다고 한다.

뭔가 하나를 알게 되면 그때마다 몇 가지를 알게 되어 그것을 보느라 자꾸 시간이 허비되니 정신을 다잡고 한 번에 하나씩 하자고 생각하고, 본래 목적으로 돌아가 개인이 복원용으로 쓰던 수제 구형 총 설계도들을 찾아 직접 베껴 그렸다.

미래의 군인에겐 줘도 안 쓸 구닥다리 무기지만 내겐 최신형 첨단무기라는 게 조금 우습기도 하다.

그러면서 작동 원리에 대해 연구해 보니 이건 충분히 지금 만들 만하겠다는 예감이 들었다. 지금 쓰고 있는 총통과 비슷한 원리에 방아쇠를 추가한 형태이기 때문이다. 그런데 방아쇠 구조가 핵심인데 지금 이걸 만들 역량이 되려나?

하지만 이걸 부탁할 적임자가 단번에 떠올라 그가 있는 곳으로 행차했다.

"세자 저하, 어찌하여 친히 이런 곳까지 방문하셨나이까……."

"아, 장 대호군(大護軍), 간만일세! 내가 사사로이 만들어보고 싶은 게 있어서 부탁하러 왔다네."

"그보다 저하께서 일전의 흉사를 겪고도 무탈해 보이시니 천만다행이십니다."

"이 몸을 걱정해 준 것인가? 고맙네, 그보다 이걸 봐주게나."

내가 그려 온 설계도를 펼치자 장영실이 그것을 보고 잠시 뭔가를 생각하더니 눈을 살짝 찌푸렸다.

"저하, 이것은 화기가 아니온지요? 어찌 사사로이 무기를 만들려 하십니까?"

내가 설명도 안 해준 복잡한 도면을 훑어보기만 하고 단번에 무기인 걸 알았다고? 기술 부분에선 유일하게 나랑 말이 통하던 상대긴 하지만 이 정도였나?

하긴 지금의 시대에서 아무도 생각 못 했던 걸 척척 만들었던 거 보면 대단한 사람 맞다. 미래 말로 이런 사람을 먼치킨이라고 하던가?

"이건 내가 새로이 고안해 본 개량 총통일세. 이 방아쇠란 부분으로 격발 시기를 사수가 정할 수 있게 고안해 본 것인데 만들 수 있겠는가?"

약간의 부연 설명을 붙이며 실제 총의 제원을 설명하고, 압력으로 뒷부분이 터질 수 있다고 하며 총열 제련의 중요성을 재차 강조했다.

"여기 들어갈 부싯돌의 재질이 적합한 걸 시험해 보며 찾아야 하니 약간 시간이 걸리겠지만 만드는 데는 문제가 없을 듯합니다만… 이걸 만드시려 하는 연유가 궁금하옵니다."

뭐? 못 만들어도 좋으니 새로운 견문이나 넓혀주려고 생각하고 왔는데 만들 수 있다고? 이거 화승총도 아니고 플린트락, 그러니까 수발식(燧發式) 총 설계도인데?

정말 놀랍다. 그래서 나팔총의 설계도를 내밀면서 말했다.

"내가 아바마마에게 새로운 무기를 진상하고 싶어 궁리해 보았네만 이는 이론일 뿐이고 실제로 만들 수 있는지 궁금해 상의하려 자넬 찾았는데, 적임자를 찾은 거 같아 기쁘기 그지없구려."

"저하, 이 나팔형 총통의 원리를 보니 방금 주신 총통과 별 차이가 없고 지나치게 많은 부품이 들어가 큰 비용이 들 것입니다. 그냥 소총통을 개량해서 쓰는 게 더 낫지 않겠사옵니까?"

"아닐세, 이는 시작품을 만들고 점점 소형으로 개량해 마상에서 한 손으로 쏘게 만드는 것이 목적일세. 만약 이것들의 제작에 실패한다면 이걸 제작해 주게."

장영실에게 화승총 설계도를 내밀자 점점 그의 인상이 굳어간다.

"사실 시간이 오래 걸리리라 생각해서 남는 시간에 천천히 만들어달라고 부탁하려 했네. 그대가 바로 만들 수 있다고 하니 부탁 좀 하겠네."

그러자 장영실이 굉장히 떨떠름한 표정을 지으며 내게 고했다.

"으음… 세자 저하의 부탁이래도 화기는 주상 전하께 정식으로 인가받아 군기감(軍器監)과 협업할 문제이며, 소관의 독단으로 만들 수 없사옵니다."

"그러면 내가 아바마마에게 허락을 받아 정식으로 요청하겠네! 그럼 되겠나?"

"예, 전하께서 어명을 내리시면 그때부터 시험용으로 만들겠습니다."

이 사람도 은근히 깐깐한 면이 있었네? 아니면 내가 죽을 뻔하기 전에 지시했던 측우기 제작 중인데 일거리 늘렸다고 짜증 내는 건가? 굉장히 까칠하게 구네.

혹시 전에 실록에서 읽은 대로 아바마마의 가마 사건으로 파직된 게 일하기 싫어서 벌인 자작극이란 설이 있던데 그게 혹시… 생각해 보니 장영실의 파직 사건은 얼마 안 남았다.

아무튼 내가 있는 한 꿈도 못 꿀 일이지. 장영실 자넨 이미 내 그물에 걸렸어! 감히 어딜 가려고? 건강하게 만들어서라도 평생을 굴려주마.

"세자 저하! 소관이 무례를 저질렀다면 부디 용서해 주시옵소서."

"갑자기 왜 그러나?"

"소관을 뚫어질 듯 바라보시는 게, 마치 소관이 먹이가 된 듯한… 아… 아닙니다, 소관이 실언을 했습니다. 저하께서 매우 진노하신 듯 보여 그랬사옵니다."

"아닐세, 자네 때문에 그런 건 아니고 생각할 일이 좀 있어서 그런 걸세."

"그럼, 소관은 이만 물러나도록 하겠습니다."

관노 출신이라 그런지 눈치가 굉장히 빠르다. 윗사람 눈치 살피는 데는 도가 텄네, 텄어.

내 머릿속에 있는 것들을 만들어보려면 당장 장영실보다 뛰어난 이가 없으니 사직은 용납할 수 없다. 사직 소동 안 일어나게 가마 근처도 못 가게 하고 혹시라도 연루되면 내가 구명에 나설 거다.

다음 날 아바마마에게 문안을 올리며 총 설계도를 보여 드렸다.

"아바마마, 소자가 이번에 새로이 고안해 본 신형 총통인데 시제품 제작을 윤허받고 싶어 그 도면을 이리 올립니다."

아바마마께서 도면들을 이리저리 살펴보다 내게 말씀하셨다.

"이것의 무게는 얼마나 되는가?"

"개량을 거치면서 가늠해 보아야 하겠지만, 대략 8근에서 9근가량 나갈 것으로 사료되옵니다."

"소형 총통하고 비슷한 편인가? 그러하면 제작에 필요한 재화는 얼마나 들겠는가?"

"아직 제작을 시작하지 않아 측정은 되지 않으나 정밀한 부속이 들어가니 확실히 총통보단 비쌀 것이옵니다."

"그리하면 기존의 총통보다 장점은 무엇인고? 소수의 무기만 성능이 좋다고 하여 대세를 바꿀 수 없으니, 그보다 약간 못해도 더 많이 만들 수 있는 무기가 나은 법이다. 그 이치에 맞춰 성능과 단가를 적절히 따져봐야 할 것이야."

"구조상 좀 더 조준이 징밀하고 방아쇠를 이용해 사용자가 원하는 시기에 방포할 수 있어, 심지가 다 탈 때까지 조준을 유지해야 하는 총통의 정확성과는 비교가 되지 않습니다. 방포할 때마다 화섭자로 불을 붙일 필요도 없고 급박한 상황에서 격목에 문제가 생기는 총통보다 운용이 용이하옵니다."

"과인이 세자의 말을 듣고 보니 기존의 총통보다 비싸지만 장점이 많다 할 수 있다. 성능을 보고 판단할 테니 시제품의 제작을 윤허하노라."

"성은이 망극하옵니다."

"만약 차후에 이런 복잡한 화기를 여러 정 생산하게 된다면 기존의 총통보다 시간이 오래 걸려 문제가 생기지 않겠느냐?"

"생산 문제는 장인 한 명이 한 정을 전부 제작하도록 하지 않고, 총통에 들어갈 부품의 크기를 규정하여 통일한 후 각자 따로 제작하게 하는 법을 생각해 두었습니다."

"그렇게 하면 생산에 차질은 없겠는가?"

"나중에 그것을 한데 모아 믿을 만한 이들에게 맡겨 조립만 하게 하면, 그것이 시간과 예산 모두 절약하며 무기의 기밀도 쉽게 지킬 수 있는 방도라고 사료됩니다. 하여 소자는 이 방법을 분업이라고 이름 지어보았사옵니다."

"그것참 신묘한 방법이로다. 향이 네가 이 아비보다 낫구나! 과인은 전혀 생각도 못 해본 방법이로다. 분업에 대해 생각해 보니 다른 곳에서도 능히 쓸 만한 방책이로다."

그렇게 아버님의 명이 떨어지고, 군기감 장인들과 장영실이 협업해 시제품 총 3가지의 제작에 들어갔다.

그리고 총은 시제품이 나와도 생산 재료나 단가 때문에 이후 양산이 될 수 있는지 확신할 수 없다. 조선은 구리를 전량 수입해서 쓰기에 완전히 총에 의존하는 것보다 지금 쓰는 장비를 개선해 보려고 생각했다.

그래서 전자사전으로 갑옷에 대해 찾기 시작했는데 이건 뭐야?

전신을 철판으로 감싸는 갑옷이 있었다니 이건 대체… 유려한 곡선으로 이루어져 아름답다 못해 화려한 갑옷의 형태는 내 안의 잠들어 있던 뭔가를 건드려, 내 마음을 하악거리게 만들고 있다.

이게 덕심이라고? 그럼 덕을 지키는 마음가짐이니 좋은 거 아냐? 밀덕? 음… 꼭 나 같은 사람을 지칭하는 단어라 하니 좋은 말이겠지.

내가 본 것은 바로 풀 플레이트 아머, 우리말로 하면 판금 갑옷이라 한다. 일단 냉정하게 멋진 걸 떠나 실용성이 있는지 궁금해 관련 자료를 봤더니, 무게는 사슬 갑옷이랑 크게 차이 안 나고 심지어 이걸 입고 뛰고 구르며 물구나무를 서는 영상 마저 보였다.

게다가 방어력은 얼마나 강한지 칼도 경사면을 이용해 퉁겨내고, 장궁으로 근거리에서 쏜 화살도 튕겨낼 정도니 우리가 쓰는 각궁이라 한들 멀리서 쏘아도 갑옷을 뚫기 어려워 보인다. 그렇게 성능을 확인하니 이걸 만들고 싶어서 안달이 날 것 같다.

조선에 철은 풍부하니 제련 방법만 사전으로 찾아내면 될 거 같은데……

일단 조선 최고의 제련 전문가이기도 한 장영실은 총기 제작에 들어갔으니 당장은 어쩔 수 없다. 지금 하는 일에 더해 판금 갑옷까지 만들라고 하면 당장 도망칠 것 같다.

그래서 간신히 판금 갑옷에 대한 덕심을 억누르고 미래에 생길 사건들에 대처할 계획을 하나씩 짜기 위해 명나라의 역사 공부를 시작했다.

그러다 명의 현 황제 정통제가 9년 후인 1449년에 야인들과 전쟁하다 잡혀간다는 구절이 보였고, 그러자 수많은 계획이 떠올랐다.

전에 본 역사 기록에선 앞으로 명이 망할 때까지 조선은 명의 신하로 남았고 명이 망하고도 계속 명을 섬겼다고 한다.

재조지은의 명분으로 청나라에 뻣뻣하게 굴다가 나라가 망할 뻔도 했고 조선이 망할 때까지 만동묘에서 만력제의 제사를 지내기도 했다. 나중엔 만동묘의 청지기가 벼슬아치보다 권력이 강했다고 하니, 조선의 문제가 심각했다고 보인다.

하지만 지금은 명과 그렇게 가까운 사이도 아니고 아버님은 언제나 전쟁의 명분이 생기는 걸 막고자 명에게 저자세로 대응 중이다. 나 또한 어린 시절부터 명의 사신을 접대하며 비위를 맞춰야 했고, 그런 현실이 답답해 울분을 품기도 했다.

이것은 조선이 명의 그늘에서 벗어날 처음이자 마지막 기회다. 그 기회를 잡아야 조선과 명의 관계를 바꿀 수 있다고 생각해 결심했다.

나의 조선은 결코 명에게 숙이지 않을 것이다.

*　　　　　*　　　　　*

총기 제작은 생각보다 시간이 더 걸릴 것 같다.

장영실 말고 다른 장인들이 만든 총열은 몇 번 시험 사격을 해보니, 내가 지적한 대로 뒤가 터졌다고 한다. 다행히 미리 내가 말한 대로 멀리서 줄을 연결해 당겨 시험했기에 사람이 다치지는 않았다고 한다.

방아쇠 구조보다 제대로 된 총열 만드는 게 더 힘들 줄이야……. 이거 생각지도 못한 실착이다.

기존에 쓰던 소총통 때문에 총열을 너무 쉽게 생각했나 보다. 하긴 총통도 화약이 격발하는 부분은 충격을 흡수하기 위해 앞부분보다 두껍게 만드는데 내가 조급해서 고려를 못 했다.

그렇다고 장영실에게 전부 맡길 수만도 없는 게 그가 없어지면 총을 만들 사람이 없어진다는 거다. 게다가 지금 조선엔 장인의 수도 터무니없이 적다.

현업 장인들의 개개인의 실력 편차도 너무 크고 분업을 한다고 해도 한 가지만 잘 만드는 숙련 장인이 양성되길 기다리는 수밖에 없어 답답하게 느껴졌다.

그래서 계획을 살짝 수정해서 전자사전에서 제철용 고로를 연구하기 시작했다. 그러자 거기엔 조선에서 잘 쓰지 않는 석탄과 여러 가지 재료들이 필요한 걸 알고 우선순위를 뒤로 미뤘다.

진행하려 한 일들이 안 되자 막막함이 느껴지는데, 그렇다고 이대로 손 놓고 있을 수도 없고…….

그래서 일단 장영실을 다시 찾아갔다.

"세자 저하, 기체후 일향만강하셨나이까?"

"사실 안녕치 못하다네."

"어인 연유로 그러시나이까?"

"대호군(大護軍) 말고 다른 군기감(軍器監)의 장인들이 전부 실력이 떨어져서 근심이 깊다네."

"각자의 재주가 타고남이 다른 것을 어찌할 수 있겠나이까."

그러자 장영실은 내 말을 칭찬으로 들었는지 말을 하며 약간 상기된 표정을 지었다. 이거 칭찬 아니거든요? 난 아재 얼굴에 뜬 홍조 같은 건 안 보고 싶어.

"그래서 말인데, 그대가 그들에게 자네의 술기를 전수해 줘야겠네."

"저하! 어찌 제가 가진 것을 제자도 아닌 타인에게 전하라 하시옵니까? 부디 명을 거두어주시옵소서!"

역시 요즘 사람답게 기술 전수에 대한 생각이 꽉 막혀 있다.

"이는 후학들을 키우기 위함이고 나아가 종묘사직을 위함일세."

"하오나 비인부전(非人不傳)하고 비기자부전(非器者不傳)하니 어찌 쉽게 모르는 이에게 기술을 전하란 말이옵니까……."

아래에서부터 올라와 출세하여 장군 중 하나인 종삼품 대호군(大護軍)이 된 장영실도 사고방식이 이러니까 이 사람 죽고 나서 조선 과학 분야 발전이 지지부진해진 거 아냐······. 아무튼 이건 당장에라도 꼭 개선해야 한다.

"인격으로 사람을 판단해 올바른 이에게 기술을 전수하는 건 좋은 말이지. 그런데 말일세, 만약 대호군이 늙어 죽기 전까지 마음에 차는 인물이 없다고 하면 대호군의 모든 기술은 그대로 실전되고 마는데 그땐 어찌할 건가?"

내가 알기론 장영실은 변변한 도제도 없는 거로 안다.

"그것은 그렇사오나··· 제자를 쉽게 받을 수는 없는 법입니다."

"그건 대호군 개인의 관점일 뿐일세. 대국적으로 보면 자네가 사라지는 순간 커다란 손해를 입고 조선의 술기가 백 년은 후퇴할 만한 일이란 말일세."

"저하, 어찌 비루한 소관이 없어진다 한들 조선에 해를 끼친단 말이옵니까······. 소관은 그저 주상 전하의 은덕으로 운 좋게 이 자리에 오른 장인일 뿐이옵니다."

이 아재는 혼혈 출신에 불우하게 자라서 그런 건가? 자기 비하도 심하고 굉장히 방어적이네.

"사실 이건 비공식적 발언이네만, 내 생각은 그대와 다르네. 고루한 유자들 백여 명이 있어도 대호군(大護軍) 그대보다 도움이 안 돼. 전쟁터에서 공맹의 도를 읽는다고 화살이 피해

가나? 아니면 상대가 칼질을 멈추겠나? 저기 머나먼 북방에 주둔 중인 군이 무사히 조선을 지킬 수 있는 게 다, 음지에서 인정도 못 받고 창칼과 갑옷을 만드는 장인들이 있기 때문이 네. 그리고 모든 장인을 통틀어도 그중 대호군이 으뜸인데 어찌 그리 자기를 하찮게 생각하는 건가?"

사실 애초에 전쟁 안 일어나게 하는 게 정치인이긴 하지만, 그게 안 통하는 상대도 있으니까 뭐 절반은 맞는 말이지. 애초에 다 역할이 다른데 힘든 일 하는 사람들 차별하면 나라가 제대로 돌아가겠어?

그러자 장영실이 감격했는지 조용히 눈물을 흘리기 시작했다.

"세자 저하께서 출신도 미천한 이 쇠장이를 이리도 생각해 주시는지 미처 몰랐었사옵니다. 성은이… 망극하옵니다."

어, 이 중늙은이가 큰일 날 소리 하네, 성은이라니! 그건 내 아버님께만 허락된 말이라고.

"큰일 날 소리! 누가 들었으면 어쩌려고 그러나."

"이 불초 소관 장모가 태어나서 저를 인정해 주신 분은 오직 주상 전하 한 분이셨고 전하 덕에 출세하자, 항상 겉으론 존중해도 뒤에서 출신이 천하다 욕하며 질시하고 시샘하는 무리가 참 많았사옵니다. 소관은 항상 공허하면서도 외로웠고 뭔가를 만들어 그 공허를 채우기 위해 노력했지만 최근엔 그것마저 작업이 끝나는 순간 다시 밀려드는 공허함을 채울 수가 없어 삶의 의욕을 잃고 있었습니다. 하나 국본이신 세자 저하마저 저를 이리도 인정해 주시니 이 소관 장모가 주상 전하와 세자 저하의 은덕를 어찌 갚아야 할지 모르겠사옵니다."

음… 왜 이 사람이 왜 가마 소동 때 파직당하고 은둔한 것인지, 그 이유를 이제 알 것 같다.

"대호군은 본인의 실력으로 그 자리에 오른 것뿐이고, 아바마마께선 그저 그대의 실적에 걸맞은 대우를 해주셨을 뿐일세. 자격루를 생각해 보게! 그대가 없었으면 그 대단한 기물이 어찌 세상에 나올 수 있었겠는가? 이는 온전히 그대의 실력 덕이며 절대 특혜나 운이 아닐세. 세상이 그댈 인정하지 않는다 해도 아바마마와 나는 그대를 인정하며 소중히 여기고 있다네."

사실 아바마마께서 장영실을 어찌 생각하는지는 나도 알 수 없다. 그럼 뭐 어때? 나라만 잘 돌아가면 그만이다. 역사에 남을 천재를 거두는데 무슨 말인들 못 할까.

"주상 전하와 세자 저하의 은덕에 소관은 가히 몸을 가눌 수가 없사옵니다."

그래, 그래야지. 그러니까 죽을 때까지 열심히 일해서 아바마마와 내게 보답해 줘.

그렇게 장영실은 내 설득에 넘어가 군기감 소속 장인들을 가르치고 새로 제자를 받기로 약조했다.

아, 한 건 해결이다! 다음엔 중세 유럽식 고로 재료 모아서 줄게요. 힘내요, 나의 소중한 공돌 씨. 한동안 기술 공부한다고 이거저거 막 배웠더니 좋은 말 배웠거든. 공돌이는 갈아야 제맛이라나?

*   *   *

그렇게 가장 급한 문제를 해결하자 슬슬 시간이 남는 것 같아 뭘 배워볼까 고민하다가, 미래의 내가 삼년상을 연달아 치르다 사망한 걸 떠올렸다.

확실히 과거의 나는 건강관리에 너무 무심했다. 내가 그리 허무하게 가지 않고 적어도 홍위가 20살 정도까진 크는 걸 보고 죽었어도 동생 놈이 반란을 일으키긴 더 어려웠을 거다.

그런데 다르게 생각하면 골골대며 좀 더 살았어도 암살당했을 수도 있다.

어의 전순의(全循義) 그치 아무리 생각해도 수상하단 말이야……. 지금 의학이 미래보다 미개하다 한들 내게 올린 처방도 전부 엉망이었고 내 동생 놈이 왕위에 오르자 공신 자리에 올랐다는데…….

암살까진 아니래도 일부러 죽도록 방치당했다는 합리적 의심이 든다.

아무튼 이번엔 아버님과 어머님을 허무하게 보낼 생각도 없고 반드시 건강하게 만들어 드릴 거다.

그래, 몸을 단련해야 한다. 동생 놈… 아니, 이젠 그놈이나 그 새끼라고 해야겠다. 이젠 가족도 아닌데 동생이라고 할 필요도 없지.

아무튼 그 새끼만큼은 무리겠지만 최소한 한 명의 병사 정도 될 만한 체력은 키워야겠다.

삼년상을 연달아 두 번 치러 죽었으면 삼년상 두 번 치러도 멀쩡한 몸이 되면 되는 거 아냐?

그렇게 결심하고 전자사전에 운동법을 찾자 수많은 지식들이 즐비하다.

일단 운동 초심자인 내가 하기 쉬운 것부터 찾았다. 스쿼트라고 부르는데 일단 도구가 없이도 하반신을 단련할 수 있고 방에서도 혼자 할 수 있을 거 같다.

그런데 전신 거울이 없어서 혼자서 하다 몸 다칠 수도 있겠는데, 이걸 어떻게 하지?

아… 생각해 보니 여긴 조선이다. 도구가 없으면 사람을 부리면 된다.

그래서 입직 내관 중 한 명을 불렀다.

"거기 아무도 없는가?"

"부르셨사옵니까? 저하."

"그래, 내가 이번에 죽었다 살아난 이후 깨달은 게 있어 몸을 단련하려고 한다."

"예, 저하."

"내가 지금부터 하려는 단련은 자세가 중요한데, 내가 올바른 자세를 먼저 보여줄 터이니 자네는 그 자세를 기억했다가 내가 단련 도중 올바른 자세를 취하지 못하고 흐트러지면 그때 바로잡아 주면 되네. 이해했나?"

"예, 세자 저하."

그래서 난 사전으로 맨손 스쿼트 자세를 띄워놓고 그대로 따라 하면서 내관에게 보여주었다.

어, 생각보다 굉장히 거북하네…… 여기저기 다 당기는 느낌이라고 해야 하나?

"기억하라, 이게 정자세다. 이 상태에서 몸을 굽혔다가 다시 일어나는 걸 한 번으로 친다."

"무인들이 단련할 때 쓰는 마보와 비슷한 자세 같습니다."

그래? 비슷한 게 있었구나.

"그걸 응용해서 궁리해 봤다."

일단 처음 목표를 백 개 정도로 잡고 해보자.

으으음…….

처음엔 쉽게 생각하고 도전했었는데 내 생각이 짧았다. 사전에 적힌 요령대로 천천히 근육을 자극하듯이 움직여서 스무 번을 넘기고 서른에 가까워지자 원래 운동과 담쌓고 살던 몸이라 그런지 평소 안 쓰던 근육이 미친 듯이 떨리고 있다.

"세자 저하, 자세가 흐트러졌사옵니다."

"그… 그래……. 어디가 흐트러졌는지 말하거라."

"상반신이 완전히 내려와 허벅지에 기대고 계시고, 앞에서 볼 때 문(門) 자 형태를 취해야 할 다리가 인(人) 자 혹은 팔(八) 자 형으로 처음과 완전히 다른 자세로 변했사옵니다."

"……."

사실 죽었다 살아난 이후로 나도 모르게 근육 돼지라고 불러도 부족함 없던 그 새끼를 두들겨 팬 일로 인해 사실 내 신체가 강해진 게 아닐까? 혹은 나도 원래 한주먹 했었나? 하는 착각에 빠져 살고 있었나 보다.

귀신 놈이 주입한 건 그냥 치료 약 같은 거였나 봐. 그게 저 잣거리 왈패들이나 믿는 미신 나부랭이에 있던 영단(靈丹) 같은 건가 하고 잠시 착각에 빠졌었나 보다.

그 새낀 정말 배고파서 기운이 없었거나 형인 내게 반항할 수 없어서 맞고만 있었나 보다.

독한 놈, 어떻게 방어 한번 안 하고 다 처맞았냐? 혹시 그게 두 번째 기회라고 생각한 건가? 아무튼 지금에 와선 알 수 없는 일이다.

아무 생각 말고 운동이나 하자.

"저하, 상반신이 내려가고 있사옵니다."

"저하, 중심이 흐트러지셨사옵니다."

"저하, 다리가—"

"저하—"

저 내관 놈 티 안 내려고 하지만 은근히 즐기는 표정인데? 말투도 굉장히 고깝게 들린다.

나이도 어려 보이는데 세자 목전에서 굉장히 무례하네.

"헉, 허억… 허어……."

간신히 백 번 다 끝냈다. 맨몸으로 해도 이 정도인데 영상에 나오는 무지막지하게 무거워 보이는 철근 봉 들고 하는 사람들은 정녕 같은 인간이 맞나?

"자네 이름이 뭔가?"

"소관 김(金)가 처선(處善)이라 하옵니다."

뭐? 연산군한테 화살 맞아 죽었다는 그 김처선? 허, 지금 보니 십 대 후반에서 스무 살 정도로 보이긴 하니 나이는 얼추 맞겠네.

성격이 강직해서 연산군한테 할 말 다 하고 죽었다는 이야기들이, 뺀질뺀질해서 비꼬게 들리는 저런 성격에서 비롯한 거야? 그에 대해선 잠깐 본 게 전부라 확실하게 기억이 안 난다.

잘 키우면 충성할 놈 같으니까, 운동할 때 전담으로 써야겠다.

"알겠다. 이만 물러가고 내일부터 이 시간에 내가 부르지 않아도 와서 나를 돕거라."

"명을 받들겠사옵니다, 세자 저하."

그렇게 평소 일과 마지막에 운동을 시작하고 일주일 정도가 지나자 점점 스쿼트에 몸이 적응하고 있다. 처음 할 땐 죽을힘을 다해 간신히 하던 운동이었는데 이제 조금씩 개수가 늘고 있다.

직접 지도해 주는 사람 없이 혼자 배우면서 운동을 하다 보니 처음부터 백 개는 목표를 너무 높게 잡았다는 생각이 들었다. 그래도 익숙해지니 은근히 재미가 붙어 어제보다 운동 횟수가 조금이라도 늘어나는 게 은근한 중독성과 마력이 있었다.

허… 그 새끼 이 맛에 중독돼서 단련한 건가? 충분히 빠질 만하네… 이거 너무 재밌어.

*　　　　*　　　　*

그러던 와중에 한 달이 지나고 장영실이 주도하여 제작 중이던 총기의 시제품이 나왔다.

"아바마마, 대호군 장영실과 군기감 소속 장인들이 신형 총통의 시제품을 완성했다 하옵니다."

"그래, 과인도 이미 장계로 보고 받아 알고 있었다."

"그리하면 소자가 병기를 시연하는 곳에 아바마마를 모셔도 되겠사옵니까?"

"그래, 세자가 설계한 신무기인데 그 성능이 어떤지 궁금하여 한번 보고 싶었도다."

"그럼, 소자가 모시겠사옵니다."

그리하여 아바마마와 조정 대신들은 궁궐 근처에 마련된 신무기 시연장으로 행차했다.

이번 실험을 위해 임시로 만든 병기 시연장이었지만 내 지시대로 총마다 다른 거리별로 과녁을 준비하고 시각적 효과를 위해 허수아비의 머리와 가슴 부분에 붉은 물이 든 박을 넣어두었다.

군기감 소속의 총통병 두 명이 나와 각각 나팔총 수석총을 들고 사격 준비를 마쳤다.

"그럼 방포를 명해주시지요, 아바마마."

"하하하! 굳이 과인이 할 필요가 있겠느냐만, 세자의 청이라면 과인이 명하겠노라."

"이 조선에서 아바마마 말고 군에 명령을 내릴 이가 또 누가 있겠사옵니까? 이는 당연한 일이옵니다."

"세자, 네가 이 아비의 얼굴에 금칠을 하는구나."

"아니옵니다. 전하, 소자는 그저 도리를 말했을 뿐이옵니다."

"그래, 순서대로 방포할 것을 명하노라."

아바마마의 명이 떨어지자, 사격 통제 군관의 명이 뒤따른다.

"방포하라!"

— 탕!

"관중이오!"

16보(약 30m) 거리의 과녁 허수아비에 나팔총이 발사한 산탄이 명중해 머리와 몸통 부분이 동시에 터져 피가 터지듯이 사방으로 물을 흩뿌렸다.

"세자 저하께서 고안하신 신총통(新銃筒)의 위력이 대단한 것 같소."

평소에 화약 무기 볼 일이 없었던 신료들은 처음 보는 총의 위력에 대단히 경도된 것 같다.

"음… 소장이 보기엔 철환을 흩뿌리는 게 개인이 아닌 밀집된 다수의 적에게 효과가 있을 듯하고, 조준 후 발사 속도와 정밀함이 더 대단한 것 같소만."

함길도 도절제사 김종서의 평이다. 이번에 내가 고안한 신무기들을 시연할 테니 보러 오라는 서신을 미리 보냈더니 바로 올라와서 이렇게 감상 중이다. 역시 문신 출신이긴 해도 북방에서 오랫동안 군을 이끈 이답게 무기의 특징을 한눈에 알아봤다.

"방포하라!"

이번엔 수석총을 든 사수가 총을 발사했다.

— 탕!

"관중이오!"

이번엔 40보(약 70m) 거리에 표적의 몸통 부분이 깨져 핏물이 흐르고 있지만 거리가 멀어 잘 보이지 않는다. 이 정도면 시력이 안 좋으신 아버님에겐 아예 안 보이실 거 같은데? 이걸 생각 못 했네.

"아바마마, 두 번째 사수의 신총통이 40보 거리의 표적의 가슴 부분에 관중했사옵니다."

"그러한가? 세자가 대단한 무기를 만들었구나, 참으로 장하다."

무관들 역시 수석총의 위력에 놀란 듯하다.

"저 정도면… 기존의 총통보다 맞힐 수 있는 범위가 더 멀어 보입니다."

"저 총통 역시 조준 후 방포 시간이 비교가 안 되게 빠르긴 매한가지인가 보오."

"그렇소. 게다가 기존 총통의 두 배 이상은 날아가는 듯하오."

이제 마지막 차례다.

화승총을 든 병사 아홉이 수레를 끌고 나온 후 삼 열로 줄을 맞춰 섰다.

"세자, 저들은 어찌하여 여럿이 나와 있는가?"

"아바마마, 저들은 병법 중 하나인 차전(車戰)을 선보이기 위해 나왔사옵니다."

"과인이 모르는 병법이로구나……. 그것은 세자가 고안한 것인가?"

"아니옵니다. 서진(西晉)의 명장 마륭(馬隆)의 전법을 신총통과 같이 시연하려 준비시켰습니다."

"그럼 백문이 불여일견이라 하니, 과인이 먼저 보고 판단하겠도다. 시작하라."

그러자 준비하던 병사들이 일제히 표적 방향을 향해 수레를 세워 벽을 만들고 그 뒤에 몸을 숨겼다.

"일 조 방포!"

— 탕! 탕! 탕!

수레에 몸을 엄폐하며 표적을 조준하다 방포 명령이 떨어지자 발사한 총알은 30보(약 50m) 거리의 표적에 전부 명중했다.

그리고 일 조가 빠져나온 후 곧바로 대기하고 있던 다음 조가 준비한다,

"이 조 방포!"

같은 방법으로 다음 조 역시 수레에 몸을 숨기며 교대해 가며 총을 쏜다.

"삼 조 방포!"

삼 조가 사격한 다음 그사이 재장전을 마친 일 조가 다시 총을 쏘았고, 그리하여 3개 조가 서로 교대해 가며 10발씩 총을 번갈아 쏘고 시연을 마쳤다.

"아바마마, 차전의 시연이 끝이 났습니다."

"대단하구나, 과인이 아는 병법 중엔 저보다 더 북쪽의 야인들에게 효과적인 병법이 없을 듯하다."

과연 아바마마의 식견도 대단하시다. 본래 차전은 마륭이 북방의 기마족 독발부를 상대하기 위해 만들었던 병법이다. 그는 수레와 노를 이용한 차전을 고안해 10년 가까이 서진을 유린하던 독발부의 수장 독발수기능(禿髮樹機能)을 격파하고 북방을 평정했다.

"이는 소자가 아바마마의 근심을 덜어드리기 위해 옛 역사와 병법을 공부하여 알아낸 것이옵니다. 그저 선인의 지혜를 빌려온 것이니 대단할 게 못 됩니다."

"세자는 너무 겸양하지 않아도 좋다. 내 일찍부터 세자가 병법에 출중함을 알고 있었으나 이 정도의 경지에 오른 줄은 몰랐다. 이 정도로 병법에 조예가 깊은 이는 조정의 무관 중에도 없을 것이다."

"아뢰옵기 송구하오나, 소자는 군을 이끈 경험도 없는 백면 서생에 불과해 이는 탁상공론에 불과하옵니다."

"고사를 아는 것만으로 누구나 이런 성과를 내지 못한다. 내 세자의 공을 인정해 제작에 참여한 대호군과 장인들에게 적당한 상을 내릴 것이다."

"성은이 망극하옵니다."

"한데… 세자가 만든 총통은 양산 가능성이 있는가?"

"세 가지 총통 중 앞서 본 두 가지는 부품이 복잡하여 비용이 많이 들어가며 부싯돌의 수급이 문제가 되옵니다. 처음부터 그 총통들은 후대에 발전된 총통을 개발하기 위한 견본으로 만든 것입니다."

애초에 장영실이 있기에 만들 수 있었던 수석총이다. 그냥 군기감 장인들만 있었다면 아직도 화승총 방아쇠와 총열을 두고 씨름 중이었을 것으로 생각한다.

"또한, 마지막에 보여드린 총통의 제작법은 앞의 두 총통보다 구조가 간단해 양산할 수는 있사옵니다. 하지만 신총통의 가장 중요한 부품인 총열 제작에 숙달된 장인이 적어서, 몇 년 동안은 신총통만 만들 장인을 모아 교육하며 수를 늘려야 할 것이옵니다. 그 전엔 시험 제작에 참여한 장인들을 동원하면 하루에 세 정 정도 만들 수 있다 합니다."

"들어가는 재화는 둘째 치고 장인이 부족한 것이 문제로구나."

"이는 시간이 해결해 줄 문제니, 너무 심려 마소서."

그렇게 시연회가 끝나고 궁으로 돌아가려는데 김종서가 내게 말을 건넸다.

"세자 저하, 소장이 지난 변고 때 찾아뵙지 못해 사과의 말씀부터 올리겠나이다."

"나라의 일을 하는 사람에게 어찌 사사로이 그런 걸 따지겠소? 괘념치 마시오."

"감사합니다, 세자 저하."

"그런데 무슨 일이오? 내게 할 말이 그것뿐이 아닌 것 같은데?"

"혹시 시연에 쓰인 총통을 북방군이 사여받을 수 있겠나이까?"

이 아재가 제정신인가? 그걸 왜 나한테 물어?

"어찌 국가의 병장에 관한 일을 세자인 내게 묻는단 말이오? 아니 될 말이오."

"소장이 신병기를 보고 마음이 들떠 큰 실수를 범했습니다. 송구하옵니다."

하나도 안 미안한 표정 짓고 사과하는데 어이가 없네.

"혹여 아바마마께서 시제품을 사여하겠다고 윤허하신다 해도 안 되오."

"혹… 소장이 그 연유를 물어도 되겠습니까?"

"첫째로 대국의 귀에 들어가면 곤란해질 거요. 분명 트집을
잡거나 공물로 바치라고 할 테니."

솔직히 지금 명나라에선 어마어마한 양의 화기를 갖추고도
병사들에게 사용법을 안 가르친다. 사실 줘도 안 쓰거나 처박
아둘걸? 준다 해도 총열 뒷구멍 터지게 만들어서 줄 건데 별
상관없어.

"첫째 이유만으로 금세 납득 가능하니 소장의 어리석음을
탓해야겠군요."

이유는 모르지만 김종서가 날 시험하려고 하는 거 같은데
이런 싸가지에겐 내 쪽에서 먼저 폭탄을 던져주마.

"그다음엔 악적 이만주(李滿住)를 잡을 때 비밀 병기로 쓰려
하니, 철저히 숨겨야 하오. 신중하고 약삭빠른 이만주라면 대
항하지 않고 철저히 도망치려 할 테니 그가 방심하게 만들어
단 한 번의 기회를 노려야 하니 절대 불가하오."

"이 우둔한 이가 작은 것을 탐내 대업을 망칠 뻔했으니, 사
직에 큰 해악을 끼칠 뻔했습니다. 정말 송구합니다, 세자 저
하."

"알았으면 다른 무관들도 탐내는 이가 없게 단속 부탁하
오."

이 아저씨는 좀 전부터 내 말을 듣는 내내 들떠 보여 주체가 안 되네.

"소장이 잘 이야기하여 조치하도록 하겠습니다."

아니, 왜 그런 표정으로 바라보는 거지? 설마 자발적으로 내 그물 안에 뛰어들고 싶은 3호기 예약인가? 평생 갈리고 싶어요?

                    *   *   *

밤이 되어 침소를 정리하고 자리에 들어 사극 드라마를 보려고 찾는데, 너무 많아서 뭘 봐야 할지 모르겠다.

일단 목록을 넘기려 화면을 움직이다가 실수로 엉뚱한 영상을 만져 그것이 재생되기 시작했고, 그것을 되돌리려고 조작하려는 순간 화면을 가득 채운 살들의 향연과 비명에 가까운 소리에 그만 넋을 잃었다.

어… 음… 오… 오오오…….

여체라는 게 이리도 아름다운 거였나?

왜 진작 알지 못했을까……. 내가 아는 방법은 오직 하나 정상위라고 부르는 자세뿐이었는데, 상상도 못 해본 별의별 자세들이 있다는 걸 알게 되었다.

난 선천적으로 성욕이 거의 없었다. 그렇게 생각했던 시기가 내게도 있었지.

하나, 지금부터는 아니야.

말없이 영상을 감상하다 보니 신체 한 곳에 열이 올라 도저히 주체할 수가 없었다.

아… 이걸 어떻게 하지?

그러자 따… 아니, 자위 혹은 수음이라고 부르는 개념이 생각났는데, 그 순간 이건 뭔가 아닌 것 같고 용납할 수 없어 그냥 참았다.

그때부터 약 사흘간 자기 전에 야동이라 부르는 영상과 여자에 대한 자료와 영상들을 보면서 성에 대한 공부를 했다. 세자빈을 찾아가 합방하려고 자리에 누워 그동안 갈고닦은 지식을 시험해 보려고 하자 나이 많은 궁녀들의 잔소리가 시작됐다.

"저하, 심기체를 바로 하시고 자세를 곧게 유지하시지요."

아, 맞다.

합궁해 본 게 하도 오래전이라 까맣게 잊고 있었는데, 조선 왕이나 세자의 합궁은 신성한 아이 만들기 의식이라 길일도 따지고 관계 도중 자세도 못 바꾸고 정해진 법도대로 하지 않으면 부정 탄다는 식의 헛소리를 들어가며 억지로 정해진 법도인 정상위로만 해야 했다.

합궁 도중에 지나치게 흥분해도 안 된다고 면박도 준다.

그러니까 미래식으로 비유하자면 9명의 시어머니급 잔소리 코치들을 끼고 잠자리를 해야 하는 거다.

상대의 옷도 제대로 다 못 벗기고, 내가 야동을 보기 전까지 미처 모르고 있던 여체의 아름다움 같은 건 저 시어머니들 때문에 감상하기도 힘들다.

갑자기 짜증이 머리끝까지 차올라서 한마디 했다.

"그대들이 보고 있으니 합궁할 기분이 들지 않는구나. 모두 물러나거라."

"저하, 아니 될 말씀이옵니다."

"그러니까 물러나래도."

"저하! 이것은 궁중의 법도이자 전하와 선대왕들께서도 다들 감수하시던 일이옵니다."

태조 대왕과 태종 대왕, 그리고 아바마마와 나도 사가에서 평범하게 태어났는데? 이딴 꼰대 같은 법도 만든 사람은 분명 왕의 도덕성과 어쩌고 강요하던 정도전일 거야. 이런 개같은……

"만에 하나 정을 통하시던 중에 지나치게 흥분하셔서 옥체에 위급한 일이라도 생기실까 봐 저희가 지켜보며 올바른 합궁을 지도하는 것이옵니다."

웃기는 소리.

"사실… 내가 여태 여색에 관심이 없던 게 아니라 너희들 때문에 할 마음이 들지 않았다."

거짓말이지만 그래도 앞으로 잔소리쟁이들 끼고 합궁할 생각을 하니 섰던 것도 당장 죽을 판이다. 이참에 확 질러 버리자.

"몸이라도 제대로 섞어야 여인과 없던 정이라도 붙는 법인데, 궁중의 법도를 따지며 이러니저러니 하며 내게 간섭하니 그동안 내가 제대로 합궁할 생각이 들었을 거 같으냐?"

"하오나 저하, 법도를 지키셔야……."

"네놈들이 정녕 내 후사를 끊을 셈이냐!"

별을 봐야 달도 딸 거 아냐.

"하나 선대왕들께서도 전부 참고……."

"더 듣기 싫다. 좋아하는 일도 잔소리 들어가면서 하면 곧 싫증 나는데, 너희 같으면 이게 집중이 될 거 같은가? 당장 나가거라!"

"저하! 옥체에 위급한……."

같은 말만 반복하길래 짜증이 나서 막말이 튀어나왔다.

"니들이 보고 있으면 안 선다고! 그리고 만에 하나 내 몸에 문제가 생겨도 마찬가지야. 어차피 어의 불러야 하잖아. 너희가 뭘 할 수 있냐?"

내가 합궁하다가 심장에 무리 올 나이도 아니고 온다 해도 심폐소생술도 모르고 응급처치도 모르는 궁녀들은 정말 필요 없다.

"만에 하나 긴급한 상황이 오더라도 빈궁이 있으니 충분하다."

"그럼 저희는 십여 장 밖으로 물러나 있도록 하겠습니다. 동궁빈 저하, 위급한 일이 생기시면 큰소리로 외쳐주시옵소서."

음… 이 정도면 타협해 줄 만하겠네. 저들도 뭐 법도 지킨다고 이러는 거니 더 몰아붙이기엔 죄책감 든다. 이 정도로 만족하자

"알겠다. 이만 물러나거라."

이야기를 마치고 세자빈을 바라보니 나의 이런 모습이 생소한지 멍한 얼굴로 눈만 깜빡이고 있었다.

그런 세자빈의 옷을 전부 벗기니, 세자빈이 부끄러워하면서 내게 간청했다.

"저하, 불을 꺼주시옵소서."

"싫소, 왜 아름다운 빈의 여체를 못 보게 하려는 거요?"

세자빈의 얼굴이 붉어지며 말했다.

"저하, 부끄럽사옵니다……. 그리고 궁의 법도가……."

"법도는 무슨… 부부가 서로 사랑하는데 그런 게 왜 필요하오? 난 그냥, 그대만 있으면 된다오."

여자에 대해 공부하려고 미래의 로맨스 드라마를 보다가 낯부끄러워 손발이 오그라들다 못해 증발할 것 같은 대사를

일부만 따라 해봤다.

부인… 표정은 부끄럽다고 말하는 거치곤 묘하게 기뻐하는 것 같은데? 이런 말에 내성이 없어서 그런가? 내 생각보다 효과가 대단했다.

아무튼, 이 오빠 믿지?

나도 옷을 벗자 세자빈도 내 몸을 보곤 침을 꼴깍 삼키는 게 보인다.

그리고 그날 난 야동에서 본 것들을 하나하나 시험해 보며 세자빈이 까무러칠 때까지 세자빈을 놔주지 않았다.

*　　　　*　　　　*

아침이 참 상쾌하네!

세상이 아름다워 보여…….

미래의 방법으로 몸을 단련한 효과가 있는 것 같았다.

하아… 합궁이 이렇게도 좋은 거였다니.

그동안 인생을 손해 보고 산 기분이 든다.

음? 궁녀들이 얼굴이 붉어진 채 자기들끼리 수군거리고 있네? 나와 눈이 마주치기라도 하면 급히 고개를 숙이고 얼굴을 발갛게 물들인 채 부끄러워하고 있다.

평소에 내게 예를 표하던 것과 다른 게 느껴진다.

대체 왜 그러지?

곁에 있던 김처선을 불러 물어보았다.

"저들이 왜 저러는지 아느냐?"

"저하, 그… 그것이"

웬일로 평소처럼 뻔질대는 분위기가 안 느껴지지?

"말해보아라."

"저하… 그게……."

허… 참 오래 안 본 사이긴 하지만, 이러는 모습이 처음이라 참 생소하네. 그냥 평소처럼 해.

"말해보래도."

"그것이 지난밤에 저하께서 합궁하시면서, 두 시진에 가깝도록 그 소리가 끊이질 않아……."

뭐? 내가 그렇게 오래 했다고? 하, 근데 소리가 밖으로 다 샜다고?

이런 망할…….

어젠 처음으로 해방감에 취해 소리 같은 건 신경을 안 쓰고 했더니, 전부 다 들렸다니… 갑작스럽게 창피함이 밀려왔다.

"저하, 모두가 저하를 칭송하고 있사옵니다."

이건 또 무슨 소리야? 하지만 대답은 근엄하게 해줘야지.

"그러한가?"

"모두가 저하의 절륜하심을 칭송하며, 자선당의 궁녀들은 한 번만이라도 승은을 입길 간절히 바라고 있다고 하옵니다."

아, 자고 일어났더니 인기남 됐다 이거야?

그 후로 소문이 아바마마의 귀에까지 들어갔는지 다음 날 아침 문안 인사를 드리자 아바마마께서 하문하셨다.

"하하하! 과인이 그동안 세자가 문무 양면에서 완벽하다고 생각했지만, 너무 여색에 관심이 없어 수심이 깊었던 바이니 세자가 자손을 보기 위해 이리 힘을 쓰니 이 어찌 왕실의 경사가 아니겠느냐?"

어… 아버지 왠지 서론이 기신 게 다른 의도가 있어 보이시는데…….

"그래, 내 요즘 세자가 여러 가지 방도로 육체의 단련에 힘쓰고 있다고 들었다. 그렇게 건강해진 양생의 비법이 따로 있느냐?"

말을 이리저리 돌려 하셨지만 결론은 정력 강화법을 물어보신 거나 다름없다. 이거 참 민망해지네…….

"예, 아바마마. 그것은 섭생에 힘써 식단을 조절하고 하반신을 단련하면 되옵니다."

"식단이라고? 세자가 최근 먹는 것을 바꾸었느냐?"

"예, 아바마마, 염분을 줄이고 고기의 기름기가 최대한 적은 것으로 바꾸었사옵니다. 그리고 쌀밥의 양을 줄이고 채소와

생선, 육고기의 조화를 이룬 식단을 먹었나이다."

고기를 너무 사랑하다 못해 고기가 삶의 일부가 된 아버지에게 고기 줄이라고 해봐야 씨알도 안 먹힌다. 오죽하면 할아버지 태종도 아버지가 상 치를 때 그냥 고기 먹으라고 했겠어.

아버지 스스로 정무에 몸을 갈아 넣으시고, 그러고도 모자라 한 사람이 해도 힘에 부칠 수많은 연구에 힘쓰고 계신 아버지가 유일하게 스트레스 해소 수단으로 여기시는 게 방사와 식사, 아니… 섹스와 고기다.

그런 아버지에게 고기 말고 딴 거 드시라고 해도 바꿔실 리 없고, 사랑하는 맏아들인 나의 간언이래도 들으실 분이 아니다. 그러니 최대한 내가 배운 영양학적 균형에 맞춘 식단을 권해야 한다.

"오호, 그러한가? 그럼 맛이 없을 텐데? 그런 수라상이라면 과인은 그다지 내키지 않는구나."

그렇다.

내가 먹는 식단은 고기 지방도 거의 없고 소금을 적게 넣어 맛은 그다지 없다. 그러니 아버지에겐 나중에 특별한 음식을 바쳐야겠다.

"그럼 소자가 아바마마께 맛도 좋고 옥체에 좋은 것을 만들어 바치겠나이다."

"허허… 아들이 이 아비에게 좋은 음식을 지어 바친다 하니 참으로 갸륵하도다. 향아, 이 아비는 만고의 효자인 네가 있어 지극히 행복하구나."

아버지, 저를 너무나도 사랑하시는 거 알지만 만고의 효자라니 그건 다분히 사관을 의식하고 하신 말씀으로 들려 제가 다 부끄러워져요.

"그리고 소자가 몸을 크게 움직일 필요도 없고 크게 힘들지도 않은 하체 단련법을 알려 드릴 터이니, 하루에 한 식경만 하시면 날마다 하루하루가 달라지시는 것을 느끼시게 되실 것이옵니다. 이는 실내에서도 능히 가능하니 장소를 가리지 않고 단련할 수 있사옵니다."

"허, 그러한가? 내 아들이 그런 신묘한 양생법을 만들었다면 과인도 능히 매일 할 수 있을 듯하구나."

진짜죠? 아버지, 절대 무르기 없습니다!

그리고 난 아버지께 도구 없이 할 수 있는 스쿼트 운동법을 체굴(體屈)법으로 이름을 바꿔서 알려 드렸다.

"이렇게 하면 되는가? 다만 뭔가 자세가 민망한 것 같기도 하고 생각보다 힘이 드는구나."

"처음 하셨지만 완벽하십니다. 역시 아바마마께선 뭐든 다 잘하시는 것 같습니다."

"허허, 그러한가? 과인이 평소에 바빠서 그랬을 뿐 마음만 먹으면 이런 것도 능히 다할 수 있도다. 과인 역시 태조 대왕의 피가 흐르는 몸이야."

"다만 유의하실 것은, 첫날에 삼십 번 정도로 시작하시고 이후 익숙해지면 횟수를 차차 늘려가고 움직이면서 흔들림 없이 올바른 자세를 계속 유지하셔야 합니다. 잘못된 자세로 이를 행하면 자칫 근육이 상할 수 있사옵니다."

내 말을 듣고 천천히 동작을 행하시던 아바마마의 용안에 비 오듯이 땀이 흘러내린다.

"그리하여 상선에게도 자세한 요령과 자세를 일러둘 터이니 매일 시간에 맞춰 올바른 자세로 행할 수 있게 조치하겠습니다."

"아… 아니… 세자, 그건 과인이 공사가 다망하여……."

내가 이렇게까지 할지 몰랐던 아버님이 당황하신 것 같다.

"어찌 조선의 지존이신 주상 전하 옥체의 성후(聖候)를 지키는 것보다 더 중한 일이 있을 수 있겠사옵니까? 약조하신 대로 부디 소자의 청을 들어주소서."

아버님도 급하셨는지 간절한 표정으로 날 바라보신다.

"아니, 아들아… 그건 약조라기보단……."

"이 나라의 세자이기 전에 아바마마의 아들로서 불효를 저지를 수 없음을 통촉하여 주시옵소서!"

갑자기 방 안에 있던 모두가 뒤에서 절을 따라 하며 외쳤다.

"부디 통촉하여 주시옵소서!"

나도 놀라서 순간 예법도 잊고 뒤를 바라보니, 나와 눈이 마주친 상선과 궁인들의 얼굴이 흐뭇해 보인다.

저 반응을 보니 저들도 그동안 아바마마의 건강관리 하느라 얼마나 고생했을지 불 보듯 뻔하다.

아버지! 이번엔 절대 빠져나가시지 못할 것입니다, 제 함정 패를 발동시키셨어요!

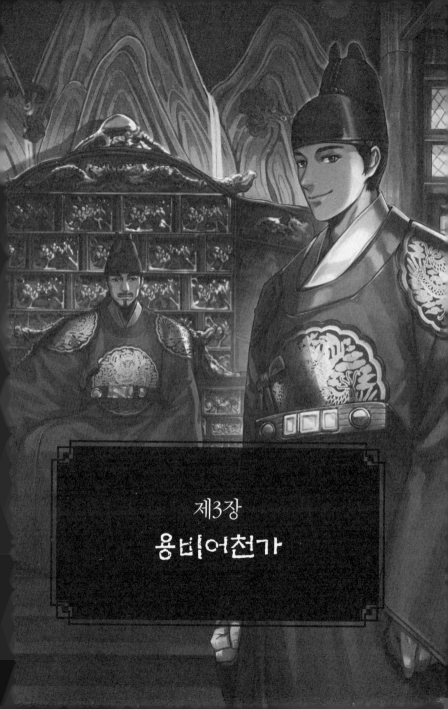

제3장
용비어천가

　지난번 총통 시험 당시 아버님의 시력을 고려 안 하고 진행
해서 반성의 마음이 든다.

　미래엔 분명 내가 상상하는 것 이상의 기물들이 잔뜩 있을
테니 눈이 나쁜 사람들의 안력을 보조할 만한 게 있을 거라
생각하고 검색을 하려는데 무슨 단어를 넣어야 할지 막막하
다.

　눈 좋아지는 법이라고 치니 식이요법과 눈 안마법만 나온
다. 그래서 시력 보조라고 넣으니 웬 약들만 잔뜩 나오는데,
약 종류는 내게 쓸모없단 걸 지난번에 공부로 알게 됐다.

화학이라 하는 물질 변화에 관한 학문을 개발 안 하면 미래의 약 중 만들 수 있는 게 한 개도 없다는 현실 말이다. 그 핵심 재료들도 대부분 석유라고 하는 검은 물이 없어서 못 만든다.

모든 미래의 기술 중 대부분은 기반 기술이 없으면 만들 수 없고, 모든 기술이 유기적으로 연결되어 있어서 뭔가를 하려고 해도 단 한 가지가 모자라서 시도 못 하는 게 현실이다.

그 외엔 적용할 수 있는 발전된 사회제도를 도입하고 싶어도 내가 세자 신분이기 때문에 내 권한 안에서 할 수 있는 일들을 진행해 성과를 보이며 아버님의 허락을 받아야 비로소 가능하다.

그렇게 시력에 관련된 걸 찾다가 안경이란 것을 찾았다. 미래엔 이걸 유리나 플라스틱이란 신소재로 만들어서 굴절의 원리로 인해 눈이 나쁜 사람도 잘 볼 수 있도록 만들어준다고 한다.

그런데 지금 조선의 기술력으론 정밀한 유리 제작이 어렵고 유리 제조는 첨단기술이나 다름없어 명국에나 가야 쓸 만한 유리를 구할 수 있으니 대안을 써야겠다.

일단 안경을 제작하려면 착용자의 시력 검사부터 해야 하는데, 이건 글로만 배운 내가 어찌 적용해야 할지 몰라서 다른 방법을 쓰기로 했다.

제반 기술이 안 된다고? 그럼 사람을 동원해 갈아야지. 문자 그대로 갈아야 한다.

장신구를 만드는 장인 중 수정 연마 기술 가진 사람을 모아 같은 크기의 안경알을 제작하게 하고, 전부 두께를 미세하게 다르게 주문해 볼록 알과 오목 알을 수십 개씩 갈아서 만들게 시켰다.

주상 전하에게 바칠 것이니 최선을 다하라고 주문하고, 장인들을 모아 안경테 제작에 착수했다.

그렇게 약 한 달간 말 그대로 갈려 나간 공돌이⋯ 아니, 장인들은 피폐한 상태로 내게 완성된 안경알들을 바쳤고 난 그동안 거북 등껍질로 만든 테에 나전 장인들을 동원해 용 비늘 모양의 장식을 넣고 비단으로 만든 끈에 수실과 장식을 이용해 귀에 걸 수 있게 만들어 안경테를 완성했다.

"소자가 이번에 아바마마의 학업에 도움이 될 기물을 만들어보았습니다."

"세자는 방금 과인의 학업이라 했느냐?"

"예, 그렇사옵니다."

"과인이 자만하는 것은 아니나⋯ 과인은 이미 학문으로 일가를 이룰 수 있다고 자부하는 바이다. 그런데 학업에 도움이 될 기물이라 하니 호기심을 자극하는구나."

"그렇다면 허락하신 것으로 알고 들이겠습니다."

내 신호에 맞춰 대기하던 내관들이 안경알들이 든 함을 가져왔고, 흠집 나지 않게 비단으로 싸둔 안경알을 꺼내 아버님께 보여 드렸다.

"바로 이것이옵니다, 아바마마."

"이것이 무엇인고?"

"소자가 일전에 수정알을 보다 알의 굴절에 따라 비치는 모습과 크기가 달라 보여 이에 착안해 아바마마의 시력에 도움이 될 보조 도구를 만들어보았습니다."

"이걸 눈에 대고 있으면 된다는 건가?"

"기본적으론 그렇지만 시험해 보니 사람마다 양안이 각각 좋고 나쁨이 달라 미세하게 다른 굵기로 연마한 수정을 여럿 준비해 보았사옵니다. 이를 용안에 대고 어떤 것이 가장 선명하게 보이는지 확인하신 후, 그중 제일 잘 맞는 것을 각각 하나씩 고르시면 되옵니다."

그렇게 아버님이 수정알을 하나씩 꺼내 양 눈에 번갈아가며 대본 후 기록을 하고 계셨다.

"허, 이런 이치가 있었다니… 과인은 그저 나이가 들어감에 따라 그저 눈은 나이 때문에 쇠락해지는 것으로 생각해 극복할 방법은 생각지 않고 불편함을 참고만 있었다."

"그중 가장 선명한 것을 찾으셨나이까?"

"그래. 삼 번은 왼눈에, 오십칠 번은 오른눈에 가장 낫구나."

"예, 아바마마. 그럼 소자가 만든 이 테를 알에 씌우면 됩니다. 잠시 기다려 주소서."

난 준비한 테를 꺼내 끼우고 비단에 받쳐 아바마마에게 올리며 말했다.

"아바마마, 이것은 안경이라 하며 아버님의 용안(龍眼)을 앞으로 도울 기물이옵니다. 이것을 비(鼻) 윗부분에 걸친 후 귓바퀴에 끈을 걸어 고정하시면 되옵니다."

아버님께서 궁인들의 도움을 받아 안경을 착용하고 나를 바라보셨다.

"이 안경이란 것을 끼니 조금 흐리긴 해도 세자의 얼굴이 예전보다 더 선명히 보이는구나. 장하다! 세자가 참 대단한 것을 만들었도다."

"소자는 아바마마의 은덕이 있기에 이 모든 것을 행할 수 있었습니다."

이건 진짜다. 내가 지금 뭔가를 만들 수 있는 건 전부 아버님이 닦아둔 사회기반시설이 있기 때문이다. 나중에 동생 놈이 예산 아낀다고 다 박살 내서 문제였을 뿐이다.

"허, 이렇게 보니 정말 세상이 다르게 보이는구나. 이리도 전부 선명하게 보이니 가히 놀랍기 그지없도다. 내 이것을 만든 장인들에게 큰 상을 내려야겠다."

"성은이 망극하옵니다."

"세자는 따로 바라는 게 있는가?"

"소자는 아바마마가 있었기에 이 세상에 날 수 있었는데 어찌 다른 것을 바라사옵니까?"

"세자는 공을 세우고도 공치사하지 않는 것은 기특하나 너무 겸양하는 것도 좋지 않다. 과인이 뭔가 해주고 싶으니 말해보아라."

지금 내가 바라는 건 사관이 들으면 안 되는데… 안 되겠다, 아바마마와 나만 알 수 있는 신호를 보내야지.

"소자는 그저 아바마마께서 소자가 세상을 바로 살기 위한 지혜를 바른 소리(正音)로 들려주시면 그것만으로 감읍할 뿐이옵니다."

역시 아바마마의 표정을 살피니 바로 눈치채셨다.

"그러한가? 그럼 과인이 저녁에 자선당에 들려 좋은 이야기를 들려주마."

"성은이 망극하옵니다."

"여기 남은 수정알은 어찌 처리할 생각인가?"

"그것은 아바마마에게 진상한 것이니 이는 아바마마께서 신료들에게 하사해도 좋을 듯싶사옵니다."

"그래? 그럼 과인이 알아서 하겠노라."

워낙 아버님 때문에 갈리는 신료들과 학사가 많아 밤에도 등불 하나에 의지해 편찬 작업하거나 책을 보는 이들이 많다.

모르긴 해도 조선 신료 절반 이상은 저시력자가 아닐까? 난 아직 그 정돈 아니지만 앞으로 조심해야겠다.

서연에서 일과를 마치고 자선당으로 돌아가려 하는데 서연관 중 대간(臺諫) 자격으로 참여한 이가 내게 물었다.

"세자 저하."

"뭔가? 경연은 파한 게 아니었나?"

"오늘 편전에 주상 전하께서 용안에 이상한 기물을 쓰고 나오셔서 그에 관해 묻고 싶은 게 있어서 그렇사옵니다."

"그게 무슨 문제라도 되는가? 아바마마께서 법도에 어긋날 일을 하실 분도 아니고 선례에도 없을 일인데?"

"그게 아니옵고 그것의 용도가 궁금했던 이가 주상 전하께 묻자 그것을 안경이라 칭하시며 이 기물을 쓰면 눈이 나쁜 이도 젊을 때처럼 사물을 선명히 볼 수 있다 하시며 세자 저하가 주상께 진상하셨다고 자랑을 하셨다고 하옵니다."

아, 그런 거였어? 너도 가지고 싶다고?

"그래서 하고 싶은 말이 뭔가?"

"혹시 소관도 그 안경이란 것을 구할 수 있을까 하여 실례를 무릅쓰고 여쭈었습니다."

"내 이미 주상 전하께 진상하며 남은 것들도 마저 올렸다네."

"그러하옵니까?"

"혹시 아는가? 주상께서 성과를 올린 신료들에게 하사품으로 내릴지?"

그 말을 하자 대간의 눈이 빛나는 것처럼 보인다. 그래서 한마디 더 덧붙였다.

"안경의 수정알은 양이 적어 모두에게 줄 수 없으니 선착순이 될 걸세."

*   *   *

그날 저녁 약조하신 대로 아버님께서 자선당에 행차하셨다.

"향아, 정음에 대해 할 말이 있더냐?"

"네, 아바마마. 소자가 그동안 남는 시간을 이용해 좀 더 개량을 해보았습니다."

내가 전자사전으로 배운 미래의 한글과 지금의 조선어를 종합 정리하고 문법과 해례에 관해 쓴 책을 아버님에게 바쳤다. 아버님은 한동안 그것을 읽으시더니 한숨을 쉬셨다.

"허… 이건 그동안 거의 완성됐다고 생각한 정음을 네가 좀 더 발전시켰다고 할 만하구나."

사실 미래 조선에서 우리말을 지키려고 애쓰던 기특한 후손들이 힘을 썼죠. 그들이 없었으면 우리말도 사라질 뻔했다고 하네요.

그동안 정음은 아버지와 내가 만든 문자형이 지나치게 많아 꼭 필요한 문자만 남기기 위해 불필요한 것을 빼는 작업 중이었다. 된소리 표기와 겹소리를 별개의 문자형으로 만들었는데 후대에 완성된 걸 보니 자음을 겹쳐 표기한 걸 보고 이제 됐다 싶어 시간이 날 때마다 틈틈이 정리한 게 얼마 전에 완성되었다.

사서를 보니 완성은 1443년에 하고 반포는 1446년에 했다는데 정치적 파장을 고려해 그리한 듯하다. 관련 기록을 보니 다른 친족들도 참여했다 하며 그중엔 그 새끼도 있었다고 하는데 이제 역사가 바뀌어 없는 일이 되었다. 아버님의 신성한 업적에 그 새끼가 안 묻게 되어 참 다행이다.

"아바마마, 이제 정음이 온전히 완성되었다 할 만하니 반포를 행하시는 게 옳은 일인 줄 아뢰옵니다."

"그건 이 아비도 알고 있지만 이는 전례에 없던 일이니 수많은 반대에 부닥칠 것이다. 게다가 네가 이리한 것을 보니 이 아비도 이것을 개량할 방법이 수도 없이 떠올라 오늘 잠을 이루지 못할 것 같구나."

아뇨, 아버님. 그래도 잠은 줄이시면 안 돼요…….

"그리고 소자에게 반포에 관해 생각해 둔 방도가 있사옵니다."

"어떠한 방도이냐?"

사실 내가 기록을 보고 생각했는데, 정음 배포는 아버님이 생각한 대로 잘 이뤄지지 않았다. 초창기에 정음으로 만들어져 보급된 책이 용비어천가나 수많은 불교 관련 서적인데 이는 아직 대다수인 불교 신자인 백성을 위해서 펴낸 것으로 생각한다.

이 당시 상식으로 생각하면 저게 당연한 일이지만 내 생각엔 그게 재미가 없다. 미래의 드라마나 영화 같은 걸 알고 나서 느낀 건데 뭐든 내용물이 재밌어야 성공한다는 진리다. 의도가 아무리 좋아도 그 내용이 끔찍하게 재미없으면 대중들에게 외면당한다.

"그것은 조선의 역사를 널리 알리고 나아가 건국의 정당함을 알려 백성들에게 정음이 널리 퍼지도록 하는 방도이옵니다."

"정음으로 사서를 써서 배포하자는 말이냐?"

내가 생각한 건 역사 이야기니까 사서라면 사서일 수도 있지만, 아니다.

"소자가 생각한 것은 소설이라 하는 이야기책입니다."

지금은 아직 조선에 소설이란 개념이 거의 없다시피 하다. 책이란 무릇 신성한 지식의 보고이며 즐기기 위한 것이란 생각은 차마 하지도 못할 시대다.

"이야기책이라니? 저 명국에나 있는 통속이나 곤극(崑曲)을 책으로 적겠다고?"

아버지의 반응은 당연하다면 당연하다. 이야기는 놀이패들이 극형식으로 보여주거나 들려주는 시대이니.

"아니옵니다. 소자가 생각한 것은 위대하신 태조 대왕의 일대기를 사람들이 흥미를 느낄 부분만 추려내 추악한 전조 고려의 진실을 알리고 조선 건국의 정당함을 알리려는 겁니다."

"이 아비는 대체 그게 무엇인지 잘 감이 잡히지 않는구나."

"이것을 봐주시옵소서. 소자가 정음으로 집필한 용비어천가라는 책입니다."

그래, 미래에 아버지가 후대의 배신자 정인지를 시켜 만든 그 용비어천가는 당연히 아니다. 내가 태조 대왕 이성계의 일대기를 각색해서 쓴 대하소설이다.

"이후 소자가 이 이야기를 제례로 만들 것이옵니다."

내가 사극을 보다가 느낀 건데 역사는 역사 그 자체로 훌륭한 이야깃거리 소재가 된다.

미래 말로 프로파간다라고 부르는 선전용 겸 정음 홍보. 이 두 마리 토끼를 한 번에 잡을 계획을 모두 세워두었다.

*　　　　*　　　　*

정음의 반포 건은 내가 바친 개량된 정음을 아버님이 좀 더 완벽하게 정리한 후 다시 이야기하기로 약조하셨고 나는 아버님의 결정에 따랐다.

그러다 내 동생 금성대군(錦城大君) 유(瑜)가 창진(瘡疹), 그러니까 마마라고도 부르는 두창에 걸렸다.

그 새끼 이유(瑈)와 한자만 다르고 이름이 같지만, 이 녀석은 매우 성품이 착하고 이젠 사라진 미래에서 내 형제 중 유일하게 내 아들의 복위 운동에 참여하다 잡혀 처형당했다.

내가 기록을 보고 미리 준비하려고 했었는데, 역사가 뒤틀린 영향인지 기록보다 빠르게 창진에 걸렸다고 소식이 들려왔고 아바마마의 근심이 깊어지셨다.

이거 큰일이다. 주사 한 대 맞으면 예방 가능해져 결국 두창이 완전히 소멸해 버린 미래와 지금은 사정이 달라서 창진은 중병으로 분류되고, 걸리면 살아남는 이가 드물 정도로 심각한 병이다.

폐서인당하고 투명 인간이 된 그 새끼도 어릴 적에 창진에 걸린 적이 있었는데, 그때 죽어줬으면 얼마나 좋았을까…….
멋모르고 동생이 살아나서 좋아하던 과거의 나에 대해 반성해야겠다.

금성의 담당 내의가 다행히도 나와 안면이 있는 배상문이다.

기록에 내 동생 광평대군 여(璵)도 몇 년 후에 창진에 걸려 죽었다고 한다. 도성에도 창진이 유행해 수많은 사람이 죽는 다고 하니, 지금이라도 치료법과 예방법을 써야겠다.

"세자 저하, 내의 배상문 대령했사옵니다."

"들라 하라."

"세자 저하, 그간 무탈하셨나이까. 어느 곳이 불편하신지 소관이 진맥을 보아도 되겠습니까?"

"아닐세, 내가 요즘은 양생에 힘쓰고 있어 더없이 건강하다네. 그댈 부른 건 날 진맥해 달라고 부른 게 아닐세."

"그럼, 어찌 소관을 찾으셨나이까?"

"이번에 내 아우 금성대군이 창진에 걸렸다고 하니, 걱정이 되어 당부할 것이 있어 자넬 불렀네."

"예, 세자 저하. 하문하시지요."

"내가 옛 고서와 의학 서적들을 보다 찾은 건데 말이야……."

"무엇을 찾으셨나이까?"

"옛 송나라 시절의 문헌을 보니 두창을 예방하기 위해 인두 법이란 방법을 썼다 하는데, 이는 두창에 걸린 이의 수포나 고름을 모아 다른 이에게 인위적으로 병을 옮겨 가볍게 두창을 앓게 만들어 사람의 몸에서 두창을 이길 힘을 길러 다시 두창에 걸리지 않게 해주는 방법일세. 쉽게 말해 두창을 예방하는 의술이라고 할 수 있지."

이 아재에겐 자꾸 거짓말만 하는 거 같지만, 이건 사실이다.

배창문이 놀라 내게 묻는다.

"그런 의술이 있었사옵니까? 소관은 금시초문이옵니다."

"자네도 경험으로 알 것 아닌가? 두창에 걸렸다가 살아난 이는 다시 두창에 걸리지 않는다는 걸."

"그거야 소관도 알고 있긴 하지만⋯ 인위적으로 두창에 걸리게 하여 치료하는 방법은 아직 들어본 적이 없사옵니다."

"이게 여태껏 널리 알려지지 않은 이유 중 하나는 송이 망하고, 원이 들어서면서 인두법에 대해 아는 의원이 줄어들어서 그렇다네. 그리고 다른 이유는 인두법을 시술하는 의원의 경험이 적어 기술이 정밀하지 않아, 주입해야 할 양을 제대로 조절 못 하면 가볍게 앓아야 할 병을 크게 만들 수 있다네. 오히려 중병에 걸려 죽게 만들 수 있고 가볍게 앓던 이도 중간에 의원이 환자의 상태를 확인하여 꾸준히 돌봐야 하니, 여간 불편한 것이 아니지. 그래서 내가 의서들과 전례를 보고 방법을 고민하다가 새로운 발상을 했는데 말이야 그게 좀⋯⋯."

배상문이 한참 동안 내 말을 집중해서 듣다가 끊기자, 안달이 난 듯한 표정으로 말했다.

"그것이 무엇이옵니까, 저하? 어떤 방법이기에 말씀하시기

곤란하신지요?"

"내가 옛 기록을 보다 보니, 소를 여럿 키우는 축사에서 일하는 이들은 두창에 걸리지 않는걸 알게 되었다네."

사실 이건 거짓말이다. 그런 기록은 없지만, 종두법의 발명가 제너의 경험담을 말해주는 거니 완전한 거짓말은 아닌 셈이다.

그렇게 배상문에게 보여주기 위해 날조한 옛 기록을 내밀었다. 이젠 사전에서 배운 걸 내 말의 근거로 삼기 위해 고문서 위조 기술을 배웠다. 내가 살면서 이런 걸 배우게 될 거라곤 상상도 못 해봤는데 말이야……

"세자 저하, 이것이 정녕 참이옵니까? 어떠한 연유로 이들에게 두창이 피해 가는지 아시옵니까?"

역시 의술에 한 몸 다 바친 아재답게, 내가 던지는 떡밥을 잘도 문다.

"그래, 내가 기록과 이것을 보다 공통점을 찾았네."

이건 내가 기존에 나왔던 농사직설(農事直說)에 새로이 내용을 추가해 저술 중이던 신(新)농사직설이다.

"거기에 보면 소도 사람과 같이 두창에 걸리고, 사람에게 옮기기도 한다고 하나 소가 앓으면 사람처럼 생사를 가를 정도로 악화되지 않고 가볍게 앓고 끝난다고 하지. 그것에 주목해 내 이런 가설을 세워봤네."

"어떤 가설을 세우셨나이까?"

"소에게 두창이 걸리면 소의 강한 생명력에 두창의 독기가 매우 약해지게 되고, 그것이 사람에게 다시 옮으면 인두법과 같은 원리로 사람에게 안전해질 정도로 약해진 두창을 살짝 앓고 다시는 두창에 걸리지 않게 된다는 거지."

이 아저씨, 제대로 정신 줄을 놓았는지 점점 말을 잇지 못한다.

"허어어어… 그게 정녕… 정말로……."

사실 세자 앞에서 보이면 안 되는 무례한 언사지만, 난 관대하니까 이 정도는 넘어가 줄 수 있다. 나름 내 1호기 신분인데 이 정도도 못 봐줘서야 되겠어?

"그러하니 이것을 실증하려면 축사를 돌며 우두에 걸린 소를 찾아 그 고름을 채취하고 말려 가루로 만든 후 사람이 코로 들이켜거나, 갓 짜낸 고름을 침에 묻혀 팔뚝 같은 곳에 찔러 사람에게 전염시키면 될 걸세."

그제야 간신히 정신 차린 배상문이 고개를 숙이며 말했다.

"그럼, 소관이 세자 저하의 지시대로 일을 진행해 보겠사옵니다."

"가급적이면 금성대군에게도 상태가 악화되기 전에 시술을 해주게. 병증이 심하게 진행되면 우두도 소용이 없을 테니 말일세. 내 아우가 창진에 걸렸다 하니 내 마음이 편치 못하네."

"아직 이론이라 검증부터 하고 진행하려 했습니다만… 세자 저하의 지시가 그러하다면 우두를 구하는 대로 시행하도록 조치하겠습니다."

"그리고 중요한 것은 말일세. 그게 일회성으로 끝나지 않고 우두에 걸린 소나 말이 항상 필요하니, 나중에 내의원에 우두를 채취할 모체가 될 우마가 항시 준비되어 있어야 하네."

"네, 명심하고 유념하겠나이다."

"그대가 금성대군이 무탈하게 치료하면, 내 아바마마께 상신해 큰 상을 내리겠네."

"세자 저하의 은혜에 감읍하옵니다."

사실 배상문은 기록에서도, 창진에 걸린 금성대군의 위독한 병세를 치료해 큰 상을 받았던 사람이다. 워낙 실력도 출중하고 마음가짐이 다른 의원들과 비교가 안 되니, 앞으로 팍팍 밀어줘야지.

몸을 단련하면서 이젠 맨손 스쿼트론 운동이 되는 것 같지 않아 새로 운동기구를 만들려는데, 이런 걸 장영실 시키긴 뭐해서 적당한 장인에게 품삯을 주고 덤벨과 벤치 프레스용 바와 무게추를 주문했다.

그러면서 간단히 배울 만한 무술을 찾는데, 미래엔 뭔 무술이 그리 많은지 선택 장애가 온다.

이것저것 보다 복싱이란 무술을 찾아서 배우기 시작했는데,

그 이유는 순전히 멋있어 보여서였다.

　무술이란 게 허공에 주먹질한다고 결코 실력이 늘 수 없다는 건, 무(武)치인 나도 아는 진리다. 그래서 얼마 전 복직한 김 시위를 불렀다.

　"김 시위, 그간 잘 지냈는가?"

　"흉수가 감히 세자 저하에게 불궤를 범하는 걸 막지 못했으니, 소관이 어찌 잘 지낼 수 있었겠사옵니까?"

　"그건 자네 실책이 아닐세."

　"아니옵니다. 사실 소관도 보고들은 게 있사옵니다. 파직당하고 참수형에 처해져도 모자람이 없는 죄를 범한 소관이 이리도 복직할 수 있었던 건, 전부 세자 저하의 은덕임을 알고 있사옵니다."

　"아닐세. 내가 한 건 그다지 없고 모두 주상 전하의 관용으로 이루어진 일이니, 내게 너무 마음 쓰지 말고 전하에게 충성을 다하게."

　"소관을 포함한 모든 시위는 목숨을 다하도록, 주상 전하와 세자 저하를 지킬 것이옵니다."

　"그건 그렇고… 내가 이번에 흉사를 겪고 나서 깨달은 게 있어, 스스로 몸을 보호하기 위해서 단련 중인데 말일세."

　"하면… 소관이 세자 저하의 무예 스승이 되어달란 명이신지요?"

"아닐세. 거창하게 사승(師承) 관계까진 필요 없고, 내가 고안한 무예를 시험해 보려 하니 대련 상대가 되어주게."

"소관이 일전에 흉수가 불궤를 범한 것도 막지 못했는데, 어찌 세자 저하의 예체에 해를 끼칠 수 있는 일을 하시라 하시옵니까? 명을 거두어주시옵소서."

이 아재… 귀신 놈 때문에 신세 망칠 뻔한 거 구명해 줬더니, 완벽한 원리 원칙주의자가 되어 돌아왔네. 전엔 이 정돈 아니었는데 앞으로 굉장히 피곤해질 거 같다.

"그럼 내가 준비한 연습 기구들이 있는데, 그걸 들고 내 주먹을 받아주게나."

샌드백은 만들 수 없어 소가죽으로 겉을 만들고, 안에 목면과 솜을 채운 괴상한 모양의 펀칭 미트를 가져와 그에게 건넸다.

"그걸 손에 끼우고 인체 급소 부분에 번갈아 대며, 내 주먹을 받아주면 되네."

"소관이 세자 저하의 예체에 손을 대지 않아도 되는 일이옵니까?"

"그렇다네. 다만 내가 주먹질이 익숙하지 않아 엉뚱한 곳을 칠 수 있으니, 잘 피하거나 막아주게."

그렇게 난 연습용 글러브를 끼고, 그가 든 펀칭 미트를 두들기기 시작했다.

*　　　　*　　　　*

그렇게 단련과 공부에 매진하며 지내다 보니, 보름가량 시간이 흘렀다.

그사이 소식을 들어 보니, 금성대군의 병세는 많이 호전되고 있단다. 배상문이 예상보다 잘하고 있나 보다.

그러다 희소식을 들었는데, 전에 사람들에게 구해 오라 했던 감채(甘菜)가 드디어 왔다.

미래 말로 사탕무라고 부르는 채소인데, 지금은 이걸 짐승의 먹이로밖에 안 써서 조선에선 거의 키우지도 않아 명을 통해 들여왔다.

종마로 쓰려고 같이 부탁했던, 한혈마는 아직 구하지 못했다고 한다.

아무튼, 내가 감채를 들여온 이유는 우선 효를 위함이고 다른 목적도 있다.

내 어머니 소헌왕후께선 사당(沙糖), 그러니까 설탕을 그렇게 좋아하신다.

지금은 설탕이 약재로나 쓰이는 귀한 물품이고, 전량 수입에 의존해 어머니도 많이 못 드셔봤다.

사전에서 보니 사탕무에서 설탕을 뽑아내려면 화학적 지식이 필요하긴 하다. 하지만 그건 대량으로 최대한의 양을 뽑아 내려고 할 때나 그렇고, 소량만 추출하려면 삶아 끓여서 나온 액을 몇 단계를 거쳐 여과하고 졸인 후 잘 말리면 된다.

그래서 사온서(司醞署)를 찾아갔다.

"저하, 기별도 없이 어인 행차이시옵니까?"

마침 전순의가 자리를 지키고 있었다. 전에 기록에서 본 내 죽음에 관한 미심쩍은 처방 덕에 꺼리던 사람인데 하필 이때 마주치나. 의혹과 관련이 없다 해도 처방을 잘못 내려 죽게 만든 건 마찬가지니 좋은 감정이 들 수 없다.

"내가 오늘 어마마마에게 진상할 약재가 있어서 왔는데 그 전에 실험이 필요해 이리 왔네."

사온서는 술 만드는 부서다. 미래 상식으론 이상할 수도 있 지만, 지금은 의원들도 왕이 마실 약술을 빚는 게 상식인 시 대다.

"진상할 것이… 약주이옵니까?"

그러면서 은근히 눈을 빛내는 게, 뭔가 얻어 가고 싶어 하 는 눈치다.

"처음 시도해 보는 것이라, 성과가 있기 전엔 말할 수 없다 네."

내가 기술을 남에게 쉽게 가르치지 않는 지금의 행태를 좋 아하지 않게 변했지만, 이 사람에겐 내 지식을 가르치긴 싫다.

그게 내로남불이라고? 미래의 사자성어인가? 이내 뜻을 알게 되자, 조선식으로 자연타불(自戀他不)이라고 불러야겠다고 생각했다. 나중에 비꼴 일 생기면 써봐야지.

"그대는 공사가 다망할 테니, 내 어찌 함부로 그대를 부릴 수 있겠나? 아랫것들에게 부탁하면 되니, 그대는 마저 하던 일 보게."

"예, 저하, 그럼 소관은 이만……."

표정을 보니 보통 아쉬워하는 게 아니다. 그도 그럴 만한 게 배상문이 내게 배워간 소독법은 획기적으로 종기의 악화를 막고 환자의 생존율을 높여 내의원에서 배상문의 위상이 장난 아니게 높아졌다. 심지어 지난번엔 악화된 종기로 죽을 뻔한 환자를 소독법과 약탕을 번갈아 가며 써서 살려놓기도 했다. 그 이후 의원들이 진맥이나 시술 전 반드시, 손을 씻는 습관이 정착되고 있다고 한다. 게다가 이번엔 내게 종두법까지 배워갔으니 모르긴 몰라도 앞으로 전순의와 차이가 엄청나게 벌어지게 될 거다.

그러니 내게 뭐라도 배우고 싶겠지. 아서라! 그만 꿈 깨시지. 넌 실수 하나라도 하는 순간 파직 확정이야.

사온서 장인들을 시켜 감채를 끊여 정제하고 졸여, 결과물을 습기가 최대한 없는 곳에서 건조하게 했다.

그리고 며칠 후, 다시 사온서를 찾아가니 굳어서 정제하지 않은 설탕 덩어리들이 내 앞에 보였다. 오오… 이렇게 많은 설탕은 나도 생전 처음 본다. 맛은 어떤지 확인해 봐야겠다.

크으으, 달다, 달아! 아주 오래전 차 수저 양만큼 맛본 적 있었는데, 그때의 달콤한 기억이 되살아난다. 그런데… 덩달아 귀신 놈이 맛본 단맛의 기억이 깨어나, 날 미치게 만들기 시작했다.

콜라! 사이다! 탄산! 탄산! 탄산! 아, 미치겠네! 왜 난 먹어본 적도 없는 게 떠올라, 미친 듯이 먹고 싶어진 거야. 설마 내가 미래의 격언대로 판도라의 상자라도 연 거야?

미칠 듯한 욕구를 간신히 참고, 이걸 어머니께 어찌 바칠까 생각했다.

그냥 갈아서 가루로 만들어 바치기엔, 너무 뻔하고 성의도 없게 생각된다. 사전으로 설탕으로 만들 수 있는 요리를 찾아보니, 마침 쓸 만한 게 보인다. 재료도 물과 설탕뿐이고, 도구는 막대 하나면 되니 이보다 더 좋을 수 없다고 생각된다.

그렇게 연습을 시작했는데 처음 몇 번은 요령이 없어 모양이 이상해졌지만, 금세 익숙해져 그럴듯하게 만들어져 사전에서 보는 모습과 별 차이가 없는 모습으로 완성되었다.

아 역시… 이 몸의 재능이란 정말… 아바마마! 어마마마! 저를 이리도 잘난 자식으로 낳아주셔서, 다시 한번 감사드립니다!

그렇게 만든 걸 진상하기 위해, 어마마마의 처소로 향했다.

"어마마마, 소자가 어마마마께서 좋아하시는 걸 구해 왔습니다."

"좋은 게 생기면 주상 전하께 진상하면 되는데, 어찌 상께 가지 않으시고 이 어미에게 왔소? 금성대군도 병환 중이니, 이 어미는 마음이 편치 못해요."

설마 아버님에게 초호화 안경 맞춰주고, 어머님껜 소홀했다고 삐지신… 아니, 서운해하고 계신 건가? 인자하신 어머님에게도 이런 면이 있었나? 요즘 내가 바빠서 어머님께 조금 소홀하긴 했구나! 깊이 반성해야겠다.

"소자가 금성의 소식을 듣자 하니, 병세가 호전되어 거의 다 나았다고 합니다. 심려 마소서 어마마마, 불초 소자 향이 이번에 사당(沙糖)을 구해 제일 먼저 어마마마께 진상하러 왔나이다."

사당이란 말을 듣자 금세 어머니의 굳은 얼굴은 풀어지고, 금세 환하게 밝아지셨다.

"세자께서 이 어미를 이리도 극진하게 생각하니, 조선 전체를 둘러봐도 이런 효자는 아마도 없었을 것입니다."

아니… 어머니 반응이 너무 극과 극 아니에요? 설마 저보다 설탕이 더 좋은 건 아니시죠?

"네, 어마마마. 준비한 것을 들이라 하겠사옵니다."

내 신호를 받은 내관이 천으로 덮은 대접을 들고 들어왔다.

"아니! 사당을 이리도… 큰 대접에 가져왔어요?"

"어마마마, 이것이 소자가 어마마마를 위해 직접 피운 사당화(沙糖花)이옵니다."

내가 어머니께 바친 것은, 물로 중탕해 녹인 설탕을 막대로 휘저어 가늘게 만든 설탕 실을 꽃과 같은 형태로 만든 것이다.

"이… 이게… 이게 정녕 사당이 맞아요?"

어머니는 마치 금은보화가 가득히 쌓인 상자라도 보시듯 황홀한 표정을 지으시다, 잠시 후엔 엄숙함과 경건함마저 보이셨다.

"그러하옵니다. 그걸 손으로 조금씩 뜯어 젓수시면 되옵니다."

"하아… 이리도 아름다운 걸 먹어야 하다니, 실로 안타깝구려……."

어머니는 떨리는 손으로 꽃의 귀퉁이를 살짝 뜯어 입에 넣으셨다.

그리고 눈을 감고, 천천히 음미하시며 말씀하셨다.

"참으로 이리 배덕한 맛이… 이 아름다운 꽃의 형태를 파괴해 이리도 천상의 맛을 볼 수 있다니… 이 어미는 이제 내일 죽어도 여한이 없어요."

어머님 표현이 너무 과하신 거 같은데요. 마지막은 좀…….

"어마마마! 어찌 소자가 올린 것을 젓수시고, 그런 불길한 말씀을 하시옵나이까? 부디 거두어주시지요."

"아, 그래요. 이 어미가 실언을 했네요. 내일 죽으면 다시 이 걸 맛볼 수 없으니, 절대 그럴 수 없지요."

그러니까… 내일도 드시고 싶으시단 거죠?

"알겠사옵니다. 소자가 사온서에 일러두어, 어마마마께서 사탕화를 계속 드실 수 있게 조치하겠사옵니다."

"과연… 주상께서 자랑하시던 대로, 세자는 만고의 효자요."

"과찬이십니다. 아들로서 당연히 행할 효일 뿐이옵니다. 성은이 망극하나이다."

전에 기록을 보니 어마마마께서 병중에 그렇게 설탕을 드시고 싶어 했는데, 결국 구하지 못했고 난 어머님이 돌아가신 후에나 영전에 설탕을 구해 바쳤다고 한다. 그 기록을 보고나서 가슴이 아팠는데, 진정 어머니께 해드리고 싶던 걸 오늘에서야 이루니 정말 기쁘기 그지없다.

게다가 내가 설탕을 만든 건 다른 목적도 있다. 뭐든 내가 주도해 진행하려 해도 기존에 없던 것을 해야 하니, 거기에 들어갈 예산 문제 때문에 팔아먹을 재화들이 정말 많이 필요하다. 그러니 효도 행하고 나라도 부강하게 할 수 있는 것들을 앞으로 만들어 갈 거다.

조선의 경제를 손보려면 세금 제도를 바꾸고 시전 제도를 개혁해야 하지만, 그건 철저히 아버님의 영역이다. 내가 지금 손댈 수 없고, 만약 바꿀 수 있다 해도 논의를 거쳐 새로 법도를 적용하려면 시간이 오래 걸릴 게 분명하다.

그러니 편법이지만 왕실의 이름으로 만든 물건들은 시전에 끼지 못하는 상인들이나, 송상에 풀고 무역에 이용해 왕실 금고인 내수소(內需所)에 재화를 비축하는 수밖에 없다.

미래의 경제는 파면 팔수록 너무 복잡하고, 지금과 사회상이 너무 달라 제대로 적용할 만한 것도 없다.

그나마 지금 조선이 참고할 만한 서적으로 꼽자면 그나마 국부론이란 책이 가장 나아 보이는데, 그마저도 섣불리 상업이 낙후한 조선에 적용하기 힘드니 아직도 갈 길이 멀다.

그래, 내가 걸어야 하는 길은 멀고도 높고 끝이 보이지 않는다.

그러나 하나씩이라도 확실하게 이뤄 나간다면, 언젠가 대계를 이룰 그날이 올 것이다.

*   *   *

시전의 사정을 알아보려고 미복 잠행을 나왔다. 아니, 그러려고 했다.

복장을 구해서 의관을 챙겨 입어보니 내가 보기에 너무 볼품이 없고, 얼굴은 수염이 없어 환관으로 오해받기 딱 좋은 몰골이다.

단순히 그동안 털은 새로 기르면 된다고 생각하고 참았는데, 수염은 아예 자랄 기미도 안 보인다.

내시도 아닌 내가 그리된 게 도저히 이해가 안 가서, 사전까지 뒤져봤는데 미래에서 제모 시술이란 걸 받으면 이리된다고 한다.

귀신이 자기 생존이 걸린 급박한 찰나에 내 수염을 제모할 이유도 없으니, 이건 몸을 치료한 부작용인가 보다.

그래서 김처선을 불러 이 일을 상의했다.

"저하, 부르셨나이까?"

"김 내관, 내가 궁금한 게 있어 그댈 불렀다."

"하문하시지요."

"일부 내관들은 가정이 있고, 공무로 외부 출입이 잦지 않은가? 사람이 많은 곳에 갈 때 수염 없는 걸 보이면, 이상하게 보지 않는가?"

김처선은 내가 왜 이런 질문을 한지, 금세 눈치채고 물었다.

"저하, 혹시 미행을 나가시려 하시나이까?"

"내가 이번에 시전의 사정을 알아보려 미행을 나가려 하는

데, 머리야 죽립으로 가리면 된다지만 수염이 없으면 이상하
게 보여 이목을 끌까 하여 그러네."

"내관들은 사람들이 많은 장소에 갈 일이 생기면, 반드시
관복을 입고 가옵니다. 일부 어린 내관들은 관례를 거치지 않
은 아이처럼 입기도 하며, 고관대작의 자식처럼 보이도록 화
려하게 꾸미면 알아서 다들 피해 가옵니다."

야! 그거, 마지막은 네 경험담이지? 미래의 내가 널 왜 귀양
보냈는지 알 거 같다.

"흠… 내 머리도 짧고 나이도 어느 정도 있으니, 관례 안 한
아이처럼 꾸미긴 어렵겠구나."

"세자 저하께선 그 일을 겪고 나신 후 의식하시고 계시진
못한 듯하지만, 피부가 매끈해지시고 수염도 없으니 소관과
비슷한 연배로 보이십니다."

뭐 내가 저 뺀질이 또래로 보인다고? 거참, 내 나이가 스물
중반이 넘었는데 무슨… 설마 지난번에 세자빈이 스치듯 말
한 새로 국혼한 것 같다는 말이 농이 아니었나? 내가 그렇게
달라진 거야?

아무튼, 고관대작의 아들처럼 보이면 된다는 의견을 받아
들여 엄청나게 화려한 도포와 금귀걸이와 목걸이, 오색찬란한
보석이 달린 팔찌를 구해 와 차고 화려한 무늬로 장식한 죽립
을 구했다.

경연 일과가 취소된 오후 시간에 공무로 나가는 척하며 나와서, 옷을 갈아입고 시전으로 나섰다.

과연… 미래에서 럭셔리하다고 부를 만한 명품들만 걸치고, 길에 나서니 멀리서 보곤 길을 피해 가는 이들이 많아졌다.

이거 효과가 너무 좋은데? 내 뒤엔 김처선과 김 시위가 나를 호종 중이다. 아니, 궁궐이 아니니 김경손으로 불러야겠다.

갑자기 장난기가 들어, 나보다 나이가 많은 김경손에게 미리 정해놓지도 않은 관계를 멋대로 만들어서 말했다.

"사숙, 이 갈림길에서 시전을 가려면 어느 쪽으로 가야 옳습니까?"

즉흥적인 내 질문에도, 그는 당황하지도 않고 담담하게 답했다.

"이 앞에서 오른쪽으로 가야 한다."

어? 미래 사극에선 임금이나 세자가 미행 나가서 아랫사람들에게 존댓말 하면 아랫사람이 쩔쩔매던데, 이 사람은 왜 이리도 자연스러워? 나도 미행은 처음이라 기대했었는데…….

"이보게, 현이, 밖에 나오니 바람도 시원하고 이 얼마나 좋은가? 앞으로도 시전에 종종 같이 들르세."

시키지도 않았는데, 대뜸 자기 혼자 내 캐릭터를 만들고 반말하는 김처선이다. '현'이라니, 내 가명은 또 언제 지었어?

저 뺀질이는 정말 역사대로, 귀양이라도 다녀와야 정신 차리려나…….

"다 왔네, 저기가 바로 시전일세."

각종 좌판에 물건들이 진열되어 있고, 내 생각보다 많은 사람이 쌀이나 포목을 들고 움직이고 있다. 개중엔 수레나 지게로 쌀을 나르는 사람도 많다.

지난번에 로맨스 드라마를 봐서 일부지만, 미래의 풍경을 아는 내게 막막함을 주었다.

미래에는 화폐와 동전을 사용하는 것도 귀찮아해 카드라고 부르는 패를 들고 물품을 거래하던데, 그 수준은 고사하고 동전 하나 사용하게 만드는 것도 막막하게 보인다.

게다가 냄새는 왜 이리 고약한지. 내가 위생에 대해 알게 된 후 내의원을 동원해 건강해지려면 씻어야 한다는 의견을 계속 주청하게 해서, 주변의 사람들과 가족들이나마 깨끗이 씻게 만들었다.

그 탓에 한동안 느끼지 못하고 있었던 악취에 머리가 어질어질 할 정도다.

"흠… 이거 냄새가 매우 고역스럽군요. 사숙은 괜찮으십니까?"

"그건 사질이 예전에 종기로 고생해, 매일같이 씻다 보니 그런 것이지. 이 사숙은 워낙 익숙해 아무렇지도 않네."

그러자 김처선이 옆에서 끼어든다.

"그건, 자네가 유별나게 깔끔하게 살아서 그런 거 아닌가. 적당히 썻고 사는 게, 정상 아닌가?"

저놈… 내가 매일 목욕하니까, 그게 귀찮다고 지금 돌려 까는 거 맞지?

난 가만히 듣다가 귓속말로 김처선에게 경고했다.

'적당히 하거라. 네놈이 정녕 이 몸의 한계를 시험하고자 하느냐?'

"아, 그런가? 내 자중하겠네! 내가 너무한 듯하네."

표정 하나 바꾸지 않고 싱글대며 말하는 게, 전혀 반성 안 하는 눈치다.

기록만 언뜻 보고 비극적 죽음을 당한 걸 불쌍하게 여겨 거뒀는데, 이놈은 대체… 내가 그 새끼를 보내 버려서 연산군도 안 태어날 테니, 내가 미래의 저놈을 살려준 거나 마찬가진데 은인도 몰라보고 이러고 있네.

조만간 확실히 버릇 좀 고쳐야겠다.

앞으로 내시들도 유사시를 대비해 최소한의 단련이 필요하다고 하면서, 운동으로 굴려줘야지.

내가 요즘 운동에 빠지다 보니, 이 좋은 걸 나 혼자만 하기 아까워졌단 말이야.

시전을 둘러보다 허기가 진 김에 양인들이 먹는 음식도 궁금해져, 가까운 주막을 찾아보려 하는데 주막이 안 보인다.

"여긴 주막이 없습니까?"

"주막이란 게 뭔가?"

"술이나 먹을 것을 파는 곳 말입니다."

김경손이 갑자기 내가 일탈하려고 한다 생각한 듯, 약간 긴장한 듯한 표정으로 묻는다.

"기루에 가고 싶어진 게냐?"

"아닙니다. 제가 배가 고파 그랬습니다."

응? 주막이 아직 없나? 사극 보면 술이랑 밥 먹고 나서 크으~ 취한다. 주모~ 하고 외치던 곳이던데 아직은 없다고?

이런 식으로 밖에 나와본 적이 없어 몰랐다. 공무로 여러 기관 행차하느라 외출은 많이 했었지만, 양인들이 사는 곳은 와본 적이 없다.

이거 은근히 부끄러운데… 내가 사는 시대를 사극으로 보고 배워 착각하고 있었다니…….

"먹을 것만 파는 곳도 있긴 하지만, 심히 지저분해 사질이 먹을 만한 것이 아니다. 나중에 집에 돌아가서 먹게나."

하긴 우리가 쌀이나 베를 가지고 나온 것도 아니고, 동전인 통보와 쇄은 몇 개만 가지고 나왔는데 그걸 내고 밥을 먹긴 뭐하다. 받아주기나 할지도 의문이다.

그렇게 시전을 둘러보면서 여길 어찌 개선하고 쓰지 않는 화폐는 어찌해야 할지 한참 고민하고 있는데, 갑자기 싸움이 난 듯 고성이 오가고 두 무리의 패거리들이 갈라져 당장에라도 싸움이 벌어질 기세다.

중년의 매부리코 사내가 삿대질을 하며, 얼굴이 더러워 표정이 잘 가늠 안 되는 사내에게 외쳤다.

"야! 이 개만도 못한 자식들아! 그게 어찌 다 너희 것이야? 거길 발견해서 말해준 게 난데 한 푼도 주지 않고 다 처먹으려는 거냐?"

"허허… 갖은 고생이란 고생은 다 하며, 힘들게 강바닥을 긁어가며 모은 건 우리지. 네놈이야말로 내게 선심 써서 알려준 것처럼 말하는데, 나한테 쌀 한 섬이나 처받아놓고 적당히 대충 찍어준 거 나중에 다른 놈에게 이미 다 들었다. 날 호구 취급한 걸 끝까지 모를 줄 알았냐?"

그렇게 말하는 사내의 복장을 보니, 동물 가죽으로 만든 겉옷에 오랫동안 때가 탄 털들이 달려 있다.

"웃기는 소리! 누가 그런지 몰라도, 날 모함하려는 놈이었겠지. 아무튼, 그 주머니에 든 거 최소 절반은 놓고 가야겠다."

"처음에 네놈 말만 믿고 미친놈처럼 동생들까지 동원해, 강바닥을 하류부터 반년 넘게 뒤졌다! 결국 속은 걸 알고 포기하고 집에 가려 했다. 그 와중에 내 막냇동생 놈만이 포기하지 않고 뒤져 결국 찾아낸 귀물인데, 그걸 절반이나 내놓으라고? 그전에 네 손목이 잘릴 거다. 어디 한번 덤벼봐!"

"이… 이, 배은망덕한 놈팽이들이… 정말 좋은 말로 할 때 얌전히 놓고 갈 것이지… 정녕 피를 보려 하는구나……."

"아가리로 싸울 거냐? 왜 이리 혓바닥이 길어? 덤벼! 이 사기꾼 새끼야!"

저들의 말을 듣고 종합해 정리해 보니 매부리코 사내가 뭔가 정보를 알려주고, 더러운 가죽 복장의 사내는 그걸 믿고 사금이나 보석 같은 걸 강에서 찾은 모양이다.

대체 어디서 찾아낸 거지? 저들이 싸우는 건 상관없는데 강에서 찾은 거면, 상류에 반드시 광산이 있을 텐데 그것부터 알아내야겠다.

금세 매부리코가 미리 부른 듯이 왈패 무리가 도착하자, 곧 싸움이 일어날 듯 일촉즉발의 상황으로 변했다.

틀에 박힌 궁정 생활만 하다 이런 걸 보니, 그대로 구경하고 싶은 마음도 들지만 참아야지. 여긴 김경손에게 나서게 해야겠다.

"사숙, 싸움이 벌어지면 필시 주변의 무고한 상인들도 피해를 보게 될 겁니다. 그전에 중재에 나서는 게 좋지 않겠습니까?"

"음… 네 말이 옳다. 하지만 그사이에 무슨 일이 생길지 알고, 사질에게 내 눈을 뗄 수 있겠느냐? 안 될 말이다."

김경손은 내 신변에 일말의 위험이 닥칠 가능성을 없애려 노력 중인 듯, 어림도 없다고 돌려 말한다.

"그럼, 제가 나서서 중재해 보겠습니다."

김처선이 가만히 듣고 있다가, 갑자기 나서서 끼어들었다.

"거기 자네들! 거기까지만 하고 그만하지?"

그러자 가죽옷의 사내가 먼저 대답한다.

"나리가 뉘신지는 몰라도, 이건 나리께서 신경을 쓸 일이 아닙니다. 다치기 전에 물러나시죠."

"네 이놈! 네놈들이 여기서 싸우면 수많은 상인에게 해를 끼칠 텐데, 어찌 가만히 볼 수 있겠느냐!"

그러자 왈패 중 하나가 끼어들었다.

"거, 나이도 어려 목소리도 계집 같은 양반이, 저잣거리의 일에 왜 상관하려는지 모르겠네? 귀하신 도련님이 험한 꼴을 보고 싶으신 건가……."

"네 이놈! 감히 누굴 능멸하려 드는 게냐!"

"네이이이노오옹~ 가미~ 누굴 느~ 응멸하려 드으는 게나아아?"

왈패 중 다른 한 놈이 목소리가 가는 김처선의 말투를 과장되게 따라 하자, 김처선도 참을 수 없이 화가 났는지 외쳤다.

"네 이놈들! 방금 네놈들 얼굴 전부 기억해 뒀도다. 내 반드시 의금부에 네놈들의 행패를 고해 요절을 낼 것이다. 감히 내 뒤에 누가 있는지도 모르고, 이 하루살이 같은 것들이……."

그래, 네 뒤에 조선의 세자가 있긴 하지. 자신만만하게 중재해서 해결할 것처럼 나서더니, 결국 뒷배로 협박하네. 어휴… 잠시나마 기대한 내가 바보지.

그래도 사대부 자제처럼 차려입은 김처선의 협박이 조금 먹혔는지, 왈패들이 주춤대며 서로 눈치를 본다.

"썩 물러가지 않으면 잡아서 치도곤을 맞게 할 것이다. 얼른 사라지지 못할까!"

결국, 왈패들도 주변에 몰린 사람들이 점점 많아지고, 김처선이 끼어들자 부담이 됐는지 한마디씩 욕설을 내뱉으며 자리를 떠났다.

"에이~ 니미럴! 운 좋아서 산 줄 알아!"

"다음에 눈에 띄면 육신을 다 아작 낼 테니, 절대 내 눈에 띄지 마라."

그렇게 사태가 정리되자, 반대편에서 구경하던 아낙과 처녀들이 한마디씩 하고 있다.

뭐라 하는지 궁금해 들어보려 집중하니 저들의 말이 속삭이는 정도 크기로 작게나마 들린다. 이상하다? 평소의 나라면 절대 말소리가 들릴 만한 거리가 아니었는데… 의식하지 못했었지만 예전보다 청력이 좋아진 듯하다.

"어머… 나이도 어려 보이시는 도련님이, 어찌 저리도 늠름 하신지……."

"얼굴도 이쁘고 매끈한 게 내 취향인데, 신분이 달라 아쉽 다 참……."

거기 아가씨들 속지 마! 저놈은 없어… 그게 없다고!

그렇게 싸움을 중재가 아닌 협박으로 끝내고 온 김처선은, 의기양양한 눈빛으로 날 바라보았다. 난 그런 김처선을 무시 하고, 가죽옷 입은 패거리들에게 다가가 질문했다.

"거기 자네들! 혹시 자네들이 그 귀물을 채취한 곳이 어딘 지 내가 알 수 있겠나?"

정말 화려한 옷차림을 한 내가 다가가 말을 거니, 우두머리 가 정말 당황한 듯이 대답했다.

"나리, 어찌 저희같이 천한 놈들에게 관심을 가지시는지 모 르겠지만, 나리께서 신경 쓰실 일이 아닙니다요."

아니, 나도 너희에게 관심 없긴 마찬가지야. 그저 광산 위치 를 알아내려는 거지

"그 장소만 알려주면, 내가 그 주머니 안에 든 걸 두 배 가 격으로 사줌세. 혹시 내가 아랫것들을 부려 채취 작업 할까 걱정 안 해도 되네. 지명만 대도 상관없음이야."

"신원도 모르는 분의 약조를 어찌 믿고, 제가 함부로……."

"그러면 내가 선금으로 이걸 주지."

보석으로 장식된 팔찌를 내밀었다.

아까 얼핏 보기엔, 사람 주먹 두 배 정도 크기의 주머니에 뭔가 담겨 있었다.

"그럼 듣는 귀가 많으니 조용한 곳으로 가시지요."

서로 주변을 안전한지 살핀 후, 그 사내가 제안했다

"주머니에 든 걸 사주지 않으셔도 되니, 아까 그 팔찌만 받고 지명을 알려 드리겠습니다."

이놈도 탐욕이 장난 아니네?

"알겠다. 그럼 거기가 어딘가?"

"운산입니다."

운산이 어디였지? 북방 같은데, 갑자기 기억이 안 나네. 사전을 띄우고 검색하는데 부분 지도하고 글로만 된 위치 설명만 나오길래 짜증이 났다. 미래엔 지명도 다 다른 거 같은데 이걸 보고 어찌 찾아? 어디 전체 지도 없냐?

그렇게 전체가 나온 지도를 검색하다가 나온 걸 보니, 생전 처음 보는 모습의 땅덩어리들이 그려진 지도가 평소보다 배는 넓은 화면으로 비쳤다.

"이게 대체……."

"왜 그러십니까요? 나리."

"아니다, 생각할 게 조금 있어서 그런다. 여기 팔찌는 가져가거라."

"감사합니다요, 나리."

패거리들이 고개를 숙이며 인사하고 떠난 후, 난 저 지도의 의미를 알게 되었고 난 여태 해온 공부의 순서가 전부 잘못됐단 걸 느끼고 창피함을 느꼈다.

"우리도 이만 환궁하세."

"명을 받들겠사옵니다, 세자 저하."

김처선, 넌 돌아가서 스쿼트 형 확정··· 아니, 단련시켜 주마.

제4장
우물 안 개구리

　거처로 돌아온 후 난 그동안 중국과 조선의 역사에만 신경을 쓴 나머지 종종 지식을 얻다 나온 생소한 나라들은 예전 강리도(疆理圖)에서 보았던 어딘가 있는 나라지만 국명이 다른가 보다, 하고 넘겨 버리기 일쑤여서 내가 그동안 안이했었다는 걸 반성했다.

　내가 미래의 지식을 의도치 않게 얻었다지만 근본은 조선 사람이라서 그런 건가? 어려서부터 중화사상에 깊은 영향을 받아서 그런지 사고의 근본은 변하지 않았었나 보다.

　그래서 내가 사는 세상이 이리도 넓고 조선은 정말 작다는 걸 알게 되자, 나의 사고가 무한히 넓어지는 기분이 들어 잠시 정신을 놓을 뻔했다.

그렇게 세계라는 개념을 알게 되었고 먼저 유럽이라고 부르는 대륙의 역사를 먼저 공부하기 시작했다.

서역의 역사 기록을 보니 근원을 따지면 여러 가지 문화권이 있었다지만, 그중 가장 영향이 컸던 건 그리스라는 나라에서 본격적인 발전이 시작된 후 로마라는 제국으로 이어졌다는데… 여긴 한나라 시절에 교류한 서역의 대진국을 말하는 건가? 그쪽은 기록이 확실하지 않아서 모르겠다.

로마가 내 생각보다 훨씬 강성한 제국이었다는 기록을 보고 많이 놀랐다. 이후 서역의 수많은 후대의 나라들이 전부 로마의 후계자임을 자처했다는데 예전의 한나라만큼 유럽에서 영향을 끼쳤나 보다. 로마의 대략적인 역사를 보고 나서 내게 제일 중요한 전쟁사를 뒤져보았다. 고대 유럽의 역대 전쟁 기록을 보니 이들도 중국 못지않게 수많은 전쟁을 치렀고 이름난 명장들이 많았다.

한니발, 스키피오, 알렉산드로스, 카이사르, 가이우스 등등 이름을 한 번에 다 거론할 수 없을 정도로 수많은 장수가 있다.

그렇게 시작된 전쟁사를 흥미롭게 보다가 미래에서 중세라고 부르는 시절로 넘어가고, 내가 사는 시대 근처로 오니 서역, 중국, 조선 모두 거의 비슷한 수준의 화약 무기를 사용하다가 어느 순간부터 서역만 독보적으로 발전하고 그들이 동양이라고 부르는 우리 쪽은 발전을 못 하고 결국 도태되었다.

이유가 뭘까? 근본적인 이유를 찾자면 사회제도부터 사상 발전상 등 여러 가지를 따져야겠지만, 지금 당장 정의를 내릴 수 없어 미루고 서역에서 본격적으로 산업을 발전하게 만들었다는 기물인 증기기관에 대해 알아보았다.

한참을 증기기관에 대해 공부한 후 이건 절대 당장 만들 수 없다는 걸 깨달았다. 지금 조선은 기초가 되는 금속공학이 미래보다 발달하지 못해, 지금의 기술 수준으로 만들어봐야 압력을 견디지 못하고 실린더가 터질 게 분명하기 때문이다. 게다가 연료가 될 석탄도 제작에 들어갈 재정도 부족하다.

그러니 먼저 재정과 재료를 확보하기 위해 나서야겠다. 일단 손에 들어온 감채는 종자를 더 확보해서 함길도 북쪽에서 키워야 하겠고 일단 가장 중요한 금과 은을 구해야 한다.

조선의 지도만 분리해 따로 띄우고 광산이라고 입력해 보니 지도 위에 과거에 존재했던 폐광들과 가동 중인 광산들의 위치가 수도 없이 뜬다. 내가 아는 광산과 분포가 달라서 보니 미래의 시간 기준으로 작성된 것이다.

제일 먼저 구리가 나오는 곳을 찾았는데 지금과 다를 바가 없다. 극히 일부의 광산에서 섞여 나오고 양도 적어 채광 기술이 발달되지 못한 지금엔 캐기 힘들 것 같다.

운산 지방의 금광도 찾았는데 그 규모가 내 예상을 아득히 뛰어넘었다.

거의 일개 지방 크기의 금맥이 퍼져 있는 것이다. 그런데 문제가 생겼다.

대부분 땅속 깊이 금맥이 존재하고 그 위에 각종 암반층으로 덮여 있어 지금 조선의 채광 기술론 캐기가 거의 불가능하다. 다만 지표면으로 나와 있던 금맥도 소수 존재했었다고 하니 그걸 찾아야 할 듯하다.

그 외에도 이북 지방 일대와 충청 일대에도 금광이 분포했지만, 마찬가지로 캘 만한 금광은 아직 없는 듯하다.

캐기 힘든 금 대신 철광이 조선 북쪽에 어마어마하게 많다. 석회도 많고 단천에 은광도 보인다. 단천에선 납이 나오지 않았었나?

이상해서 단천 은광에 대해 검색해 보니 회취법이라 하여 납에서 은을 분리하는 방법이 여기서 유래했다고 한다.

게다가 나중에 기술이 유출되어 왜국 놈들만 좋은 일 시켜 줬단다.

이걸 다 확인하고 나니 할 일이 정해졌다. 전에 경제학 지식에서 본대로 은과 금을 모아 국가에서 금은을 확보하고 점진적인 단계를 거쳐 화폐의 가치를 국가가 보장하는 금은 본위제로 서서히 개혁해 나가야 한다.

먼저 납 광석부터 구해 지금 당장 연은 분리가 가능한지부터 시험해 봐야겠다.

일단 야철장부터 찾아가 납 광석과 석회 가루를 구한 후, 배상문 휘하 의원들에게 실패해도 좋으니 과산화수소 제작에 도전해 보라고 석회 가루와 다른 재료들을 주며 자세한 방법을 일러두고 이 방법을 화학이라고 이름 붙여줬다.

그다음엔 장영실을 찾아갔다.

"대호군, 그간 평안했는가?"

"저하의 은덕으로 소관의 사정이 많이 나아졌사옵니다."

"대호군 안색도 예전에 비해 좋아지고 약간이지만 얼굴에 살도 좀 올랐군?"

"저하께서 큰 진리를 알려주셔서 소관이 요즘 아주 편히 지냅니다."

"내가? 대체 뭘 알려줬다고 그러나?"

"비인부전이 아무짝에도 쓸모없는 고루한 이치란 걸 알았습니다."

이건 또 무슨 소리야?

"그런 말을 하는 거 보니 이제 대호군의 제자가 많이 늘었나 보군?"

"그러하옵니다. 주상 전하께 윤허받아 제자 백 명과 군기감 외 다른 부서의 장인들을 교육 중이옵니다."

뭐? 그렇게나 많이? 대체 제자 한 명 제대로 안 두던 아재가 무슨 바람이 분 거지?

"소관이 총통 제작 후 저하의 조언을 실천해 소질이 어느 정도 있던 장인들을 골라 제자 십여 명을 처음 거뒀는데, 그들은 비천하고 기질이 사나운 아이가 절반, 나머진 양순한 아이들이었는데 이들을 교육하며 알게 되었사옵니다."

"대체 무얼 알게 되었는가?"

"불과 망치 앞에선 타고난 성품이 어떻건 상관없고, 제자들이 아무것도 생각지 못하게 한계까지 쥐어짜듯 다루면 모두가 비슷한 이로 변한다는 걸 알게 되었나이다."

잠깐 뭐라고?

"허… 자네도 그런 면이 있었는가?"

"소관도 모르고 있었지만, 사나우며 성품이 천해 대드는 이들을 몸소 가르치다 보니 알게 되었사옵니다."

잠깐, 뭔가 중간에 중요한 말이 생략된 거 같은데… 이 아재도 지난번에 봤는데 오랫동안 불 앞에서 일하던 사람이라 그런지, 웃통 벗으면 근육이 장난 아니다.

"망치 앞에선 모두가 공평해지니 이게 어찌 진리가 아니겠나이까? 게다가 어느 정도 경험이 쌓이니 한계까지 갈… 아니, 혹사하면 완벽하진 않지만, 어느 정돈 제 눈에 차는 물건이 종종 나왔나이다. 무릇 국가가 번영하려면 저 같은 이 하나만 있는 것보다, 저보다 못해도 일정한 수준의 장인 여럿이 있는 게 낫다는 것을 그제야 깨우쳤사옵니다."

허어… 내가 괴물을 키웠구나… 장영실이 내 제자는 아니지만, 청출어람을 인정한다.

"한데, 오늘은 무슨 용무로 오셨나이까?"

"내가 만들어보고 싶은 게 생겼는데 납을 녹여야 해서 말일세."

"무엇을 만들려 하십니까?"

"일단 내가 추측한 것을 실증해 보려 하네. 그러니 준비해 주게."

"명을 받들겠사옵니다."

"일단은 이걸 녹여봐야겠네."

장영실의 제자들을 시켜 납 광석을 나른 후 지시했다.

"자넨 화로에 따로 올릴 가마솥이나 커다란 판을 찾아 가져오고 깨진 자기 조각을 최대한 많이 구해 오라."

"바로 화로에 녹이지 않고 왜 다른 용기를 찾으시나이까?"

"최대한 불순물을 줄이기 위해 고안해 봤네. 잿더미를 깔고 납 광석을 올린 후 도자기 조각으로 덮어 강한 불을 쬘 걸세."

"소관의 경험으로 볼 때 그러면 화력이 너무 강해 납이 다 타서 날아갈 겁니다. 뭔가 다른 걸 추출하고 싶으신 게 있사옵니까?"

역시 이 아재는 이런 걸 잘 알고 있다.

"내가 얼마 전 알게 된 건데 간혹 광석마다 다르지만 적당한 환경을 갖추고 태우면 본래의 광석과 다른 게 나오기도 하여 그걸 뽑아보려 하네."

"그러면 준비되는 대로 시행해 보도록 하겠나이다."

준비된 재료가 갖춰지고 준비한 대로 납 광석을 태운 후 확인해 보니 은이 남아 있었다.

"역시나 소관의 예상대로 은을 추출하려 하셨나이까?"

"어떻게 알았나?"

"예전에 납을 녹이다 가끔 운이 좋으면 순도가 낮은 은덩이를 조금씩 건져보았나이다."

"그랬었나?"

"이건 소관이 보던 조잡한 것과 다르게 순도가 매우 높아 보이니 비교조차 할 수 없사옵니다."

"그렇지, 조선엔 납은 풍부한데 은이 적고 명에서 워낙 은을 바치라는 요구가 잦아 일부러 있던 은광도 폐쇄했지만, 이 방법을 쓰면 몇 번 정돈 조공으로 바쳐도 남을 만한 은을 뽑아낼 수 있을 거라 생각하네."

"그래도 은을 쉬이 바치지 않는 게 사직에 더 낫지 않겠나이까?"

"아닐세. 조선에 구리와 초석이 부족하니 둘 중 하나라도 바치는 은 몇 배의 양으로 사여(賜與)로 받아볼 생각이네."

"하나 쉽지 않을 것이옵니다. 명국은 아국을 항상 견제 중
이니 그러한 전략물자를 쉬이 주려고 하겠나이까?"

"맞는 말일세. 하지만 그걸 가능하게 하는 게 협상의 묘미
아니겠는가?"

그렇게 가져온 납 광석을 전부 실험해 봤는데 광석의 순도
에 따라 다른지 대략 납 한 근 정도의 원석에서 한 돈에서 두
돈 사이의 양의 은을 얻을 수 있었다.

이는 아바마마의 화폐 정책을 근본부터 바꿀 수 있는 원동
력이 반드시 되어줄 거다.

그 후 한동안 더 공부했지만, 아직 조선에 바로 적용할 만
한 경제 지식은 찾지 못했다. 그래도 미래의 지도를 보고 각
종 금광과 주요 자원 위치는 다 외워두었다.

그리고 연은분리법, 그러니까 회취법이라 부르는 납과 은의
분리 방법을 알게 된 것이 가장 큰 성과다.

아바마마에게 문안드리는 자리에서 내가 말했다.

"아바마마, 소자가 일전에 여러 가지를 실험해 보며 알게 된
이치를 고하려 합니다."

그러자 역시나 새로운 지식에 목마르신 아버지의 얼굴색이
변하신다.

"그래? 세자가 어떤 이치를 알아냈는지 고해보아라."

"납과 수은을 이용한 약재나 합금이 있다기에 그것에 대해 알아보려고 여러 방도를 궁리하던 도중에 그만……."

"하다가 어찌 되었는가?"

"무쇠로 된 화로에 납덩어리를 넣은 후 재를 가득 채운 다음 사기 조각으로 덮은 후 불을 피워 가열하니 납과 은이 분리되어 납 한 근에서 은을 두 돈가량 얻을 수 있었습니다."

"뭐라? 그것이 참인가?"

"예, 그러하옵니다. 그것이 땅속에선 서로 엉겨 달라붙어 있지만 본디 서로의 무게가 달라 화기를 쐬어 녹이면 서로 분리되어 떨어지는 것입니다."

앞으로 납 광산들이 은광으로 바뀌게 될 것이다.

"허어… 세자가 지난번에 의학을 연구하다가 화학이라고 새로 이름 붙인 학문이 경지에 다다랐구나. 정말 대견하도다. 하지만 은의 산출이 늘면 명에서 은 조공 요구가 지금보다 늘어날 텐데 이는 어찌 감당할 것인지 생각해 보았느냐?"

역시 아바마마께서 날 시험해 보려 하신다.

"아바마마, 몇 번은 그들이 원하는 만큼 주고 더 주소서."

"뭐라고? 그게 정말 세자가 생각한 최선의 방도인가?"

"예, 아바마마. 조공으로 은을 바치고 그만큼의 사은품을 식량과 곡식 종자와 염초, 혹은 구리나 유리 기술로 바꿔 오면 됩니다. 지금 당장 조선에 필요한 건 은이 아니라 저런 물자들이 더 절실하옵니다."

"과인 역시 그것들의 필요성은 알고 있지만 그렇게 간단히 정할 수 없는 문제로다. 게다가 그 물품들은 전부터 명에 아무리 요청해도 들어주지 않았다."

"그 부분에 대해선 협상이 필요하겠지만, 은이 명으로 유출된들 이후 회취법이 퍼지면 이후 은의 생산이 더 늘어나고 종국에 명국에까지 흘러 들어가면 차차 그들의 은 조공 요구가 줄어들 것이옵니다."

"명은 금은이 한번 들어가면 이후 절대 타국으로 유출되지 않는 나라다. 과인이 지금 조선의 상황이 어려워 금은을 줄 수 없으니 일부러 말로 대체 중인 것을 모르느냐?"

"명과 정식으로 사무역을 열게 되면 제가 개발한 물품들을 팔아서 명의 은을 다시 회수 가능하다고 생각하옵니다."

"세자가 기물을 몇 개 만들었지만, 아직은 사무역을 허락할 정도로 상품성이 있지 않고 양이 적다. 게다가 서로의 규모가 너무 차이 나니 잘못하면 조선의 재화만 빨려 들어가고 후에 명에게 전부 종속될 수도 있다."

생각해 보니 이건 아바마마의 말씀이 옳다. 사무역은 이후에 명국을 노린 목표 상품을 대량으로 개발 생산해야 가능할 것이다.

"최근 소자가 풍문을 들어보니 운산에서 비밀리에 사금을 채취해 먹고사는 이들이 있다고 하니 분명 운산에 커다란 금광이 있다고 생각됩니다."

대부분 지하 광석지대에 금이 매장되어 있지만 운산 일대에 지면 밖으로 드러난 금맥도 몇 개 있으니 그중 하나만 찾아도 성공이니까.

"운산에 금광이 있다고? 과인은 전혀 들어본 적이 없는데 세자의 귀가 가히 과인보다 밝은 듯하다."

갑자기 아바마마께서 짐짓 노한 표정으로 바라보시니 압박감에 차마 눈을 마주치지도 못할 공포가 밀려든다. 항상 인자하신 표정이라 의식 못 했었지만 아바마마 역시 태조 대왕과 태종 대왕의 피를 이으신 분인지 나도 모르게 몸이 떨린다.

내 생각엔 이건 아버지의 경고 같다. 아직 대리청정을 하는 것도 아니고, 보위에 오른 몸도 아닌데 함부로 국가의 대사에 관여하지 말라는 뜻인가?

사실 경제 부분이나 무역 문제는 그동안 아버지가 내게 허용해 주신 영역 밖의 일이기도 하다.

분위기로 짐작건대 아버지는 내가 비밀리에 사람들을 부리는지 의심하고 경계하신 듯하다.

아무리 내가 아버지께서 사랑하는 세자이자 아들이라지만 사조직을 만들어 부리는 건 조선에서 절대 허용되지 않는 일이니 더욱 그렇다.

"아바마마, 불초 소자가 죄를 청하옵니다. 사실 지난번에 소자가 몰래 미복잠행을 나가 시전을 둘러보다가, 시전에서 사금 주머니를 들고 와 팔려는 이들이 있어 알게 되었사옵니다."

그러자 아바마마께서 금세 표정을 바꾸시고 빙긋 웃으며 말씀하셨다.

"세자가 얼마 전에 미행을 나간 건 과인도 이미 알고 있었느니라. 다만 제대로 된 호위도 없이 김 시위 한 명만 데리고 나갔으니, 그것이 염려되어 과인이 몰래 호위 스물을 붙여 세자를 지키도록 조처하였노라."

전혀 몰랐었다. 역시 아바마마가 인자하고 사람 좋은 분이라고는 하지만 역시 조선의 지존이시고 앉아서도 모든 것을 다 알고 계시는구나…….

"소… 송구하옵니다, 아바마마."

"아니다. 과인은 어려서부터 사가에서 자라 세자로 책봉되기 전까지 자유로이 바깥을 돌아다니며 자라 미행을 나갈 필요를 별로 못 느껴서 거의 나가지 않았다. 하지만 응당 일국의 세자라면 세상이 어찌 돌아가는지 알 필요도 있다."

내 생각엔 정무와 연구 학술 활동으로 바쁘셔서 시간을 못내신 것 같은데…….

"그러니 앞으로 나갈 일이 있다면, 반드시 내게 윤허받고 안전을 도모해야 한다. 일국의 세자가 흉사를 겪고도 자신의 안전에 너무 무방비한 것은, 분명 바람직하지 못한 일이로다."

다행이다. 내 짐작과 다르게 날 의심하신 게 아니라 내 안전에 불감한 것에 대해 질책하신다.

"소자가 어찌 아바마마의 당부를 잊겠사옵니까? 명을 따르겠사옵니다."

"그럼 되었다."

생각지도 못하게 혼이 나기도 했지만, 기분이 상하지는 않았다.

나 스스로 충분히 장성했다고 생각하고 앞가림은 할 수 있다고 생각했지만, 팔순의 부모님은 환갑 먹은 자식도 어린아이처럼 보인다고 하니 아바마마께선 언제나 날 걱정하고 계신 거다.

그걸 생각하니 오히려 기분이 좋아진다.

"소자는 항상 아바마마의 은덕으로 살고 있나이다. 불초 소자는 이만 물러가겠사옵니다."

"그래, 이만 물러가거라."

그렇게 물러난 후 난 지난번에 아버님께 약속한 음식을 만들기 위한 작업에 들어갔다.

*   *   *

아바마마께선 결국 내 건의를 일부 받아들여 일단 납 광석을 모아서 극비의 장소에서 회취법을 이용해 은을 생산하기로 했다. 이를 두고 호조판서 김맹성(金孟盛)과 병조판서 황보인(皇甫仁)은 적극적으로 찬성했지만, 그동안 명의 조공 요구에 시달린 경험을 겪었던 다른 대신들이 반대했다고 한다.

하지만 미래의 조선 사직을 위해 꼭 필요한 일이고, 극비로 하면 된다는 설득에 넘어가 결국 찬성했다고 한다.

그렇게 일이 결정 되어 회취법을 시행하는 장인들은 반드시 물로 적신 여러 겹의 천으로 입과 코를 가리고 교대로 작업해야 한다고 미리 신신당부해뒀다.

게다가 금광을 미리 찾아두고 확보해, 다른 이들이 캘 수 없게 조치할 것이라고 한다.

그래서 금광 탐사대를 위해 사전을 보고 지도를 베껴 그리기 시작했다.

그런데 미래하고 지금은 지형이 매우 다를 텐데 이걸 어쩌지? 미래엔 사람이 길을 만들려고 산도 깎고 벌목도 많이 해서, 이 지도에 나온 언덕들이나 평지는 지금 내가 사는 시대에 나무가 가득한 산이거나 숲일 수도 있다.

일단 근처의 강들을 중심으로 찾아 상류를 타고 올라가라고 말할 수밖에 없겠다. 일단 산만 대충 표시해서 그리고 강줄기 위주로 완성한 운산 지도를 금광 탐사에 나서는 이들에게 주었다. 애초에 금광 범위가 미래 단위로 352㎢에 달한다고 하니 지표 겉으로 드러난 금맥 몇 개만 찾아도 목표 성공이다.

탐사 대장으로 결정된 군기감 소속 군관에게 찾아가 지도를 건넸다.

"내가 일전에 들었던 풍문들과 지리지를 종합해 만들어본 지도일세. 이걸 보고 구룡강 강줄기 상류를 따라가면서 수색해 보게."

"저하의 명대로 행하겠나이다."

"그래, 장차 조선의 명운이 걸린 대사니 절대 비밀로 해야 함은 알고 있겠지? 간혹 여진 야인 놈들이 남하해 강에서 잠채하며 사금을 캐 가는 일도 있으니 그들을 조심해야 할 것이야."

관련 기록을 보니 예전부터 간간이 사금이 발견되었고 여진 놈들이 사금 채취를 요청했었으나 조정에서 거절했다는 기록도 있었다.

"예, 저하의 당부를 반드시 유념하겠사옵니다."

그렇게 탐사대도 떠났고, 당분간 할 게 평소의 일과와 미래 지식의 공부뿐이다.

그러면서 아바마마에게 바칠 보양식을 준비 중인데 좀처럼 아바마마의 식성에 맞는 걸 찾을 수가 없다.

이미 아버님께 약조한 대로 보양식을 몇 번 고안해 올려봤지만, 아버님의 편식성은 내 상상을 초월했다.

수라를 담당한 나인들에게 물어보니 아바마마께선 채소의 식감 자체를 꺼리시는 듯하다. 생채소의 아삭거리는 식감도 질색하시고, 익힌 채소의 흐물거리는 질감은 혐오하신단다. 덤으로 산나물은 종류를 불문하고 아예 안 드신다.

그나마 고깃국에는 밭에서 키우는 몇 종류의 채소를 넣어 드신다고는 하나, 그것도 호불호가 갈리는 게 많아 언제나 드시는 국이 정해져 있다고 한다.

막막하다……. 아바마마께선 지나칠 정도로 편식하는 습관이 들어, 이걸 어찌 풀어야 할지 모르겠다.

그렇게 요리에 대해 공부하다 보니 나도 모르게 요리 전문가에 가깝게 변해간다. 물론 글로 배웠으니 이론만 아는 거지만, 어의들도 경험으로만 대략 알고 있는 영양학과 여러 가지 부작용들도 알게 되었다.

솔직히 말하면 현 조선 제일의 약식동원(藥食同源)의 전문가라고 하는 전순의도 내가 아는 것들보다 더 알진 못할 거다.

한참 동안 요리에 대해 고민하며 검색하다 채식주의자들을 위한 식단이란 문서를 보고 바로 직감이 왔다.

그래. 이건 반드시 먹힌다. 이건 아바마마도 선입견으로 안

드셔보셨을 거라고 확신한다. 그렇게 요리를 결정했지만 일단 제일 중요한 조미료가 없어 사온서에 제작을 부탁했다.

그 후 시간을 내어 선물을 가지고 그리운 사람을 만나러 집현전(集賢殿)에 행차했다. 일부러 알리지 않고 조용히 둘러보니 수많은 학사가 학업과 연구에 매진 중이다.

그러다 부제학(副提學) 최만리(崔萬里)가 뒤늦게 내가 온 걸 알아채곤 내 앞에 서서 예를 갖췄다.

"저하, 기별도 없이 어인 행차이시옵니까?"

"내 오래간만에 나라의 동량인 학사들도 위무할 겸, 보고 싶은 이도 있어 이리 들렀네."

"세자 저하께서 이리도 저희를 지극히 생각해 주시니 소관 은 감읍할 뿐이옵니다."

"아닐세. 허례허식은 관두고 그대들은 평소대로 하면 되네. 나 때문에 학업에 방해가 된 게 아닌가 우려가 된다네."

"어찌 저하께 잠시 예를 표하는 게 방해라 할 수 있겠나이까? 이는 당연한 도리이옵니다."

"내 같이 온 이들을 시켜 석식을 준비해 두었으니, 나중에 학사들과 같이 들게나."

"세자 저하의 은혜가 망극하옵니다."

최만리는 최근까지 날 가르치던 시강학사(侍講學士)도 역임 했었고 현재는 집현전의 책임자이다.

미래엔 아바마마께서 훈민정음을 배포하실 때 사육신인 하위지(河緯地), 사육신을 밀고한 배신자 정창손(鄭昌孫)과 함께 새로운 글자는 이치에 부당하다며 반대하다가 파직당했다가 다시 복직된 사람이기도 하다.

하위지와 정창손은 뜻을 모아 같이 정음에 반대하다 나중에 저리 갈라진 걸 보니 역사란 게 역설적이긴 하다.

배신자 정창손은 지금 아마도 아버지 정흠지가 작년에 졸해 삼년상 치르는 중일 거다. 그대로 낙향해 주면 고맙겠는데… 안 그러겠지? 반대한 세 명 중에 아바마마에게 유일하게 파직을 유지당한 놈이기도 하다.

후세엔 정음에 반대한 세 명 중에서 최만리의 평가가 굉장히 안 좋던데, 그는 내가 겪어본 바론 용기가 대단하고 깐깐한 사람이다. 상소를 받고 진노하셨던 아바마마의 면전에서 한마디도 지지 않고 따졌다고 한다.

추측이지만 최만리는 정음이 퍼지면 유학자들의 입지가 좁아질 거라고 미래를 예측한 게 아닐까? 이 사람을 겪어본 내 입장에선 식견이 좁다거나 멍청하다고 생각하지 않는다.

지극히 청렴하면서 자기 신념이 확실하지만, 현재의 상식에서 벗어나지 못한 유학자의 본보기와도 같은 사람이라고 생각한다.

그러니 이런 이들을 근본부터 생각이 바뀌도록 미리미리

설득해야 한다. 이런 걸 미래 말로 약을 친다고 하던데 약은 먹는 게 아니던가? 정말 미래의 말은 어려워……

일단은 오늘 만나러 온 학사를 서고 구석으로 불렀다.

"성 학사, 내 그간 여러 공무 덕에 격조했네. 그간 무탈했는가?"

"기체후 일향만강하셨나이까? 저하."

"나야 요새 학업과 양생에 힘쓰며 잘 지내고 있다네, 그대는 안색이 좋지 않구면."

그렇다. 이 사람은 지금 집현전 최고 유망주 중 한 명인 성삼문(成三問)이다.

미래에 내 아들을 복위시키려다 발각돼 그놈에게 처형당한 그 성삼문이다.

그를 한참 바라보니 사극에서 봤던 장면이 생각났다.

"제 면(面)에 먹물이라도 묻었사옵니까? 요즘 소관이 경황이 없긴 하옵니다."

아마도 후세의 상상이 들어간 장면이었겠지만 그놈에게 고문을 당하면서도 '나리'라고 부르고, 나리께 받았던 녹은 쌀한 톨도 건드리지 않았다고 비꼬다 처형당하는 장면이 생각났다.

지금 바라보고 있는 성삼문의 얼굴에 그 장면이 겹쳐 보여 나도 모르게 눈물이 흘렀다.

"저하! 갑자기 어인 일로 예루(睿淚)를 보이시나이까? 소관이 무례를 저질렀다면 부디 통촉하여주시옵소서!"

오히려 성삼문이 당황해 내게 죄를 청하니 나도 다급히 마음을 추스르고 그에게 말했다.

"아닐세, 그대가 이리도 항상 학업에 힘쓰니 훗날 조선의 든든한 동량이 될 거라 생각해 감격해서 그렇네."

"저하께서 미천한 소관을 이리도 높이 평가해 주시니 감히 몸 둘 바를 모르겠나이다. 과찬을 거두어주시옵소서."

"아닐세, 난 그대만 생각하면 마음이 흐뭇해지고 기쁘다네."

어… 뭔가 말을 하고 보니 좀 이상하게 들릴 것 같은데? 설마 오해하진 않겠지.

"세자 저하께서 불학하고 불민한 소관을 이리도 생각해 주시는지 미처 몰랐습니다. 그저 망극할 따름이옵니다."

사실 성삼문의 나이는 나랑 네 살밖에 차이 안 나니 앞으로 잘 지내면 지금 아바마마와 정인지의 관계처럼 영혼의 짝이 될 수도 있겠다.

"그대를 위무하고 보양하기 위해 이걸 가져왔으니, 나중에 몸이 허할 때 들게나."

내가 주먹보다 약간 작은 크기의 주머니를 꺼내 건네주었다.

"세자 저하의 은덕에 망극하옵니다. 한데 이 낭(囊) 안에 든 건 무엇이옵니까?"

"사탕일세."

당분이 피로 회복에 그렇게 좋다 하더라고. 그거 먹고 힘내게, 내가 앞으로 꽉꽉 밀어줄 테니.

"이… 이 주머니… 안에 든 게 전부 사탕이나이까……?"

얼마나 놀랐는지 말도 꼬인 듯하다. 하긴 지금 조선에선 은보다 설탕이 더 귀하거든.

"그렇네, 내가 지난번에 사탕을 좀 구해서 이리 가져왔다네."

"저하… 이는 소관에게 너무 과한 은혜가 아닌지요……. 감히 소관이 이런 귀물을……."

"아닐세, 그대가 내게 해준 걸 생각해 보면 이 정도는 그저 하찮은 거라 할 수 있네. 그댄 지금처럼만 하게."

"소관은 그저 저하께서 명하신 대로 명국에서 들어온 고문헌을 구해 온 것 말고는 대단한 일을 한 적이 없나이다."

예전에 정음을 연구하려고 자료 수집을 부탁한 적이 있다. 성삼문은 그때의 일로 내가 이리 포상하는 줄 착각하고 있는 듯하다.

"아닐세, 그것만으로도 이미 큰 도움이 되었다네. 대공을 세운 것이니 겸양하지 말게나. 이후 그대의 고과를 반영해 내가 앞으로도 틈틈이 챙겨주겠네."

그래, 그 일도 정음 만드는 데 도움이 되긴 했으니 이번 것은 그때의 포상으로 치자. 나중에 더 이것저것 챙겨줘야겠다.

"소관이 저하의 공덕과 이 은혜를 어찌 잊을 수 있겠나이까? 그저 망극할 따름이옵니다."

"그대는 혹시 요즘 안력이 어느 정도인가?"

"소관의 안력은 아직 나쁘지 않다고 생각하옵니다만……."

"그럼 저기 뒤편 맨 위 책장에 쓰인 글자가 보이는가?"

성삼문은 고개를 돌려 한참을 바라보다가 다시 내게 말했다.

"그것이… 잘 보이지 않사옵니다."

내 생각보다 심각한데? 아직 스물 초반인데 벌써부터 이러면 신료들 시력 수준이 내 생각보다 더 안 좋은 거 같다.

"안 되겠어, 그대는 오늘 나와 같이 갈 곳이 생겼네. 남은 일정은 파하고 따라오게."

"무슨 연유로 제 일정을 파하란 분부이신지요?"

"앞으로 그대의 학업을 돕기 위함일세, 내 그대에게 안경을 맞춰주려 하네."

그러자 이미 안경에 대한 소문을 들어서 알고 있는지 성삼문도 반색한다. 역시 학업 관련된 거면 비싼 거라도 거부감이 사라지나 보다.

그렇게 성삼문을 데리고 신료들의 주청을 받아 새로 생긴 안경원에 갔다. 임시로 궁 외곽에 거처를 만들어 장인들이 상주하면서 수정으로 안경알을 연마하고 있었다.

"거기 아무도 없는가?"

책임자로 보이는 장인 하나가 다가와 고개를 숙이며 말했다.

"세자 저하, 이 누추한 곳에 기별도 없이 어찌 오셨나이까?"

"내 오늘 성 학사에게 안경이 필요해 이리 왔다네. 준비된 안경알이 얼마나 있는가?"

"지시하신 규격의 종류별로 전부 갖춰두었나이다."

안경원 구석엔 내가 미래 시력검사법을 공부해 조선식으로 고친 시력검사표가 붙어 있다.

"성 학사, 저기 저 바닥에 그려진 선 앞에 서서 이 사람들이 건네는 수정알을 하나씩 번갈아 양 눈에 대고 저기 써 있는 글씨들이 어디까지 보이는지 말하면 된다네."

"알겠사옵니다."

그렇게 한참을 시력검사를 하면서 성삼문에게 잘 맞는 알을 찾는 동안, 난 미리 만들어둔 테에 내가 직접 조각칼로 청죽(靑竹)이라는 글자를 새겼다. 지난번에 아버님의 테를 제작할 때 연습해 두어서 그런가? 실수 없이 단번에 새길 수 있었다

"푸른 대나무는 그대의 성품과도 같으니 내가 그 뜻을 기려 이리 새겨보았네. 앞으로 안경은 잘 간수하면서 쓰고 만약 파

손된다면 이리 와서 내 이름을 대고 새 안경알을 받아가게나."

"소관이 이리도 분에 넘치는 은혜를 받을 자격이 있는지……."

"어허! 내가 일러둔 대로 그대는 내게 합당한 은상을 받는 것뿐이네."

"소관, 반드시 각골난망(刻骨難忘)하여 결초보은(結草報恩)하겠사옵니다. 저하의 하해와 같은 은혜가 망극하옵니다!"

그래, 그대가 나와 내 아들에게 충성하려 목숨도 바쳤는데 내가 이 정도도 못 해줄까.

부디 이 생엔, 나도 그대도 오래 같이 갑시다.

미래의 나의 영의정이여.

*   *   *

내심 벼르고 있던 김처선을 스쿼트형, 아니, 하체 단련을 시키자 금세 울상이 되어 내게 하소연했다.

"헉… 헉… 흐으… 저… 저하."

"아직 서른 번 더 남았네. 쉬지 말고 그대로 하게."

"소… 소관이 생각건대, 이렇게 좋은 단련법은 다른 내관들도 같이해야 한다고 생각하옵니다."

"음? 김 내관 혼자만 하는 건 부당하다고 생각하나?"

"아니옵니다. 다만 변고에 대비해 내관들도 저하를 지키기 위한 최소한의 준비가 되어야 한다고 생각하옵니다."

이 녀석은 내가 업무로 바쁜 다른 내관들까진 차마 시키지 못할 거라고 생각해서, 그 틈을 이용해 빠져나가려는 것 같다.

"세자 저하, 소관의 의견을 어찌 생각하시나이까?"

사실 처음부터 내관들 전부 시킬 구실이 필요했는데, 이렇게 나와주니 오히려 고맙기까지 하다.

"음… 네 말이 옳다. 그럼 내일 오후에 올 땐 자선당 입직 내관들을 전부 데려오너라."

그러자 김처선의 낯빛이 급격히 어두워졌다.

그래, 역시 이렇게 좋은 건 다 같이 해야지. 안 그래?

몸에도 좋고 정력도… 미안하다. 네가 환관인 걸 잠시 깜박했네.

기왕 이리된 거 세자빈도 시켜 부부가 모두 행복할 수 있게 만들어야겠다. 요가라고 부르는 운동법도 가르쳐 출산 때 생길 불상사도 미리미리 방지해야지.

"빈궁, 자세를 그대로 유지하고 그대로 앉았다 일어나듯 움직여 보시오."

"예, 저하."

세자빈이 내가 지시한 대로 동작을 취하는데, 나풀나풀한

옷가지가 방해됐는지 자꾸 헤맨다.

음, 이런 건 생각 못 해봤는데… 미래엔 여자들이 몸에 딱 달라붙는 옷을 입고 운동하던데 비슷한 거라도 만들어봐야 할까?

오… 그런 옷을 입은 아내를 상상해 보니 갑자기 달아오른다.

"으음… 그만하고 이리로 와보시오."

"어맛, 세자 저하… 아직 시간도 이른데 벌써……."

그렇게 세자빈과 즐거운 시간을 보내고 나서 궁녀들을 불러 스쿼트의 자세를 가르치고, 세자빈의 회임에 도움이 되니 시간에 맞춰서 하라고 일러두었다.

운동할 때 평소 입는 세자빈의 복색은 방해가 되니 얇고 통풍이 잘되는 속바지를 만들어 입고 하라고 당부했다.

"빈궁, 다음부터 내 앞에서만큼은 가체는 안 해도 되니 편한 머리로 하고 오시오."

"소첩이 어찌 그리……."

아내는 항상 뭐가 그리도 수줍은지 말을 흐린다. 요즘엔 잠자리에선 점점 내숭도 없어지고 있던데 평소엔 왜 저래?

"내 자칫 그대 목이 다칠까 염려되고, 사실 내 눈엔 안 한 게 더 아름답다오."

사실 예전부터 가체 올린 머리보다 적당히 쪽진 머리가 취향이었다. 로맨스 드라마 보니까 미래엔 아예 생머리로 다니는 여자도 많던데.

나도 요즘은 점점 수염 없는 내 모습이 조금씩 적응되어 가고, 세자빈이 잠자리에서 가끔 보여주는 풀어헤친 긴 생머리가 더 아름답게 보인다.

그러니 둘만 있을 때라도 내 취향에 맞춰야 하지 않겠어?

"세자 저하께서 바라신다면 그리하겠사옵니다."

갑자기 나도 모르게 드라마를 보다가 해보고 싶던 게 생각이나 세자빈에게 부탁했다.

"그럼 약조의 의미로 한 번만 오빠라고 불러보시게."

"예? 소첩이 방금 무슨 말씀이신지 이해하지 못했나이다."

"내 소원일세."

"소첩이 어찌 저하를 뜻도 모르는 불경한 호칭으로 부를 수 있단 말이옵니까?"

"그저 애칭일세, 빈궁과 가까워지고 싶은 내 마음을 이해해주지 못하는 건가……."

내가 한 말이지만 닭살이 돋았다. 분명 로맨스 드라마가 날 이렇게 만든 거다……. 분명 그런 거다…….

세자빈이 갑자기 얼굴을 붉히며 웃는다. 가끔 내게 이런 말 듣는 게 정녕 맘에 드나 보다.

"아니옵니다. 저하께서 정녕 원하신다면……."

"그럼 불러보시게."

"오… 빠?"

미래에서 왜 그리 수많은 남자들이 저 말을 여자들에게 듣고 싶어 한 것인지 알 거 같다.

뭔가 알 수 없는 감정들이 심장을 때리듯이 온다. 어휴… 이 사랑스러운 여인네 같으니.

그렇게 한동안 세자빈과 알콩달콩한 시간을 보내는데 드디어 희소식이 들어왔다. 장영실에게 제작 주문한 중세 유럽식 고로가 드디어 완성됐다고 한다.

이건 순전히 미래에서 리인액터(Re-enacter)라고 부르는 재현의 전문가들과 중세 마니아들 덕분에 완성할 수 있었던 것인데, 이들 중 일부는 철저하게 고증을 맞춘다고 쓸데없는 것 하나하나 전부 옛날식으로 과거의 생활을 재현하거나 철저한 옛 방식과 재료들로만 장비를 만들며 영상을 찍어두었다.

미래의 격언 중에 덕 중의 제일의 덕은 양덕(洋德)이라는데, 그 말이 맞다. 양덕 최고다! 마음 같아선 천세를 외치고 싶어질 정도다.

이들이 남겨둔 영상 덕에 조선의 기술이 발전하게 되었으니 이 어찌 기특하지 않을까.

그래서 기쁜 마음으로 장영실에게 들렀는데

그는 얼마 전부터 아예 장인청(匠人廳)이라고 해서 신입 장인들을 교육하며 각종 장비를 생산하는 시설을 담당하는 중이다.

본래 그는 이쯤에서 어명으로 관직 새로 받고 경상도로 제련을 가르치러 갔어야 했다. 하지만 역사가 바뀐 덕에 새 관청의 장이 되었고, 조선에서 그의 위상이 한층 더 높아졌다.

내가 그동안 부단히 신경 쓰면서 장영실을 챙기니, 그게 도움이 됐는지 발언권도 좀 생긴 모양이다.

"대호군, 그간 잘 지냈는가?"

"저하도 평안하셨사옵니까? 잘 지냈냐 물으시면… 요샌 사람들이 소관을 대호군(大護軍)이라 안 부르고, 대장장이 장군이라며 대장군(大匠軍)으로 부르옵니다."

"하하! 누군지 참 재치가 있구먼. 그래 대장군, 완성된 고로에선 강철이 잘 나오는가?"

"네, 그러하옵니다. 다만 연료로 쓰일 충분한 석탄을 구하는 게 문제가 될 듯하옵니다."

"그건 석탄 광산을 찾고 있으니 해결될 걸세."

"그리고 전에 주셨던 갑옷 도면을 보고 견본을 하나 만들어 보던 중이었사옵니다."

"오 그래? 벌써 제작 중이었단 말인가? 어디 한번 보세."

그렇게 작업장 안쪽으로 이동하니 수많은 장인이 각자 담당한 장비의 한 부분씩만 맡아서 제작하는 게 보인다.

"분업 체계가 잘 돌아가는 듯하니 내 기쁘기 그지없네."

"요즘 장인들의 대우가 이전보다 월등히 좋아져 지망자들이 많이 몰리고 있사옵니다."

"그들을 교육하느라 대호군의 노고가 크겠군. 내 그댈 위해 사당을 가져왔네."

"성은이 망극하옵니다."

"어허! 그 말은 하지 말라니까. 누가 들으면 어쩌려고 그러나?"

"마침 아무도 없고 소음에 묻힐 걸 아니 그리하였사옵니다."

장영실이 내게 충성하는 건 좋은데 성격이 예전과 달라져 그런가, 요샌 오히려 내가 말리는 느낌이 든다.

"근래엔 소관이 처음 키운 제자들이 장인청을 통제해 잘 돌아가니, 소관은 요즘 망치질보단 연구에 열중하고 있사옵니다."

"허, 그러한가? 그것참 잘됐군. 내 앞으로도 그대가 만들 것들이 기대되네."

"소관은 이 모든 걸 다 예상하신 세자 저하의 혜안에 감탄 중이옵니다."

사실 난 그냥 제자나 받으라고 한 거지. 아바마마께서 이리 지원해 주실지는 전혀 예측 못 했는데······.

"이것이 제작 중인 철판 갑옷이옵니다."

"오··· 오··· 오··· 이게······."

말도 제대로 나오지 않는다. 사전에서 보던 것보다 훨씬 아름답고 고상해 보인다.

아직 면갑과 흉갑만 있지만, 이 두 부분만 있어도 실전에서 유용할 테고 전에 쓰던 찰갑과는 비교도 안 되게 유지 보수가 편할 것 같다. 사실 전에 쓰던 찰갑은 작은 철판들을 일일이 끈으로 꿰어 만드는 굉장히 복잡한 구조라, 파손되거나 고장이 나면 전부 뜯어서 보수한 후 다시 꿰어야 했으니 장인들의 고충이 심했다.

자세히 살펴보니 어떻게 한 건진 몰라도 가슴에 세자가 착용하는 흉배의 문양이 들어가 있다.

"허어어……."

나도 모르게 정신 줄을 놓고 갑옷을 세자빈을 만지듯 쓰다듬어 보았다.

이 영롱한 광채는 대체…….

아니다, 이젠 그만 정신 차리자. 아무리 좋아도 그렇지 이건 좀…….

"혹시 이건 내가 입어보라고 제작한 건가?"

"그렇사옵니다."

"그렇다면 이건 못 쓸 물건이네."

"어찌하여 그렇사옵니까?"

"요즘 양생법을 단련 중이라 하체가 굵어지고 흉부는 커지면서 하복부가 들어가 예전의 쟀던 치수는 하나도 맞지 않는 다네."

"그렇사옵니까? 소관 생전에 그런 일이 생길 거라곤 생각도 못 해봤사옵니다."

요즘 항상 날 놀라게만 하던 장영실이 오히려 놀랐는지 입을 다물지 못한다. 내가 운동하고 먹을 것 바꾸느라 얼마나 고생했는데…….

"그동안 학업에만 전념하시던 세자 저하께서 그리하셨으니, 각별한 노고가 많으셨다고 사료되옵니다."

"그렇다네, 역시 날 이해해 주는 사람은 자네밖에 없군."

"그러면 이건 상의원(尙衣院)에 의뢰해 나중에 치수를 새로 잡아 만들어야겠사옵니다."

"그런데 화승총은 지금 비축해 둔 수량이 얼마나 되는가?"

"처음 들어온 장인들의 연습용으로 총열을 만들었다가 녹이길 반복하여 겨우 육백 정가량밖에 없사옵니다."

뭐? 끽해야 100정이나 있으면 다행일 줄 알았는데 600정이나 있다고?

이거 사정이 이리되었으니 변방의 골칫덩이 이만주(李滿住)가 살날이 얼마 남지 않게 됐다.

기다려라, 이만주! 네 후세엔 조선 북방의 지명이 결코 만주라고 불릴 날은 오지 않을 거다.

     *   *   *

드디어 시간 날 때마다 만들던 요리가 완성되었다. 사탕무를 발효해 시행착오를 겪으며 조미료를 만들었는데 그 결과 미래의 것만큼 완벽하진 않지만, 그래도 MSG에 가깝다고 볼 만한 것이 나오는 데 시간이 좀 걸린 탓이다.

MSG가 완성돼서 앞으로 아버님이 섭취하시던 소금의 양도 줄일 수 있을 테니 만족스럽기 그지없다.

요새 사온서 장인들이 술보다 사탕과 MSG를 더 많이 만드는 중인 거 같은데 조만간 일부라도 따로 떼어 독립시켜야겠다.

"아바마마, 소자가 아바마마를 위해 준비한 수라이옵니다. 부디 젓수어보시지요."

"그래. 오늘 준비한 수라는 세자가 직접 만들었다지?"

"그러하옵니다."

"허허허… 남들이 보면 천하다 할 만한 일도 마다하지 않고, 과인을 위해 보양식을 준비했다니 기특하기 그지없구나. 오늘은 무슨 일이 있어도 과인이 가리지 않고 다 들겠다."

사실 처음엔 주변에서 만류했지만, 아들로서 효를 다하기 위함이라고 말하며 반발을 무마시켰다.

"성은이 망극하옵니다."

기미 담당 나인이 먼저 내가 진상한 요리를 맛보았다. 입에 요리가 들어가자마자 눈이 부릅떠지고 경악에 찬 표정을 짓는 게 내가 예상한 게 맞았나 보다.

아직 고추도 없고 조미료로 소금과 간장, 된장과 겨자 정도만 쓰고 어쩌다 수입해 오는 후추가 제일 고급인 조선에서 처음으로 MSG 맛을 봤으니 당연히 혀에 감칠맛의 폭풍이 몰아치고 있을 거다.

그러자 아바마마께서 놀라 하문하셨다.

"왜 그러느냐? 혹여 음식이 잘못되기라도 한 것이냐?"

씹기만 하고 삼킬 생각을 안 하던 기미 담당 나인은 표정을 겨우 정리하고 삼킨 후 대답했다.

"아니옵니다, 전하. 이 천것이 상상도 못 해본 지극한 맛이라 잠시 놀라서 그랬사옵니다."

"지극한 맛이라니 대체 무슨 맛이 나길래 그러냐?"

"이것은 소녀의 짧은 식견으론 도저히 표현할 수 없사옵니다. 지극히 귀한 다시마의 뒷맛 같기도 한데 그것과는 느낌이 좀 다르옵니다."

기미 담당 나인이면 항상 아바마마의 수라를 함께 맛보게 되니 자연히 미식가가 될 수밖에 없다. 그런 나인이 극찬하니 아바마마께서도 기대에 찬 표정을 지으신다.

"그럼 세자가 이 아비를 위해 올린 음식을 맛보아야겠구나.

이것의 이름은 무엇이냐?"

"용상두부(龍像豆腐)라고 하옵니다, 아바마마."

"용상두부?"

"불초 소자가 주상 전하의 만수무강을 빌며 고안한 요리옵니다. 작게 썰린 두부 위에 고기를 올려 젓수시면 되옵니다."

"흐음, 그래? 겉으로 보기엔 특별할 게 없지만 이건 처음 보는 형태의 고기로구나. 일단 맛을 먼저 보마."

아바마마께서 젓가락으로 두부와 고기를 입에 넣으시자 한참을 씹으시다 삼키시곤 말씀이 없어지셨다.

계속 침묵이 이어지고 처소엔 오직 아바마마께서 음식을 드시는 소리만 홀로 울려 퍼진다.

다시 삼키는 소리와 함께 아바마마께서 정신이 드신 듯 나를 바라보셨다.

"허어… 어찌 음식에서 이런 맛과 식감이 날 수 있단 말이냐?"

그러시더니 한 젓가락씩 드실 때마다 비슷한 반응을 반복적으로 보이셨다.

결국 한 접시를 다 비우시더니 이성이 돌아오셨는지 한숨을 쉬셨다.

"허… 이게 벌써 전부… 세자, 이건 양이 너무 적은 게 아닌가?"

"아니옵니다. 아바마마, 그것은 평소 젓수시던 고기의 양만큼 준비한 것이옵니다."

"허어… 그래? 과인이 이리 아쉬울 정도로 정신이 팔리다니……."

그렇게나 마음에 드신 건가?

"과인이 이걸 입에 넣고 먹는 순간만큼은 별빛이 가득한 우주홍황(宇宙洪黃)을 누비는 기분이 들었도다. 가히 이전에는 없던 다른 세상의 맛이라 할 만하다."

아바마마, 우주라뇨……. 너무 과대평가하신 것 아닌가요? 그리고 방금 귀신의 지식이 알려주길 우주에 맨몸으로 나가면 얼어 죽는다네요. 뭐? 비유가 아니고 진짜로 사람이 우주에 갔었다고?

"세자."

"예, 아바마마. 하문하소서."

"여기 들어간 고기는 대체 무슨 고기인가? 과인이 이제껏 살면서 먹어본 적이 없는 고기가 있던 게 더 충격이었도다."

"아바마마, 그것은 두육(豆肉)이옵니다."

"두육? 콩으로 만든 고기란 소리냐?"

"그렇사옵니다."

"어찌 콩에서 이런 맛이 날 수 있단 말이냐? 씹으면서 힘줄 같은 느낌도 있고 기름기가 느껴졌으니 콩으로 그것이 정녕 가능하단 말이냐? 혹여 과인을 기만하려는 것은 아닌가?"

"아바마마, 그것은 다른 재료들을 조금씩 섞어 반죽해 그리
한 것이옵니다."

"그러한가? 과인이 편견에 사로잡혀 이런 걸 먹어볼 생각을
하지 못했구나. 세자가 과인을 생각해 그리도 지극한 정성을
들였다곤 예상하지 못했다. 과인의 아들이 이리도 효성이 높
고도 깊으니 아비로서 정말 기쁘기 그지없도다."

아바마마께서 함박웃음을 지으며 다가와 나를 안아주셨
다. 그리고 무심결에 뒷머리를 쓰다듬어 주셨는데 불현듯 어
린 시절이 떠올랐다.

사가에서 지내던 시절, 충녕대군이셨던 아버님이 항상 이렇
게 머리를 쓰다듬으며 네다섯 살의 꼬맹이였던 나를 칭찬해
주셨다.

'아바마마, 부디 만수무강하시옵소서.'

제5장

제례

"허억… 헉, 헉."

내 지도하에 내관들이 맨손 스쿼트를 하며 단련 중이다.

자세한 사정은 나도 잘 모르지만, 김처선 때문에 자선당 내관들이 단련하게 됐다는 걸 다들 아는 듯한 눈치다.

"거기 자네, 상반신이 내려갔네."

아, 이거 너무 재밌다.

김처선이 내 자세를 지적하면서 즐기던 이유를 이제야 알 것 같다.

그렇게 내관들에게 고된 단련 일과가 끝나고 나니, 내관들이 김처선을 죽일 듯이 째려보며 복귀하는 게 보인다.

그러고 보니 저 많은 인원이 땀을 장난 아니게 흘렸는데, 전부 씻어야 할 거란 생각이 들었다.

저대로 업무를 보면 본인도 옆에 있는 사람도 괴로울 테고, 앞으로 계속 내관들을 굴리… 아니, 단련시키려면 규모가 큰 욕탕이 필요할 거 같다.

나중에 재정이 허락된다면 욕탕에 대해서 아바마마께 상신해 봐야겠다.

다음 날 아침 문안을 드리러 아바마마의 침소를 찾으니, 웬일로 어마마마와 같이 계시다.

두 분이 서로 손을 잡고 계신 걸 보니, 어젯밤을 같이 보내셨나 보다.

"아바마마, 소자 향이 아바마마께 문안 인사드리옵니다."

"과인이 근자에 소식을 듣자 하니, 세자가 후손 만들기에 힘쓴다는데 회임 소식은 있는가?"

그러자 같이 온 세자빈의 얼굴이 붉어졌다.

"소자가 아바마마께 세손을 안겨 드리기 위해 힘쓰고 있으나, 아직 소식이 없는 것 같사옵니다."

"소첩도 좀 더 노력해 보겠나이다."

어마마마께서 환하게 웃는 얼굴로 하문하셨다.

"요즘 세자 부부의 금슬이 그리도 좋다 하는데… 비결이 뭔가요?"

"어마마마, 요즘 빈궁도 저를 따라 시간을 내어 체굴법으로 하체를 단련 중이옵니다."

"그래요? 그게 무슨 효과를 보길래 요즘 다들 그리 열심히 하고 있어요?"

"그것이 소첩이 세자 저하를 따라 단련해 보니… 그……."

"말하기 곤란한 게요?"

원래 수줍음이 많아서 그런 것인지, 아니면 어젯밤 생각이 난 것인지 얼굴이 터질 듯이 붉어졌다. 본래 성 지식은 부모님에게 배우는 거고 조선에선 지극히 자연스러운 일인데 왜 저리 부끄러워해?

"어마마마, 체굴법은 하반신과 회음부가 단련되어 부부가 좀 더 기쁨을 나눌 수 있나이다. 게다가 요즘은 빈궁이 신체의 유연성을 높여주는 양생법을 배워, 아이가 편히 나올 수 있는 몸을 미리 만들고 있사옵니다."

요즘 세자빈은 내가 가르쳐 준 요가에 한참 빠져 있다.

"허! 그렇게 자손 번영에 좋은 단련법이 있다면, 이 어미도 배워서 왕실의 이들과 종친들에게도 널리 알려야겠습니다."

어머님은 그러면서 아버님을 바라보셨는데 시선을 마주친 아바마마의 표정이 은근히 자부심에 차 보이신다.

"그럼 어마마마께선 아바마마께 배우시는 것이 가장 좋을 듯합니다."

요즘 아버님은 내게 낚여 억지로나마 하고 계신 단련의 효과를 조금씩 보고 계시는지 후덕하시던 얼굴에 살이 점점 빠지고 계시다. 게다가 하반신이 단련된 덕에 남자의 자신감이 살아나셨나 보다.

"하옵고, 소자가 아바마마를 위해 고안한 양생법이 더 있사옵니다."

"하하! 세자가 과인을 이리도 생각해 주는 건 좋지만, 과인은 지금으로도 예전보다 많이 달라진 것 같아 기쁘니 너무 신경 쓰지 않아도 된다."

지금 운동을 더 늘리고 하고 싶지 않다고 돌려 말씀하신 거지?

저번에 제가 지시해서 들이라고 한 닭 가슴살 요리도 한 입 드시고 퍽퍽하다며 안 드셨다면서요······.

*　　　*　　　*

그날 저녁 아버님이 자선당을 찾으셨다.

"향아, 그동안 이 아비가 네가 정리한 정음을 보고 고심하여 좀 더 손을 보았다."

"그렇사옵니까? 그럼 소자가 잠시 읽어보겠사옵니다."

아바마마께서 정리하신 정음은 좀 더 지금의 조선 실정에 맞게 편의적으로 정리가 되었다.

내가 전에 후대의 문법을 참조하여 집어넣은 띄어쓰기나 마침표 같은 문장부호도 적절히 살리셨고, 내가 조선의 상식에 맞춰 세로쓰기는 손대지 못한 걸 전부 가로쓰기로 바꾸셨다.

"이 아비가 여러 이치를 궁리하며 글자의 방향을 바꾸어 시험해 보았는데, 아무래도 왼쪽에서 오른쪽으로 읽는 게 시선의 방향을 고려할 때 자연스럽게 넘어가더구나."

나와 같은 지식을 활용하셔서도 아버님이 훨씬 더 나으신 것 같다. 만약 전자사전이 아버님 수중에 들어갔다면 나 같은 놈보단 아버님이 더 활용을 잘하셨겠지. 그리고 신료들이 지금보다 더 갈려 나갔을 거다……

결국 아버님이 손보신 훈민정음은 내년 초에 기습적으로 공포하고 반포하기로 결정되었다.

그동안 난 소설 용비어천가에 이어 뿌리 깊은 나무를 집필하는 중인데, 아바마마께서 주인공인 동명의 미래의 사극과는 다르게 주인공은 내 할아버지 이방원이다.

조선을 세운 게 태조 대왕이라면, 태종 대왕이 거목의 뿌리가 내리듯 조선의 반석을 세웠다는 의미에서 지은 제목이다.

어디까지나 왕실을 미화하는 게 목적이다 보니 철저하게 모든 걸 할아버님의 입장에 유리하게 묘사 중이다. 아버님이 조선 입장에서만 고려의 역사를 반영하는 걸 싫어해 신개(申槩)와 권제(權踶)가 수정 중인 고려사(高麗史)도 마음에 안 든다며 퇴짜 놓으시고 계시지만, 그런 아버님도 정말 냉혹하셨던 할아버님의 이야기를 그대로 쓰면 불편해하실 거다.

그렇게 가을이 오고 북방에서 소식이 들어왔는데 금광을 탐사하던 이들이 잠채를 하던 소수의 여진족 놈들과 충돌해, 결국 그들을 전부 사살했다는데 소속 부족을 알 수 없었다고 한다.

이는 조정에서도 공론화되어 운산 일대를 철저히 금지로 지정하고 아무도 못 들어가게 단속을 해야 한다는 의견이 대세가 되었다.

아바마마께선 그 주청을 받아들여 운산 일대를 금지로 지정하고 앞으로 잠채를 하다 걸리면 국법으로 처벌할 것이라고 선포하셨다.

일단 지금은 명에서 오는 사신들도 그 근방을 지나칠 수 있으니 아직까진 금광에 손대는 건 시기상조다. 지금처럼 납 광석에서 몰래 추출한 은을 비축해 두는 게 최선이다.

평소처럼 일과를 보내던 어느 날 아침 자선당에 의외의 인물이 찾아왔다.

"아니, 이호군(護軍). 기별도 없이 어인 일로 나를 찾아왔소?"

조선 최고의 천문학자인 이순지가 온 것이다.

"세자 저하, 기체후 일향만강하셨나이까?"

"요즘은 더없이 무탈하오."

"소관이 요즘 편찬 중이던 저서의 이론에 관해 잘 풀리지 않사옵니다. 그리하여 천고의 기재이신 세자 저하의 지고한 지혜의 편린 중 하나라도 얻을 수 있을까 하여, 소관이 실례를 무릅쓰고 이리 발걸음하게 되었사옵니다."

조선에서 아무도 안 믿던 지동설을 혼자 증명해 낸 사람이 나한테 뭘 배우고 싶단 거야?

"아직 배움이 부족한 내가 무엇을 도울 수 있을지 모르겠지만, 일단 앉아서 이야기합세."

"세자 저하께서 겸양이 지나치신 듯하옵니다. 요즘 저하께서 이루신 것을 보면 아무것도 모르는 무지렁이라도, 저하의 지혜에 감탄해 칭송할 것이옵니다."

그러고 보니 이 아재도 안경을 쓰고 있다. 설마 안경 때문에 이러는 건가?

"소관이 요즘 이 안경이란 기물을 쓰고 세상을 보다 보니 이 이치를 이용해 더 멀리 있는 걸 볼 수 있지 않을까 궁리 중이었사옵니다. 그걸 소관이 집필 중인 저서의 이치와 연결해 생각하다 보니, 거대한 수정알을 이용해 천체를 볼 수 있지 않을까 생각하여 이리 찾아뵈었사옵니다."

안경 보고 천체망원경을 떠올렸다고? 이 아재는 정말 뼛속부터 별하고 역법만 생각하고 있었나 보다.

"이호군이 생각한 방향은 틀리진 않았소. 하나 지금 쓰는 안경은 유리가 희귀하여 수정으로 대체했기에 유리보다 투명함이 덜하오. 게다가 그대가 생각한 기물은 복잡한 반사와 굴절의 이치가 필요하여 아직 별을 제대로 볼 수 있는 정도의 성능은 기대하기 힘들다네."

"그렇사옵니까? 그러나 희미하게라도 좋으니… 천체를 일부나마 더 정밀하게 볼 방도는 없는지요?"

그래, 말이 나온 김에 이론만 알고 아직 손대지 않은 망원경이나 만들어봐야겠다.

"안경이 어찌 만들어지는지 아시오?"

"수정을 연마해서 만든다고 들었사옵니다."

"그래, 그것도 맞는 말이오. 사실은 수정을 갈다 사람이 갈려가며 만드는 게 안경일세."

"사람이 갈린다니… 소관은 그런 표현은 처음 듣지만, 왠지 익숙한 듯하니 영문을 모르겠사옵니다."

그건, 그대가 항상 아바마마께 당하고 있으니…….

"그럼, 나와 안경원으로 같이 행차합시다."

그렇게 안경원에 행차해 만들다 만 커다란 볼록 알을 완성된 오목 알에 겹쳐 보여주며 말했다.

"이걸 보시게. 이 알들의 굴절도를 이용해 두 개의 알을 겹치면 사물을 크게 볼 수 있소."

"허어… 이것이 소관이 바라던 기물을 만들 수 있는 그 원리인 것 같사옵니다."

"이 이치를 활용하면 적당한 거리 정도의 원견을 하는 것은 가능하겠지만, 천체를 볼 만한 물건은 나오지 않을 걸세. 거기엔 굴절과 반사의 이치마저 필요하오."

"상관없사옵니다. 소관이 기본적인 이치를 알게 되었으니, 스스로 궁리하고 응용하여 만들면 될 일이옵니다."

그래? 지금 한창 칠정산내편(七政算內編) 쓰고 있을 시기일 텐데, 망원경 때문에 책 내용이 변할지도 모르겠다.

앞으로 이순지에게 시달려 갈려 나갈 안경원 장인들의 명복을 빌어야겠군.

＊　　　　　＊　　　　　＊

그 시간 편전에선 조정 신료들이 갑자기 주상이 꺼내 든 새로운 형식의 제례의 안건에 대해 논하고 있었다.

먼저 예조판서 민의생(閔義生)이 고했다.

"주상 전하, 어찌 불경스럽게도 전례에 없던 왕실 예식을 만들고 태조 대왕을 다른 이가 따라 해 기휘를 범하고 그 입으로 태조 대왕의 성음(聖音)을 흉내 내시려 하옵나이까? 이는 전례와 예법에 어긋나니 부디 뜻을 거두어주시옵소서."

"무릇 제례나 예식이라는 것이 후손이 조상에게 예를 표하고, 성현을 기림이 본질이다. 조상의 업적을 찬양하고 두고두고 알려 대대손손 추앙받게 하는 것이 어찌 예법에 어긋난다고 할 수 있겠는가?"

"하나… 이는 자칫 불경한 언사가 오가고 선현에 대한 잘못된 인식이 생길 수도 있으니, 신중히 정해야 할 안건이라고 사료되옵니다."

"과인은 태조 대왕의 업적을 기리고 이를 백성에게도 널리 알리려 한다. 전조 고려의 영향을 지우고 조선의 정당함을 알리기 위함이다. 이 또한 군왕의 책무라고 할 수 있고, 제례의 기본과 어긋나지 않은 상리이니 예조판서는 다시는 이 일을 논하지 말라."

"그리 쉽게 후대에 남을 전례를 만들 수는 없사옵니다. 부디 통촉하여 주시옵소서."

"과인이 근래에 건국의 역사에 대해 모르는 신료들도 많다고 들었도다."

"삼가 아뢰옵기 황송하오나, 소신의 의견으론 나이가 어린 관원들도 선배 신료들과 집안에서 교육받아 충분히 알고 있다고 사료되옵니다."

"그런 교육은 일개 개인의 입장에서 겪고 들은 일부분일 뿐이로다. 역사 전체를 볼 수 없으니 그걸로 부족하네."

"설마, 전하께선 실록을 보시고 개국의 역사를 재현하려 하시나이까? 이는 절대로 불가하옵니다. 부디 통촉하여 주시옵소서!"

일부 신료들은 실록이란 말에 놀랐는지 급하게 민의생의 의견을 지지하며 따라 외쳤다.

"부디 통촉하여 주시옵소서—!"

"민의생은 어찌 과인의 말을 다 듣지도 않고, 지레짐작하여 실록의 일을 거론하는가? 이는 과인이 선왕께 들었던 이야기와, 개국공신과 원로대신들의 이야기를 듣고 종합해 실록과 별개의 이야기를 적어 처리할 것이다."

병조판서 황보인(皇甫仁)이 끼어들어 긍정적인 의견을 꺼낸다.

"전하의 분부에 따르면 후대에 역사를 잘 모르는 이들도, 용맹하신 태조 대왕의 업적을 대대손손 알게 될 것이오니 이치에 맞다고 생각하옵니다."

"그래, 과인이 하고자 하는 일이 그것이로다."

그러자 나이가 들어 면제됐는데도 굳이 상참에 참여한 판중추원사 조말생(趙末生)이 새로운 제례에 찬성하면 자신의 사직을 허락하지 않을까 하는 기대를 품고 끼어들었다.

"소신은 새로운 제례가 전하의 옥음처럼 전조 고려의 폐해

를 알리고, 조선 사직의 정통함을 알리기 위한 좋은 선례가
될 거라고 사료되옵니다."

그러자 눈치만 보고 있던 영의정 황희(黃喜)도 질 수 없다는
듯이 판에 끼어들며 말했다.

"소신도 전조 고려부터 관직에 올라 겪어본바, 전조의 해악
이 이루 말할 수 없었던 걸 알고 있기에 전하의 고견이 옳다
고 사료되옵니다."

갑자기 사면초가의 형국에 빠져 입장이 곤란해진 민의생이
최후의 항변을 내뱉었다.

"분명 새로운 제례는 조정에서 놀이패를 불러 공연하는 거
나 다름이 없으니, 이는 잘못된 선례로 남고 재정만 낭비하며
사직에 해가 될 것이옵니다."

그러자 갑자기 주상이 진노한 듯 역정을 내며 소리쳤다.

"그대가 정녕 조상을 욕되게 하고 사문을 더럽히려 하느냐?
어찌 왕실의 신성한 행사에 하찮은 놀이패를 들이대 사직을
모욕하려 드는가! 나이만 먹고 틀에 박힌 형식만 좇아 그것에
익숙해져 세상의 이치도 모르니 과연 네가 선비라고 할 수 있
겠느냐?"

갑작스레 터져 나온 주상의 폭언에 가까운 언사와 정체 모
를 위압감에 눌리자 민의생은 본능적으로 겁에 질려 부복하
며 몸을 떨었다.

"소… 송구하옵니다. 전하, 소신이 아둔하여 이치를 모르고 실언을 했사옵니다. 죽여주시옵소서!"

"알겠다. 과인이 용서할 테니 앞으로 더는 이 일에 대해 논하지 말라. 민의생은 호조와 이 일을 어찌 처리할지 상의하여 처결하라."

"소신 예조판서 민의생, 전하의 명을 받들겠사옵니다."

"오늘 상참은 이걸로 파하겠다. 물러들 가거라."

주상의 말이 떨어지자 관료들이 일제히 외쳤다.

"성은이 망극하옵니다―"

*   *   *

결국 아바마마의 강력한 주장으로 내가 쓴 소설 용비어천가의 예식… 아니, 연극이 회의를 거쳐 통과했다고 한다.

아바마마께선 형식적으로나마 개국공신들과 종친들, 원로대신을 모아 이야기를 듣고 정리 중이라고 한다.

내년 초에 공연이 정해졌다 하니, 진행의 책임자는 나와 내 동생 안평대군으로 정해졌다. 그리하여 같이 일하게 된 안평대군 용이가 찾아왔다.

"세자 저하, 그간 격조하셨나이까?"

"그래, 아우야. 네가 돌아가신 막내 숙부의 양자로 들어갔다곤 하지만, 너와 난 여전히 형제 사이다. 편하게 형님이라고 부르거라."

"세자 저하께서 그리 말씀하셔도, 소제가 어찌 편히 저하를 대할 수 있겠사옵니까? 말씀을 거두어주시옵소서."

이 녀석이 정말 예법을 지키려는 건지, 아니면 자기 둘째 형이 사회적으로 죽은 사람이 된 걸 보고 몸을 사리는 것인지 구분이 안 된다. 아무튼, 둘 중 하나긴 하겠지.

"그래, 네가 편한 대로 하거라. 예술에 조예가 깊은 아우가 형을 도우러 왔으니, 이 우형은 든든하기 그지없구나."

"과찬이시옵니다. 그저 작은 재주를 지녔을 뿐, 전례가 없던 제례를 하는 데 큰 도움이 될 것 같지는 안 사옵니다."

"그래, 우리가 행할 것이 전례에 없던 일이고 생각보다 남은 시간이 많지 않다. 그러니 힘든 여정이 될 것이다."

아직 정음에 관한 것은 아직 아버님과 나만의 비밀이라 진서… 아니, 이젠 그냥 중국 문자라고 해야 하나? 아무튼 한자로 적은 용비어천가 대본 판을 아우에게 내밀었다.

"이것이 이번에 실시할 예식, 태조 재래연의 내용이다. 읽어 보고 의견을 말해보아라."

그 자리에서 빠르게 속독으로 대본을 읽은 안평이 말했다.

"저하… 이것을 보니 다른 왕실 제례나 오례 같은 의식과 매우 다르다고 생각하온데, 여기 나오는 선현들은 누가 맡아서 하게 되는 것이옵니까?"

"그걸 정해야 하는 게 너와 내가 해야 할 일이다. 그건 그렇고 네 감상은 어떠냐?"

"글의 형식이 생소하옵니다. 하지만 소제가 어렸을 적부터 듣고 자란 용맹하신 태조 대왕의 이야기가 상상했던 그대로 들어가, 소제도 간만에 옛날이야기를 듣는 아이처럼 흥미진진했사옵니다."

"시서화와 문(文)에 조예가 깊은 네가 그리 평해주니, 그걸 쓴 이 형님도 기분이 좋구나."

"아… 이 책을 세자 저하께서 쓰셨단 말씀이시옵니까?"

"그래. 내가 예전부터 태조 대왕의 일대기를 널리 알리고 싶어 이리 써봤는데, 아직 이걸 본 사람은 아바마마를 제외하곤 네가 처음이다."

"소제가 저하께서 이런 문재(文才)가 있을 거라 생각 못 해봤사옵니다. 이 어리석은 아우는 거듭 감탄할 뿐이옵니다."

허… 이놈 봐라? 여태 자기가 나보다 문으로 앞선다고 생각했었나? 거참 어이가 없네.

"그럼 종친들과 개국 공신들의 후손들에게 왕실에서 이런 행사를 하게 되었으니, 협조를 부탁한다는 공문도 돌리고 몇몇 인원에겐 서신도 보내야겠다."

"어떤 협조를 부탁하려 하시나이까?"

"우리가 해야 할 것은 하늘이 내리신 성군 태조 대왕과 개국 공신들의 이야기니, 그 후손들에게 조상의 신위를 재현하게 만들어야지."

"그럼 소제가 종친들과 공신들에게 서신을 돌리겠사옵니다."

그렇게 협조 공문과 서신이 종친들과 공신 가문에 전달된 후, 난 안평과 같이 무대를 준비했다.

미래의 연극을 참조해 만든 무대 삽화는 도화원 화공들을 동원해 그리게 했다. 각 장마다 최대한 초현실적이면서도 신성한 분위기가 날 수 있도록 배경을 꾸미고, 상의원(尙衣院)과 군기감(軍器監)에 도움을 요청해 연극에 쓸 소품을 제작했다.

몽유도원도를 그린 도화원 호군 안견이, 안평과 상의하며 배경 삽화를 제작하는 광경을 보인다. 몽유도원도를 만든 짝이 벌써 만나 활동하는 걸 보니, 역사를 아는 내게 묘한 감흥도 주었다.

태조 대왕 역을 맡은 사람이 입을 의상과 갑주는 내가 도안을 잡아, 누가 봐도 특별한 사람이란 걸 강조할 수 있게 차별점을 두었다.

그렇게 무대와 소품이 준비되던 중, 나와 안평이 준비한 연극의 배우가 될 이들이 모두 모여 면접을 보게 되었다. 미래 말로 오디션이라고 하던가? 그렇게 조선 최초의 오디션을 시작했다.

"그래, 그대가 생각한 조선과 전조 고려에 대한 담론은 잘 들었네. 그러니 그대가 생각한 태조 대왕의 모습을 우리에게 행동이나 말로 보여주면 된다네. 감이 안 잡히면 이 책에 나온 걸 보고 따라 읽어도 되네."

"이… 이보게, 두란이 그대가… 활을……."

역시나 내 기대를 저버리지 않는 종친들의 발연기 향연을 보고 있자니, 사극으로 높아진 눈이 썩을 것 같다.

여기에 모인 이들은 뭔가 착각을 하고 온 듯, 다들 조선의 건국 정당성에 대해 논하려만 하고 정작 중요한 연기 부분에 대해선 아예 생각도 없이 온 듯하다.

그러다 이지란(李之蘭)의 손자인 이안정의 차례가 되어 들어왔는데, 복장은 약간 허름해도 젊었을 적 미소년이었다는 할아버지의 피를 진하게 물려받았는지 복장 같은 건 전혀 신경 쓰이지 않았다. 복식의 완성은 얼굴이라더니 역시 미래의 격언도 참 잘 맞는단 말이야.

"세자 저하, 소인 이안정(李安貞)이 저하께 문안 올리옵니다."

"그래, 내 그동안 그대가 계모 탓에 힘들게 살았다는 걸 얼핏 들었네. 요즘 형편이 어떠한가?"

이안정의 아버지 이화영(李和英)의 후처 동 씨(童氏)는 남편이 죽자 조상들의 신주를 전부 이안정에게 떠맡기고, 자기는 재산을 마음대로 써서 큰 집을 짓고 다른 이의 땅을 불법으로 점거하며 본인 집에 멋대로 불당을 짓고 사는 등 각종 패악을 부리고 살았다. 이를 사헌부에서 포착하고 동씨를 고발했지만, 개국공신의 집안이라 흐지부지된 적이 있었다.

"소인은 그저, 조상이 욕되지 않게 살려고 노력 중이옵니다."

"그럼 그대가 위대한 개국공신인 조부의 용맹을 보이면 될 일 아닌가? 그대가 생각한 조부의 모습을 내게 보여주게나."

"그럼… 소인이 잠시 무례를 범하겠사옵니다."

그러면서 짐을 풀어 뭔가 꺼내는데 그건 활이었다. 아무리 종친들하고 개국 공신들의 후손 모이는 자리라고 해도 그렇지… 몸수색도 제대로 안 하나?

"소인이 화살은 빼고 궁시(弓矢)의 자세만 잡기 위해 가져온 활이옵니다. 그래서 특별히 허가받아 반입하였으니 저하께서 양해해 주시옵소서."

아, 그런 거였어? 그럼 인정해 줘야지.

그러면서 활들 들어 자세를 취하며 나를 바라보는데 살짝 닭살이 돋았다.

잘생긴 얼굴과 더불어, 그대로 살기를 뿜어 누군가를 압도하는 분위기가 흘러넘친다. 과연 대단한 맹장인 할아버지의 피를 그대로 물려받았다는 생각이 들었다.

"그래, 그대는 합격일세. 이건 그대가 보고 외워야 할 말이 적힌 책이니, 이걸 먼저 외워두게. 추후 일정은 우리가 서신으로 전하게 될 걸세."

"저하의 은혜가 망극하옵니다. 소인 기필코 저하께서 맡기신 대업을 그르치지 않도록 노력하겠사옵니다."

"그래, 그럼 나가면서 다음 사람 들어오라고 전해주게."

그리고 다음 차례가 되어 들어온 사람을 봤는데, 나와 동생 안평은 충격에 휩싸였다.

직접 본 적은 없지만 종묘에 걸린 어진에서 수도 없이 보던 나의 위대한 증조부신 이단(李旦), 개명 전 이성계(李成桂)가 살아 돌아와 걸어오고 있었기 때문이다.

그 순간, 이게 현실인지 구분이 잘 안가 내 얼굴을 꼬집어봤다. 그러자 이게 현실임을 알리는 목소리가 들려 정신을 차렸다.

"세자 저하. 소인 이형(李泂), 저하께 문안 올리옵니다."

"이형? 내 종친들은 잘 알고 있네만, 그대는 처음 보는데 그대는 누구의 후손인가?"

"그것이… 소인은 공정왕(恭靖王)의 손자이옵니다."

"으음? 그렇다면 내가 모를 수가 없는데? 그럼 춘부장의 존함이 어찌 되는가?"

그러자.

"소인의 부친은 불(佛) 자, 노(奴) 자를 쓰옵니다."

불노(佛奴)? 예전에 궁에서 공정왕의 친자 논란으로 평지풍파 일으켰다던 그 사람?

예전에 공정왕 재위 시절에 공정왕께서 밖에서 만나던 여인을 궁으로 데려와 옹주로 삼고 불노를 원자 삼았다. 조정에서 불노가 친자가 정말 맞는지 생년을 따지며 계속 의혹을 제기했고, 결국 공정왕께서 그가 친자임을 부정하고 할아버님 태종의 방관하에 충청도 공주로 보내 살게 했다. 불노는 나중에 출가하고 나서 죽었다고 들었는데…….

그런데… 그의 아들이 이리도 증조부 이성계를 닮다 못해 판박이인 걸 보니, 정말 친자관계가 맞았나 보다.

"그럼 미리 준비한 이야기를 해도 좋고, 보여줄 게 없으면 이 책에서 마음에 드는 부분을 읽어도 된다네."

"그럼, 소인이 잠시 실례하겠사옵니다."

그렇게 그는 잠시 책을 읽고 잠시 뭔가 생각하더니, 나를 바라보며 말했다.

"그래… 그렇단 말이지. 이렇게 된 이상 우린 개경으로 간다. 회군을 준비하라."

가뜩이나 태조와 판박이인 외모에 질려 압도당하고 있는 와중에, 내가 쓴 책의 대사지만 그것을 어색함 없이 정말 미래의 배우 수준으로 소화하는 이형의 모습이 보였다. 태조께서 후손의 몸을 빌려 강신이라도 한 듯 느껴져, 나도 모르게 당장에라도 무릎을 꿇고 절을 올리고 싶은 마음이 들었다.

옆에서 같이 보고 있던 안평대군은, 차마 마주 보기도 황송했는지 고개를 숙이고 있다.

그렇게 주역 두 명의 배우가 정해지고 난 후, 부족한 기량의 종친들은 조상과 최대한 닮은 사람을 뽑아 배역을 정하고 내가 직접 연기를 지도하기로 했다.

그렇게 중요한 인물을 섭외하자 가장 큰 난관에 부딪혔다.

최영의 역할을 할 사람이 없는 것이다. 전조 고려의 왕이야 적당히 배경으로 그려놓고 다른 배우들이 대사로 넘길 순 있다. 하지만 최영만큼은 절대 그럴 수 없으니 일단 그의 후손을 찾아 연락을 보내봤지만, 거절의 대답이 돌아왔다.

정중한 표현을 써서 돌려 말했지만, 핵심 내용은 이렇다.

[어찌 같은 하늘을 지고 살 수 없는 원수 집안의 행사에 감히 우리가 끼겠냐? 어림없는 소리 하지 마라.]

그래서 이번엔 다른 방법을 써봤다. 공식적인 입장으론 세자의 신분이라 왕실의 지침을 따르지만, 개인적으론 최영 장군을 존경하고 전조 고려 최고의 무장이라 생각한다. 역사 속에 묻혀 버린 최영의 멋진 모습을 왕실과 백성들에게 널리 알리고, 삿된 무속신앙의 대상으로 전락하는 걸 막으려 한다고 적어 보냈다.

그러자 며칠 후 답신이 왔다. 역시나 정중한 표현들로 적혀

있지만 요약하면 이런 내용이 됐다,

[네가 그… 그런다고 우리가 정말 기뻐할 줄 알아? 그런데 어디로 가면 되나요?]

그렇게 편지 두 통으로 최영의 집안을 낚은 후 필요한 이들이 모두 모여 연습에 들어갔다.

개중엔 유독 연기가 늘지 않은 이들도 많아, 못하는 이들은 대사를 줄이겠다고 최후의 통첩을 날렸다. 그러자 조상과 가문이 걸린 일이라 그런지, 필사적인 태도로 연습에 매진해 두세 명을 제외하곤 전부 봐줄 만한 수준이 되었다. 하지만 끝내 몇 명은 내가 말한 대로 대사와 비중이 줄어, 초상이라도 난 듯 침울해졌다. 그러게 기회를 줄 때 잘해야지, 안 그래?

이성계와 이지란을 맡은 두 명의 연기는 더할 나위 없이 완벽했고, 선조들처럼 사이가 좋아졌는지 자주 붙어 다닌다. 그러던 와중에 이형이 혼자 있길래 내가 궁금한 점을 물어보았다.

"그대는 예전에 이런 걸 해본 적이 없었음에도 이리도 잘하니, 그 비결이 따로 있소?"

"그것이 사실… 소인이 어릴 적부터 놀이패나 사당패들이 오면, 그들이 보여주는 놀이가 마음에 들어 항상 구경을 가곤 했사옵니다."

아… 자꾸 증조부랑 판박이인 얼굴로 자꾸 내게 낮춰 말하고, 고개를 숙이니 적응 안 된다. 그래도 내가 티를 내면 안 되겠지.

"어허, 그랬소?"

"돌아가신 부친의 사정상 소인은 관직에 나가기도 곤란해, 집안의 재산으로 시간이 날 때마다 전국을 유람하며 놀이패들을 청해 보는 것을 즐겼으니 그것이 영향을 끼친 듯하옵니다."

"그것만으론 그 정도 경지에 이르진 못했을 터인데⋯ 다른 비결이라도 있소?"

"사실⋯ 여기 오기 전 친하게 지내던 놀이패 꼭두에게 쌀을 주고, 시선 처리 하는 법과 발성법을 배웠사옵니다."

역시 그랬구나.

그렇게 시간이 흘러 해가 바뀌고, 드디어 정월을 맞아 궁 외곽에 준비된 무대에 수많은 인파가 몰렸다. 도성에 거주 중인 문무백관들과 가까운 지방의 수령들, 성균관과 집현전의 학사부터 수많은 사대부와 초청받은 백성들도 모여 차마 수를 셀 수 없을 지경이다.

조정 대신들의 눈이 안 좋아 무대가 잘 안 보일까도 걱정도 했었지만, 지금 보니 반수 이상이 안경을 쓰고 있어 걱정은 안 해도 될 듯싶다. 게다가 아버님은 이순지가 망원경을 만들어 진상했는지, 손에 망원경으로 추측되는 기다란 나무통을 들고 계시다.

그렇게 시간이 되어 공연이 시작됐다.

첫 장면은 프로파간다 용도의 연극에 걸맞게, 환조(桓祖) 이자춘(李子春)의 집에서 상서로운 기운이 솟아올라 증조부 이성계의 탄생을 보여주며 시작했다.

사실 상서로운 기운이라고 해봤자 수정알들로 만든 반사광이지만, 효과는 대단했다. 첫 장면부터 사람들이 웅성대고, 일부 백성들은 절에라도 온 듯 합장을 하는 게 보였다.

자라면서 무예를 수련하던 이성계가 우연히 만난 퉁두란(이지란)과 결투 끝에 형제의 의를 맺고, 도탄에 빠진 세상을 구하자고 맹세하는 장면이 나왔다. 결투 장면 도중 보여준 합을 맞춘 무술에 다들 흥분했는지, 지지 말라고 응원을 하는 이들도 있었다.

그 후 시간이 흘러 고려에서 관직을 받아 벼슬을 하게 된 이성계가 고통받는 고려의 백성을 보고 한탄하며 눈물을 흘리는 장면이 나오자, 다들 숙연해졌다. 일부 양인 계층의 관중은 연극에 나온 고려의 민초와 자길 동일시했는지 끝없이 눈물을 쏟고 있었다.

중간중간 장면이 전환될 때, 간사를 맡은 안평대군이 내가 만든 기초적인 확성기를 이용해 역사적 상황 설명을 해주었다.

점점 극이 진행되다가 드디어 왜구들의 대군이 고려에 침입한 장면이 시작됐다. 그러자 누가 봐도 멋지게 차려입어, 천장(天將)으로 보일 만한 이성계와 이지란이 등장해 왜구로 분장한 단역들을 베어 넘겼다.

종친들은 죽어도 왜구들 흉내는 낼 수 없다길래, 왜구 역은 내금위에서 병사를 지원받아 충당했다.

그러다 척 보기에도 단단한 갑옷으로 무장한 왜구들의 두목 아기발도(阿其拔都)가 등장해, 아군을 위기에 몰아넣자 이성계가 결심한다.

"이보게, 지란이! 내가 저 악적(惡敵) 아기발도의 면갑을 활로 쏴 벗길 테니, 그 틈에 적장의 얼굴을 노려 쏘게나!"

"명을 따르겠습니다, 장군."

그렇게 이성계 역을 맡은 이형이 편전을 쏘는 시늉을 하고 시위를 놓자, 그 동작에 맞춰 아기발도 역을 맡은 배우가 고개를 돌리며 적절하게 허공에 가면을 날렸다.

그리고 그사이에 다시 이지란이 편전을 쏘는 시늉을 하니, 이번엔 고개를 돌리며 피 주머니를 붙여 소매 안에 감춰둔 편전 살을 손에 잡고 피를 터뜨려 정말 눈에 화살이 맞은 듯 괴로워하는 연기를 보였다.

"으아아악! 크흐흐으윽……."

그러자, 관중들은 정말 화살에 맞았다고 생각해 놀랐는지 술렁대고 있다. 그때 적절하게, 이형의 대사가 튀어나와 다시 시선을 돌렸다.

"하! 어떠냐, 이 간악한 왜구 놈아! 네놈들에게 고통받던 백성과 하늘을 대신해 나 이성계가 천벌을 내릴 것이다. 받아라! 이 악적아!"

굉장히 과장된 톤의 연기와 대사지만, 이건 내가 지금 보는 사람들의 수준을 고려해 일부러 정한 방침이다. 지금은 이런 감성이 먹힐 때라 어쩔 수가 없다.

"이 악독한 왜구 추장 놈아! 맛이 어떠냐"

"죽어라. 왜구 놈아!"

관중들도 신이 났는지 조금 전에 피 흘리는 장면의 참혹함도 잊고, 소리를 질러 야유하기 시작했다. 사대부들은 체면을 의식한지 야유는 안 하지만 표정으로 감정을 드러내고 있었다.

다시 이형이 화살을 쏘는 연기를 하자 아기발도는 얼굴에 화살을 맞아 말에서 떨어져 죽고, 남은 왜구는 이성계와 이지란의 칼질에 괴멸한다.

이 장면이 신이 났는지 아버님도 보시다가, 주먹을 불끈 쥐고 환호하고 계셨다.

다른 관중들도 별다를 바 없는지 흥분에 차 응원을 하는데, 열광의 도가니에 빠져 있는 게 미래의 영상에서 봤던 국가 대항전의 열기와 별로 다르지 않은 것으로 보인다.

그렇게 고려를 왜구의 침입에서 구해낸 이성계는, 무능하고 간악한 고려왕에게 맹목적인 충성을 바치는 최영과 대립할 수밖에 없게 되었다.

그 와중에 등장한 정도전은 역사적 사실과 다르게, 신선 같은 풍모를 지닌 은거 기인으로 설정하고 백우선을 들고 다니는 고고한 모습으로 분장시켰다.

나관중 선생 미안하오. 그대가 만든 제갈량의 이미지를 그대로 차용해서… 내 나중에 기회가 생기면 보답을… 아니, 그러기엔 이미 고인이구나.

신선처럼 보이는 청수한 모습의 정도전이 등장하자, 객석에 있던 정도전의 후손들이 모두 함박웃음을 짓다 못해 입이 귀에 걸린 듯 보인다. 저걸 보니 전에 알게 된 뽕에 찬다는 말의 의미가 온전히 이해가 갔다.

결국, 극이 진행되며 이성계와 최영 두 사람은 평행선을 그릴 수밖에 없는 처지가 번갈아 가며 보였다. 고통받는 백성들을 보고 괴로워하고 부하들은 장군이 왕위에 오르는 수밖에 없다며 권고하자, 충과 이상의 사이에서 괴로워하는 이성계의 장면이 먼저 나왔다. 고려 왕실을 수호하고 어떻게든 권문세족을 꺾어 고려를 개혁해 살려보려는 최영의 사정도 구구절절이 나오자 다들 감성이 자극됐는지 눈물을 흘리고 있다.

결국, 둘의 대립은 극한으로 치닫고 떠밀리다시피 요동 정벌에 나서게 되자 이성계는 사불가론을 들어 반대했다. 결국 최영에게 밀려 정벌에 나섰지만, 위화도에서 비로 인해 발이 묶이고 장막에서 열병에 걸려 고생하다 결국 꿈에서 하늘의 계시를 받아 회군한다.

"그렇게 태조 대왕께선 위화도에서 회군하여 최영과 전투 끝에 그를······."

그렇게 간사 안평의 설명으로 연극을 마치면서, 이후의 역사에 관해 이야기하고 있었는데··· 갑자기 혼란스러운 듯 관중들이 더 없어요? 다음 이야기는요? 하며 소리쳐 물어보고 있었다.

거기에 휩쓸리지 않고, 안평이 적절하게 설명을 마치고 마무리했다.

"자! 오늘의 재래연은 여기서 끝이오!"

그러자 갑자기 조용하던 객석에서, 아버님이 상기된 표정으로 기립하시어 손뼉을 치기 시작하셨다. 그러자 조정 대신부터 사대부들 모두가 일어서 열렬히 손뼉을 쳤고, 그러자 백성들도 따라 환호하며 손뼉을 치니 연극을 마치고 인사하러 무대에 모인 배우들도 당황한 것 같았다.

내가 단상에 올라, 안평에게 건네받은 확성기를 이용해 정리하듯이 말했다.

"이 모든 게 전부 위대하신 태조 대왕의 성덕과, 주상 전하의 은덕으로 가능했던 일입니다!"

아버님께 절을 올린 후 크게 외쳤다.

"주상 전하! 성은이 망극하옵니다. 천세! 천세! 천천세!"

그러자 모두가 나를 따라 절을 하며 외쳤다.

"천세! 천세! 천천세!!!"

모든 관람객이 겪어본 적 없는 새로운 경험을 한 탓인지, 모두가 즐거워하며 아바마마를 칭송하고 있다.

이 정도의 반응은 나도 예상 못 했던지라, 연극을 만든 보람이 느껴졌다.

이쯤에서, 내가 아바마마와 미리 약조한 대로 외쳤다.

"자! 더 자세한 이야기가 알고 싶으면, 조만간 새로 간행될 서적인 용비어천가를 보시오!"

이렇게 미리 홍보해 놓고, 기대감을 높인 후 터뜨려야지. 미래의 기록처럼 아무 징조도 없다가 갑자기 나오면, 놀란 사람들의 반발이 더 클 테니까.

그래, 아바마마와 나의 계획은 이것이다. 조선의 개국과 왕실의 치적을 백성들에게 홍보하기 위해 쉬운 새 글을 만들었으니 활용해 보자고.

제6장

종계변무

그렇게 연극이 끝난 후, 용비어천가는 언제 간행되냐는 문의가 내게 서신으로 쏟아졌다.

어떤 사대부들은 철없게 아바마마께 책의 간행을 서둘러 달라는 상소를 올리기도 했단다.

이렇게 연극으로 인해 책에 관한 관심이 각계각층에 쏟아지는 와중에, 아바마마께서 드디어 준비한 안건을 편전에서 공론화하실 예정이다.

특별히 나도 출석해 있으니, 아바마마를 공격하는 대신들을 전부 아바마마 대신 논파하려고 마음먹었다.

그런데 뭔가 편전의 분위기가 이상하다.

편전의 신하들이 아바마마에게 잔뜩 위축되어 있고, 겁을 먹은 것 같다. 왜들 저래?

미리 나와 말을 맞춰서 준비한 대로 아바마마께서 먼저 안건을 꺼내셨다.

"과인이 이번에 새로운 제례인 태조 재래연(再來宴)을 만들었고, 책으로도 만들어 조선 팔도의 백성들에게 반포하려 했으나 문제에 부딪혔도다."

"그것이 무엇이옵니까?"

"첫째는 책에 쓰일 태조 대왕의 피휘(避諱) 문제고, 둘째는 백성 중에 글을 아는 이가 별로 없어 그렇다."

내가 이름을 모르는 대간 중 한 명이 발언했다.

"그렇다면 지방 관리들이나, 아전들에게 가르치게 해야 하지 않겠사옵니까?"

"그대가 정녕 제정신인가?"

아바마마가 슬쩍 쳐다보자, 갑자기 눈을 마주친 대간은 몸을 벌벌 떨기 시작했다. 노려보신 것도 아닌데 왜 저래? 아바마마가 그리도 무섭나?

"소신은 그저… 아니옵니다, 소신의 생각이 짧았사옵니다."

"지방의 수령이나 향리들이 얼마나 할 일이 많은데, 그런 걸 시키라니 쯧쯧쯧… 조정의 대신이란 이가 이리도 생각이 없어서야……."

"자네들이야 소싯적부터 학문을 익혀 글에 통달했지만, 대부분 백성은 눈뜨면 밭에 나가 해가 지기 전까지 일하느라 글자 익힐 시간을 만들기 어렵다. 게다가 진서의 어려움으로 인해 그들이 글을 쉬이 익히기 어렵도다."

"배움엔 한계와 나이가 따로 없사옵니다. 노력하여 글을 배운 민초들 역시 있사옵니다."

"그래, 그대 말대로 간혹 머리가 트여 글을 좀 아는 백성이 있다고 해도 대부분 아는 글자가 백여 자에서 몇 백 자가 조금 넘겠지. 사정이 이러한데 용비어천가를 어찌 널리 반포할 수 있겠는가? 과인의 수심이 깊도다……. 위대하신 태조 대왕의 업적이 이리 퍼지기 어렵다니."

와… 아버님도 연기 같은 건 따로 안 배우셨을 텐데, 말씀하시며 감정 잡는 연기가 정말 대단하시다.

달리 생각해 보니, 조선의 왕이란 직책이 연기력 없이 힘들 것 같기도 하다. 만인의 위에 있는 이가 감정도 못 숨기고 자기를 통제 못 하면 안 되니 말이다.

"그렇다면 놀이패들이라도……."

"네 이놈! 어디 신성한 왕실의 행사에 종친과 공신 집안도 아닌 놀이패를 가져다 대!"

"송구하옵니다… 전하. 소… 소신의 생각이 짧았사옵니다."

"그리하여 과인이 오래전부터 고심하다 이를 한 번에 해결할 방도를 얼마 전에 완성했도다. 온전히 조선의 말을 적기 위해 과인이 만든 스물네 자로 이루어진 훈민정음을 널리 반포하려 하니, 이 문자는 어린아이부터 노인마저 길어도 열흘이면 배울 수 있는 쉬운 글이로다."

아버님도 내 영향을 받아 본래 역사에서 발표하셨던 스물여덟 자에서 후대에 잊힌 네 글자를 탈락시키셨다.

"전하, 어찌 전례에도 없던 새로운 문자를 논하시려 하시나이까? 함부로 진서를 버리고 새 문자를 쓸 수는 없사옵니다."

"그럼 언제까지 이렇게 백성들 전부가 글도 몰라 눈이 가린 채로, 태조 대왕의 업적과 역사도 모르고 살아야 한단 말이냐?"

"그것은 저희 사대부가 노력하여 교화에 힘쓰다 보면 언젠가……."

"그러는 그대는 남는 시간에 주변에 사는 백성들에게 글 한 줄이라도 가르쳐 봤는가?"

"그렇지는… 않사옵니다."

"허허… 선비란 자가 실사구시할 생각은 아니하고 말로만 앞서니, 과인이 가히 통탄할 노릇이로다. 과인이 고안한 문자로 용비어천가를 적으면, 진서로 태조 대왕의 휘를 적지 않아도 되니 피휘 문제에서도 자유롭다."

"그것은… 아직 소신이 이해하기 힘든 이치이옵니다."

"과인이 만든 글자는 문자를 조합해 표기하는 방식이라, 조선어의 소리 그대로 문자로 표기해 적을 수 있도다."

아버님이 도승지에게 종이와 붓을 받아 갑자기 무언갈 적더니, 그대로 펼쳐 보여주셨다.

"이것이 방금 과인이 한 말을 그대로, 새로운 문자로 적은 것이다."

"전하의 학문이 지극히 높은 것은 알았지만, 문자까지 창제하실 거라고 사려하지 못하였사옵니다."

"이렇게 발음대로 표기해 진서로 태조 대왕에게 기휘를 범하는 것도 방지하고, 말을 그대로 적어 쉽고 명확하게 표현할 수 있으니 어찌 좋은 방도가 아니겠느냐?"

"전하의 고견이 이치에 합당하나, 이후에 정음이라 명하신 글자가 널리 퍼지면 편리함에 기대 진서를 잊는 이들이 많아질까 염려되옵니다."

정확한 지적이다. 미래엔 한자는 사장되고 정음만 남았다고 한다.

"그것은 백성들에게나 통용될 문제이고, 몇 만 자를 외는 사대부들이 고작 스물네 자 더 외운다고 문제가 되겠느냐? 고작 편리함에 기대 진서를 배우길 소홀히 하는 자가 어찌 사대부라고 할 수 있겠는가?"

태조 대왕과 왕실의 정통성에다 사대부의 근본을 논하는 아바마마의 논리에 말린 대간들은 점점 반박할 만한 논리가 사라지고 있다. 이렇게 되니 내가 나설 만한 기회가 나지 않는다고 생각하던 찰나 집현전 부제학 최만리가 운을 뗐다.

"소신 최만리, 주상 전하의 높은 식견과 정음의 설파해야 하는 사유에 소신 또한 깊이 납득하고 있사옵니다. 다만……."

어? 원래 저 양반은 극렬하게 정음을 반대했던 사람인데? 갑자기 찬동하고 나서자 당황스럽다.

"다만 소국이 대국을 섬김에 있어, 함부로 독자적인 문자를 만들어 대국의 심기를 거스를 수 있사옵니다. 이 일이 대국에 흘러 들어가면 중화를 숭상하던 조선이 중화를 저버릴 수 있다고 생각하게 만들 수 있으니, 쉽게 손댈 수 있는 문제가 아니라고 생각하옵니다."

혹시나 했더니 역시나… 기대를 저버리지 않는 최만리다. 내가 저 사람을 너무 과대평가했던 걸까? 전혀 달라지지 않았다.

나도 모르게 화가 나 끼어들었다.

"그대는 명의 신하요? 주상 전하의 신하요?"

"저하, 어찌 그런 참람한 말씀을 하시옵니까? 소관은 당연히 전하의 신하옵니다."

"그럼 어찌 문제가 될 수 있다고 하시오?"

"소관은 명국이 이를 문제 삼아 외교적인 분쟁이 생길까, 염려가 되어 드린 말씀이옵니다. 부디 소관의 뜻을 오해하지 마소서."

"그대는 그렇게 중화의 도를 숭상하다 하면서, 중화의 본질도 이해 못 하고 있나 보오?"

"소관의 배움이 짧아 식견이 모자란 듯하니, 일깨워 주셨으면 합니다."

한때 날 가르친 사람이라 알 수 있었다. 저 말은 내 말을 듣고 하나라도 빈틈이 보이면 물어뜯겠다는 선전포고다.

"중화, 중화 하는데 중화가 뭐요? 그건 저들이 천하의 중심이 중원에 있음을 정하며 그들 외엔 전부 오랑캐이자 이적(夷狄)이라고 붙인 개념이오. 저들이 고래로부터 우릴 뭐라 불렀는지 부제학은 아시오?"

"…동이(東夷)이옵니다."

"그렇소, 중원은 우릴 동쪽의 이적이라고 부르며 삼국의 옛 고려 때부터 전쟁을 벌이던 사이였소. 우리가 유학의 도와 성리학을 받아들였다고, 그 사상마저 중화와 동일시해 저들을 숭배하니 참으로 대단하시오."

"저들이 대국이기에 소국이 살아가기 위해 사대의 자세를 취하는 것은, 현실적인 방안이며 부끄러워할 일이 아니옵니다."

"그럼, 그 현실을 고려한다 칩시다. 사실 저들은 우리가 뭘 하는지 전혀 상관 안 하오. 그저 자기들에게 위협이 될 군사 행동을 안 하고 조공만 바치면 우리끼리 뭘 해도 아무 상관 안 한단 말이오."

갑자기 실록에서 봤던 것 중에 좋은 게 생각났다. 이 기회가 아니면 언제 말하겠어?

"그들이 우리를 오랑캐 취급하는 작태는, 내 어릴 적부터 명에서 온 사신을 접대하며 알게 됐으니 웬만큼 참고 넘길 수 있었소. 한데, 그중 가장 참을 수 없이 분통 터지는 게 무엇인지 아시오? 자랑스러운 우리의 개국의 시조, 성군 태조 대왕이 명국의 사서엔 전조 고려의 간신 이인임의 아들로 기록되어 있는데 고칠 생각조차 없다는 거요!"

그러자 편전의 분위기가 급변했다.

"그것이 정녕 참이옵니까? 그것은 선대왕 때 해결된 문제로 알고 있었사옵니다만……."

"내가 어릴 적 명에서 사신 부사로 온 이에게, 직접 들었던 이야기요. 게다가 잘못된 기록은 그것뿐만이 아니오, 태조께서 고려의 왕들을 시해했다는 문구도 적혀 있다 하더이다. 그들은 거기에 신경도 쓰지 않고 현재 명의 신료들 역시 대부분 모르고 있을 거요. 이것만 봐도 그들이 우릴 어찌 생각하는지 알겠소?"

이건 아버님도 모르시고 있던 사실이라 그런지, 아버님 또한 잠시 놀라셨지만 금세 평정을 되찾으시고 평소의 표정을 유지하셨다.

신료들 모두가 내 말에 충격을 받았는지, 금세 편전의 주제가 새로운 문자의 이야기보다 오만방자한 명국에 대해 성토하는 자리로 변해가고 있었다.

사건은 더 큰 사건으로 덮으라는 미래의 격언이 이리도 도움이 될진 나도 미처 몰랐다. 이번에 아주 좋은 걸 배운 거 같다.

그렇게 스리슬쩍 정음의 반포 건은 종계변무라는 대형 사건에 묻혀 넘어가고, 더 큰 반발 없이 용비어천가의 정음 판을 인쇄해 배포하기로 결정 났다. 오히려 역사의 기록보다 한 세기 가까이 빠르게 종계변무(宗系辨誣)에 관한 논의가 국정의 쟁점이 되고 있었다.

나중에 아바마마께 그런 중요한 일을 이제야 이야기하냐는 질책도 들었다. 그 이야기를 어려서 듣고 이인임이 누군지 몰라 의미를 이해 못 하고 묻어두었다가, 최근 전조 고려의 역사를 공부하니 알게 되어 이야기했다고 거짓을 고해 아버님께 또 죄를 짓고 말았다…….

이후 조정에서 결정하기를 지금 명에 간 동지사가 상주 중이니 파발을 보내 알리고 그 문제를 명 조정에 정식으로 항의

하고 수정을 요구할 거라 했다.

이 일로 그나마 얼마 없던 친명주의자와 사대주의자도 현실을 알게 되었는지, 예전과는 다른 태도를 보인다고 한다.

그렇게 정음의 배포가 결정되고 한동안 평온한 나날이 찾아왔다.

그동안 아버님께선 내가 올렸던 용상두부를 마음에 들어 하신 후, 수라에 올라가는 고기의 양이 줄었다고 한다. 이젠 아버님 스스로 사흘에 한 번 정도만 돼지고기를 올리라 하시곤, 생두부도 마음에 드셨는지 섭취하시던 쌀밥의 양도 많이 줄이셨다고 한다.

MSG 덕에 소금 섭취량도 전보다 줄고, 스쿼트 운동도 꾸준히 하시는지 문안 때마다 아버님의 몸이 확실히 달라지고 계신 게 체감이 된다.

요즘은 어머님도 아버님을 따라 신체 단련에 힘쓰시는지, 두 분께서 같이 있는 시간이 늘어난 듯하다. 후궁들이나 귀인들도 요가와 체굴법을 단련하면 아바마마의 총애를 받을 수 있다는 소문을 들었는지 곧잘 따라 하는 모양이다.

이러다 역사 기록에 없던 내 동생들이 부쩍 늘어날 듯한 예감이 든다……. 아니, 설마 이미 생겨 있는 건 아니겠지?

그러던 와중에 희소식이 들려왔다.

세자빈이 회임했단다. 그 소식을 듣고 드디어 내 아들이 생긴 건가! 하고 뛸듯이 기뻤는데 생각해 보니 이미 역사가 바뀌어 홍위가 태어났어야 할 예정일과는 한참 다르다.

그래서 딸일지 아들일지 아직 확신할 수가 없다. 그래도 새로 자식이 생긴 것만으로도 마냥 기분이 좋다.

"아바마마, 어머님 배 속에 제 동생이 생긴 것이옵니깡?"

다섯 살, 아니, 이제 여섯 살 먹은 내 딸 경혜. 지금은 평창군주(平昌郡主)인 아이가 세자빈의 배에 찰싹 달라붙어 혀 짧은 발음으로 내게 묻는다.

"그래, 빈궁이 네 동생을 가졌다 하는구나."

"소녀는 싫사옵니다."

"허어~ 우리 딸이 왜 이리 심통이 났을까?"

미래에선 누구나 자기 딸보고 공주라고 부른다는데 생각해 보니 웃기긴 하다. 난 언젠간 조선에서 유일하게 내 딸을 공주라고 부를 수 있게 되는 사람이기도 하다.

"동생이 태어나면 아바마마께서 소녀에게 소홀히 하실 것 아닙니깡……"

벌써 태어나지도 않은 동생을 질투하는 건가? 외동딸이라 내가 너무 오냐오냐하면서 키워서 그런가… 기록 보니까 내가 딸을 너무 총애한 나머지, 이 아이의 집을 지어주려고 민폐 좀 끼쳤었다는데 내가 너무 물렀었구나.

"송구하옵니다, 세자 저하. 소첩이 아이를 잘못 가르쳐 이리도 철없이 구는 듯합니다."

"아니오, 빈궁이 무슨 잘못이 있겠소? 나도 요즘 공무가 바빠 살피지 못한 책임이니 따지자면 나도 잘못한 게 맞소."

"송구하옵니다, 저하."

"그리고 우리끼리만 있을 땐 그냥 오빠라고 부르라니깐."

그러자 세자빈의 얼굴이 붉어지며 말했다.

"그래도 이 아이가 있는데 어찌……."

경혜는 아직 우리가 무슨 말을 하는지 이해 못 했는지 갸웃갸웃하며 고개를 흔든다.

"아바마마, 오빠가 무슨 뜻이옵니깡?"

"그런 게 있단다. 우리 군주도 나중에 시집가면 알게 될 거야."

"싫사옵니다. 소녀는 아바마마랑 한펴~엉생 살 것이옵니다."

"허허… 그래, 사실 이 아비도 널 시집보내긴 싫구나."

이건 나도 진심이다.

저 아이는 나중에 시집가서 계유정난에 휘말린 남편을 따라 평생을 유배지를 전전하면서 그놈한테 시달리며 고생만 하고 살았고, 결국 남편도 능지형을 당해 과부가 돼서 비참하게 산 걸 알게 되니 정말 시집보내기 싫어졌다.

그렇게 다 같이 시간을 보내다 경혜에게 예쁜 꽃 그림을 몇 개 그려주고 내의원을 찾았다.

세자빈이 임신했으니 혹시 모를 산욕열을 대비하기 위해서다.

요즘 나를 따라 스쿼트와 요가를 하며 몸을 단련해 난산으로 고생할 확률은 줄었겠지만 여전히 불안하다.

내 아들 홍위를 낳고 바로 산욕열로 죽은 것을 알고 있어서, 임신했다는 말을 듣는 순간 기쁘면서도 끔찍한 공포 또한 들이닥쳤다.

내의원에 도착하니 배상문이 날 맞이했다.

"세자 저하, 그동안 평안하셨나이까?"

"그래, 나야 언제나 건강하다네. 그보다 전에 부탁한 과산화수소의 진행은 얼마나 되었는가?"

"그것이… 저하께서 하교하신 방법으로 시도 중이나 석회에서 분리한 원료에 배합해야 할 적절한 황산의 비율이 어느 정도인지 몰라 착오를 겪고 있고, 유황에서 황산을 뽑아내는 것도 성공보다 실패가 훨씬 많아 일일이 기록하며 시도 중이옵니다."

"음… 그러한가? 그대들이 이리도 노고가 많았군, 내 그동안 신경 쓰지 못해 미안하네."

"게다가 저하께서 당부하신 대로 실험 중에 지독한 기운이 흘러나옵니다. 물에 적신 천으로 입과 코를 가린 후 각종 보호구를 착용하고 실험을 해도 길게 못 하고, 오랜 환기 과정을 거친 후 다시 실험에 들어가게 되니 예상보다 오래 걸릴 듯합니다."

으… 역시 제반 기술 하나 없이 밑바닥에서부터, 원시적인 실험으로만 만들려고 하니 정말 막막하다. 게다가 여기 쓰이는 유황도 전부 수입품이라 양이 지극히 한정적이다.

그래도 시도도 안 하고 손 놓고 있는 것보단, 뭐라도 해야 실패에서 배우는 거라도 생기겠지.

"그럼 계속 부탁 좀 하겠네. 이게 완성되면 전장에서 날붙이에 다친 병사들의 사망률도 확실히 줄일 수 있으니, 성공하면 대공을 세울 수 있다네."

"예, 소관 역시 이게 사직을 위한 대계임을 알고 있나이다."

"그럼 들어가게나. 내 사람들을 시켜 음식을 보낼 테니 이따가 들게. 그리고 이건 그댈 위한 걸세."

내가 내민 것은 사당 주머니다.

"이것은 저번에 사온서에서 만드셨다던 그……."

"그렇네."

설탕에 대해선 사온서 장인들을 확실히 입단속시키고 기밀을 유지해, 아바마마를 제외하곤 원료가 뭔지 아는 사람도 없다.

"사당이 피로에 그렇게 좋다 하니 들게나."

이제 만들어둔 설탕도 어마마마께서 드실 분량 말고는 별로 안 남았다.

이제 감채를 함길도에서 대량 재배해야 할 때가 온 거다.

이 안건에 대해 아바마마와 상의해 봐야겠다.

*   *   *

북방 건주여진 호리개로(胡里改路) 부족의 대족장 이만주의 거처에 휘하 족장 중 하나인 동소로(童所老)가 찾아왔다.

"대족장, 조선에 금을 걸으러 간 일행의 연락이 끊겼는데 찾으러 가봐야 하지 않겠소?"

"근래 조선 북방에 순찰 인원이 늘어, 함부로 부족의 전사를 투입할 수 없다. 몇 년 전의 치욕을 벌써 잊은 건가?"

이만주는 몇 년 전 평안도절제사 이천(李蕆)에게 밀려 본거지를 버리고 산으로 도망쳐야 했다.

그 치욕을 갚기 위해 절치부심했건만, 막상 원수를 갚아야 할 상대는 작년에 파직되어 귀양을 가버렸다. 후임으로 온 이징옥이란 이도 만만치 않아, 조선을 공격하는 것도 예전보다 힘들어졌다.

"하지만 이번에 조선에 간 사람 중엔, 내 아들도 있단 말이오! 정녕 대족장이 조선에 겁먹어서 움직이지 않겠다면, 내 부족의 전사들만이라도 데려가 아들을 구하러 갈 것이오."

동소로는 이만주의 휘하 부족장이지만 세력이 강해, 이만주도 함부로 대하지 못했다. 동소로의 나이는 지긋하지만 성격이 탐욕스러우면서 흉폭 성급하고, 예전부터 호시탐탐 이만주의 자리를 넘보고 있어 두 사람의 사이는 그리 좋지 못했다.

"애초에 네가 금을 탐내, 사금 채집조에 아들을 억지로 집어넣은 것을 내가 모를 줄 알았나? 네 아들놈을 구하러 부족을 움직여 조선에게 토벌의 명분을 주려고? 넌 결국 금과 혈육에 눈이 멀어 부족을 몰살시킨 어리석은 족장으로 알려지게 될 거다."

"이… 만주! 네가 감히 나를 모욕하다니! 아무리 대족장이래도 내 참을 수……."

동소로가 홧김에 허리춤에 찬 대도를 꺼내려 들자, 동소로의 턱 아래 수염이 잘려 나가고 서늘한 금속의 감촉이 느껴졌다.

"네놈도… 결국, 내가 혓바닥만으로 이 자리까지 올랐다고 생각하는 멍청이였나?"

이만주가 대족장의 자리에 오른 건 교활한 지혜와 대국을 보는 식견 덕도 크지만, 그 전에 건주위 제일의 용사였기 때문이다.

"미안하오, 대족장… 아니, 죄송합니다. 내가 아들 때문에 머리에 피가 올라 흥분했었소……."

"손만 천천히 움직여서 무기를 바닥에 버려라. 허튼짓하면 그대로 목이 꿰뚫릴 거다."

그러자 동소로가 대도를 버리고 바닥에 부복하며 외쳤다.

"대족장! 내 족장의 자리를 걸어도 좋으니, 제발 아들의 행방이라도 알 수 있게 해주시오!"

"그렇다면 네 진심 어린 요청을 받아들여, 내가 십여 명의 정찰조를 뽑아 운산으로 보내겠다. 하지만 너는 당분간 전사 소집권을 박탈하고 근신형에 처할 거다. 내 결정에 의의 있나?"

"으… 음… 그렇게까진… 아니… 알겠소. 아들만 살 수 있다면 기꺼이 대족장의 명에 따르지."

이만주는 동소로를 내보내고 생각했다.

자신도 명이나 조선에서 야인이라 부르는 여진 출신이지만, 저들과 자신은 근본적으로 사고방식이 너무 다르다. 어떨 땐 동족이라지만 야만스러운 저놈들이 혐오스럽기까지 하다.

저들은 세상을 너무 단순하게 살아간다. 먹을 것이 떨어지면 멋대로 약탈을 하고 명이나 조선의 토벌군이 와도 그저 추운 북쪽으로 도망치면 항상 해결될 거라고 생각한다. 먼 훗날의 미래 같은 건 전혀 생각하지 않는다.

지금의 절묘한 삼자 견제 구도는 자신이 조선을 약탈하면서도 적절히 조공을 바쳐서 달래고, 그 와중에 긴밀하게 명과 관계를 조율하여 서로의 이해관계가 맞아떨어졌기 때문이다.

"하아… 이놈이고 저놈이고 전부 다 멍청한 놈들뿐이니… 말이 통하는 놈이 하나도 없어!"

이러면 자신의 대에 염원은 이루어질 수 없다. 이만주는 먼 훗날에 등장할 후손에게나 자신의 꿈을 맡겨야 한다는 게 끔찍이 싫었다.

사금 채취는 이만주가 비밀리에 부족의 힘을 기르기 위해 시작했던 일이다.

조선 북단에서 몰래 금을 캐 그걸 명에게 바치고 관리들에게도 뇌물을 돌려 벼슬도 받았다. 나름대로 질 좋은 철도 받아 친위대 백여 명을 전통식 찰갑인 수은갑(水銀甲)으로 무장시키고, 그들을 대족장 본위병(本衛兵)으로 임명했다.

최근엔 예전에 다퉜던 북쪽의 오이라트의 무리와도 비밀리에 접촉해 쓸 만한 준마들도 얻었으니 이렇게 조선과 명 사이를 이용해 충분히 힘을 기르면 언젠간, 이 북방의 벌판에 자신의 나라를 세울 수 있을 거라는 꿈을 꾸는 중이다.

그러나 그는 현실에서 동소로처럼 무능하고 다혈질인 산하 부족장들 때문에 항상 골치가 아팠다.

그렇게 밤새 이만주의 수심은 깊어져 갔다.

＊　　　　　＊　　　　　＊

내가 집필한 용비어천가의 첫 인쇄가 결정됐는데 생각지도 않은 문제가 발목을 잡았다.

서역에서 도입해 그들의 문명을 근본적으로 바꿨다는 구텐베르크식 인쇄기를 조선 실정에 맞게 개량해 성공적으로 생산하고 도입한 것은 좋았는데, 전통 인쇄와 다른 방식으로 인쇄하게 된 정음의 조합성이 문제였다.

처음에 인쇄를 맡은 관원들이 멋모르고, 문자별로 각 활자를 나눠 만들어서 조합한 후 인쇄해 글자가 전부 ㄱ ㅏ ㄴ ㅏ ㄷ ㅏ 같은 식이 되고 만 거다.

지금 당장 미래에서 프린터라고 부르는 편리한 인쇄기가 없는 이상 어쩔 수 없다.

제반 기술이 안 될 땐 어떻게 해야 한다고?

그 답은 언제나 같다.

바로 사람을 갈아야 한다.

그렇게 주자소에서 근무하는 이들은 모두 새벽 별을 보고 출근해서, 달을 보며 퇴근할 정도의 격무에 시달렸다. 정음으로 나올 수 있는 모든 글자를 각자 하나씩 주물 틀로 만들고, 한 글자당 수천 개 이상의 금속 활자를 만들어야 했다. 그중

주로 쓰는 글자들은 특별히 더 많이 생산하게 만들었다.

그리하여, 한 달 만에 주자소의 장인들과 관료들이 죽기 직전의 몰골로 용비어천가 초판 인쇄본을 내게 보여줬다.

흠… 미래의 서적 수준에 비하면 떨어지긴 하겠지만 지금의 기술 수준으론 더할 나위 없이 좋다.

"그래, 다들 노고가 이만저만이 아니었네."

설탕이라도 주고 싶은데, 지금 새로 만든 분량이 사온서에서 건조 중이라 당장 줄 게 없다. 이거 새삼 미안해지네…….

"주상 전하께서 이 일을 지극히 중히 생각하시니, 그대들의 노고를 상신해 큰 상을 받도록 조처하겠네. 고과에도 반영이 될 걸세."

"저하… 의 은혜가 망극하옵니다……."

다들 정말 죽기 바로 직전까지 일한 것 같아 포상보다 잠이 더 급해 보인다.

"그래, 오늘은 바로 퇴청하고 귀가해서 쉬게나. 내가 허락하겠네."

"저하의 은혜가 하해와 같사옵니다!"

집에 가라고 하니 곧바로 모두의 몸에 생기가 돈다. 설마 내가 속은 건가?

그렇게 인쇄에 관한 문제를 해결하고 나니, 이젠 대중에 보급하는 것이 문제다.

일단 자연스레 퍼지게 해야 하니 여러 가지 방법을 동원해야겠다.

위로부턴 관청의 힘과 아래로부턴 입소문을 이용해야 하니, 둘 다 적당한 방법을 병행해야겠다. 그래서 그에 관한 선결 과제로 전부터 벼르던 일에 착수하기로 하고 아버님과 상의해서 어찌할지 결정했다.

그러자 생각지 못한 공격이 들어왔다. 내의원에서 실험 중인 물품들이 자연의 이치에 거스른다며 대간들이 들고 일어선 것이다. 이번에도 내가 당사자라 편전에 출석해서 대간의 개소리를 듣고 있는데 귀가 썩을 것 같다.

"본디 천지 만물엔 그 고유한 형태가 있고 각자 쓰임이 있는 법인데, 어찌 이를 인위적으로 조화를 부려 변하게 하여 사이한 물품을 만들려 하신단 말씀이시옵니까?"

"소신도 그것이 이치에 어긋나는 일이라 사료되옵니다."

"그리 생각한단 말인가? 그리 말하는 그대는 생쌀과 날고기, 생채소로 끼니를 연명하는가?"

"전하, 그것은 사람이 살기 위해 자연히 행하는 것이니 어찌 같다고 할 수 있겠나이까?"

"그대가 입고 있는 관복은 어찌 만들었다고 생각하는가? 그게 원래 그 형태 그대로 자연에 존재했다고 생각하는 건 아닐 텐데."

"이는 예부터 사람이 사람답게 살기 위해 행하는 방도이니, 화학이라 부르는 사이한 방술과는 다른 이치옵니다."

"그대가 입은 관복에 들인 색은 자연의 재료에서 인위적으로 색을 추출해 성질을 변화시켜 옷에 침착시켜 만든 자연의 이치에서 거스른 행위의 산물이다. 그것도 화학의 범주 안에 들어가는 이치임을 모르는가? 또한, 요리 역시 각각의 재료의 성질을 변화시켜 사람이 즐길 수 있는 맛만 뽑아낸 결과물이다. 그런 생활 속의 이치는 모르고 겉만 보고 이를 판단하니, 이는 정녕 그대가 용속한 선비임을 보이는 언사라 할 수 있다."

"전하, 그것이… 소신이 말씀드리려던 바는… 그게 아니옵고……."

"제대로 알지 못하는 것에 대해 논하지 말라. 무릇 뭔가 맘에 안 들어 그를 쳐내거나 배척하려 한들 그 대상이 뭔지 제대로 알아보고 해야 할 것 아닌가? 실사구시의 가르침도 잊고 말로만 떠드는 자가 어찌 유자라 할 수 있겠는가?"

"송구하옵니다. 전하, 소신들의 생각이 정녕 짧았사옵니다."

역시나… 아버님께선 유자라면 흔히 빠지기 쉬운, 고루한 상식을 적절한 유학의 논리를 들어 그대로 박살 내셨다.

"과인이 생각이 있어 세자가 행하는 일들을 지시한 것이니 대신들은 다시는 이에 관해 논하지 말라."

예상 밖의 공격을 간단히 받아내신 아바마마께서 오늘의 주요 안건을 꺼내셨다.

"과인이 현재 아전과 수령 고소에 대해 생각한 바가 있으니, 도승지는 이를 공포하라."

"예, 주상 전하."

"주상 전하께서 전교하시길, 현재 각 지방의 향리와 아전들은 전조부터 내려오던 호족이거나 대대로 세습해 온 이들이 많아 이들이 항상 조정에서 파견한 수령들을 제어하려 고소를 남발하여 수령고소금지법을 만들었다. 하지만 이는 비리를 지은 수령이 적발되기 힘든 부작용이 있다. 기존 지방 관아의 예산에서 적당히 지급하던 아전들의 임금을 개선해 나라에서 직접 녹봉을 지급하여 국가의 기록으로 남기고 상피제를 적용해 한 지방에서 계속 머물지 못하게 하실 것을 명하셨사옵니다."

아주 긴 내용의 전교가 끝나자 편전은 침묵에 빠졌다. 그만큼 이 부분은 생각도 못 했었다는 방증이겠지.

"전하, 신 호조판서 김병갑이 아뢰옵니다. 새로이 지급하는 녹봉은 기존의 지방 관아의 예산을 줄여 내리실 요량이시옵니까?"

"그러하다. 그간 지방 관아 예산 안에서 아전들이 급여를 받아가도록 했으니 기록이 관아 안에서만 남았다. 개중 삿된 마음을 품은 이들이 짜고 이를 횡령하거나 유용해도 소문이 나기 전엔 알 수 없었도다. 그리하여 국가에서 직접 지급하고 이를 공정히 기록으로 남겨 차후에 부정이 벌어지지 못하도록 할 것이다."

그러자 다른 이가 끼어들었는데, 얼마 전에 새 관직을 받은 내 장인이었다.

"신, 지중추원사 권전(權專)이 아뢰옵니다. 전하께서 아전들의 상피제를 논하심은 아전들을 관원으로 인정하고 품계를 내리려고 하신 의도이옵니까? 그렇다면 이는 부당한 처사라고 사료됩니다."

"그들이 한 지방에서 오래 머물면 당연히 고을 곳곳의 대소사를 쉬이 파악해 업무가 쉬워지는 점도 있다. 하지만 그 점을 악용해 비리를 저지를 우려가 크니 그 싹을 미리 자르기 위함이다."

"전하의 현명하신 의도를 의심하는 바는 아니나, 그 과정에서 반상의 법도가 흔들리지 않을까 염려되옵니다."

"과인은 그들에게 품계를 내릴 것이나 이는 기존의 품계와 다른 방식으로 향리와 아전들을 위한 전용 품계를 따로 둘 것이다. 게다가 아전의 임기가 끝날 때마다 평가 점수를 적용해 판단하게 할 것이다."

"어떤 평가를 이르심이옵니까?"

"그들의 상관인 수령의 평가를 절반, 근무지에 사는 백성들의 평가를 절반을 합한 방식으로 반영시키면 그 누가 함부로 패악을 부릴 수 있겠는가?"

"듣고 보니 옳으신 처사인 듯하옵니다만, 수령의 부정은 어찌 처리하시려 하나이까?"

"그들 역시 임기를 마칠 때마다 아전과 백성들이 평가하고 서로 견제하게 만들어 쉬이 부정을 저지르기 힘들게 할 것이다. 고소금지법을 폐하고 직무 중 고소된 수령은 업무를 그대로 보게 하며, 감사원을 파견해 조사 후에 수령이 무고라고 판단되면 고소한 자를 몇 배로 처벌하는 법안을 만들려 한다."

"성상의 현명하신 뜻이 그러하시다면 신은 이를 따르겠나이다."

"그리고 아전의 세습은 폐지하고 새로 시험을 보고 뽑을 것이다. 이는 유학이 아닌 실무 지식을 평가할 것이니, 기존의 과거제와는 다를 것이다. 다만 지금 향리직에 종사 중인 이들만은 형평을 위해 그대로 직위를 유지할 것이다."

"혹여 그들이 반발하여 업무를 정지하기라도 하면 어찌하실 요량이시옵니까?"

"글을 아는 양인 중에 그 빈자리를 노리는 이가 많을 것이다. 혹여 파업이라도 하면 빈자리는 임시로 벼슬에 오르지 않은 생원들이나 진사로 채울 것이다."

"그들이 쉬이 아전 업무를 하려 하겠나이까?"

"그것을 영예스러운 일로 만들면 된다. 그들 중 빈자리를 잘 채워낸 이들은 고과 점수를 높이고 차후 자리가 자주 비는 북방의 현령 자리에라도 올려주면 그만이다. 필요하다면 과인이 친필이라도 써서 청할 것이야."

그러자 조정 대신들도 납득했는지 더 이상의 반론이나 의견은 없었다.

"그럼 개정된 법령을 예조와 형조에서 협력하고 정리해 사헌부에서 발표하고 시행하도록 하라."

"전하, 향리 선발 시험은 언제부터 시행하실 것이옵니까?"

"금일부터 준비하라. 기존의 향리들이 새 법령에 불만을 느끼고 사직하거나 백성을 핑계 삼아 태업을 한들, 그들을 대신할 사람이 얼마든지 있다는 것을 일깨워야 하노니… 그 누구도 예외일 수는 없다."

제7장
미당

　아버님께선 그렇게 몇 번의 회의를 더 거쳐 향리와 부민 고소방지법을 개정하셨다. 향리 시험은 조정에서 정한 여러 방법으로 실무적 능력을 시험하는 방식으로 정했다.

　시험은 결원이 생긴 지방 관아에서 수시로 치르기로 하고 응시 자격은 거주 지역 제한 없이 양인 이상이면 가능하게 정했다. 향리가 본격적으로 세습직으로 고착되기 전에 정책이 바뀌어 기존의 향리들과 그 후손들도 위기감을 느낄 테니 앞으로 신규 응시생들과 경쟁이 치열해질 거다.

　그래도 아직은 지방 토호이자 현직인 웃어른에게 고을의

사정에 대해 배운 쪽이 조금 더 유리하겠지만 상피제 덕에 그것도 그리 길게 가지 않을 거다.

그렇게 일이 마무리된 후 아버님이 드디어 전에 이야기했던 감채 재배에 관심을 가지기 시작하셨다.

아바마마께서 드시는 수라에 들어갈 MSG와 어마마마께서 즐기는 사탕의 공통 원료인 감채, 그러니까 사탕무가 앞으로 계속 필요하게 되어 그러신 듯하다.

북쪽에선 키울 만한 작물이 별로 없어 일부 지역을 제외하고 항상 식량난에 시달리고 있다.

난 그래서 함길도 개마고원의 환경에서 사탕무 생장이 적합하다는 정보를 찾아 대량 재배를 권장했다. 그리하여 아버님은 백성들이 사탕무를 키워 조정에 진상하면 사은의 의미로 쌀을 하사하기로 결정하셨다. 조선에선 설탕은 왕족도 거의 못 먹던 귀물이니, 일단 많이 키워서 설탕을 뽑아내 사대부나 상인들에게 팔면 초기엔 큰 수익이 날것이다.

명에선 따뜻한 남부에서 사탕수수를 재배하기에 설탕이 흔하고 사탕수수를 날로 먹기도 한다. 그래서 다들 북쪽에서나 키울 수 있고 재배가 비교적 까다로운 사탕무는 관심도 없다. 그러니 사탕무의 용도가 무엇인지는 아바마마 외엔 철저히 비밀에 부치고 말먹이라고만 말해둬야겠다.

그 와중에 기록에서 봤던 대동법을 아바마마에게 설명하고 제안해 봤다. 아바마마께선 좋은 방안이지만 당장 적용할 수 없고, 나라에 미칠 파장이 크니 나중에 신료들과 상의해 보겠다고 약조하셨다.

그리고 몰래 모으던 은도 조금씩이나마 쌓이기 시작했다.

마침 새로운 정책이 필요하던 차에 난 이게 기회다 싶어 아버님께 중대한 사안에 대해 고했다.

"향이, 네가 화폐제도에 대해 생각해 둔 바가 있다고?"

"그러하옵니다. 아바마마께서 권장하는 화폐가 백성들에겐 외면만 받으니, 이를 개선할 방법을 생각해 보았사옵니다."

"어떠한 방책을 생각해 보았느냐?"

"예, 아바마마. 그것은 지금 조정에서 화폐 사용을 권장하나, 정작 중요한 세금을 거둘 땐 화폐가 아닌 현물을 받는 이중적 잣대를 보이기 때문이옵니다."

"그래, 과인도 그것을 알고 있지만, 나라의 사정이 비루해 차마 그것까진 손대지 못하고 있었다. 화폐를 사용하지 않은 백성들에게 혹형을 내리기도 했지만 결국 실패하고 반감만 사고 말아 후회 중이로다."

"사정이 그러하니, 그 죄인들은 모두 방면하고 유통 중인 화폐의 가치를 조정에서 보장해야 합니다."

"지금의 조선에서 감당하기 힘든 일이다."

"그렇다면 단계별로 정해 시행하면 될 것이옵니다."

"어떠한 단계를 생각해 두었느냐?"

"당장 시전에 나가면 사람들이 무겁고 불편한 쌀과 베를 들고 다니며 그것을 화폐 삼아 거래를 하니 그 비효율성이 이루 말할 수 없사옵니다."

"그래, 과인도 그 점엔 통감하고 있다. 그래서 화폐를 권장했었지……."

"그러니, 각각의 시전마다 환전소를 세워 운영하심이 어떻사옵니까?"

"환전소? 설마 거기서 화폐와 다른 물품을 교환해 주란 말이냐?"

"정확히는 쌀이나 베를 들고 오면 가치에 맞는 통보나 저화로 교환하여 시전 안만이라도 화폐 거래에 익숙해지게 만들어야 하옵니다."

"좋은 생각이긴 하나… 이미 기존의 관습에 익숙해진 이들이 쉽게 변하진 않을 거 같구나."

"마찬가지로 화폐를 가져오면 같은 가치의 현물을 주고, 그 가치를 조정이 보증한다고 믿음을 주어야 하옵니다."

"그렇게 한다면 오히려 그동안 가치 없이 쌓여 있던 화폐들을 처분하러 사람들이 몰려들 것이다."

"어느 정도 화폐의 편리함이 조금씩이라도 몸에 배게 만드는 게 주요 목적이옵니다. 한 번에 지나치게 많은 양의 교환은 제한하시옵소서."

"으음… 제대로 정착이 되려면 오랜 시간이 걸리겠구나."

"환전소에서 화폐를 내고 현물을 받아본 사람들이 나중에 현물을 내고 화폐를 받아 가야 화폐 사용에 첫걸음을 뗀 거라 사료되옵니다."

"환전소라… 자칫 잘못하면 여럿이 짜고 환전이나 환곡의 시세 차이를 이용하는 사특한 무리가 생길 수 있어 큰 손해를 볼 수 있다."

"조정에서 초기에 손해를 어느 정도 보더라도 감수하고 시행해야 정착할 수 있사옵니다."

"정녕… 그 수밖에 없겠는가……."

"그리고 먼 훗날엔 은이나 금으로도 가치를 보장하게 만들면 되옵니다."

"그래, 과인의 대엔 절대 불가능하겠지만… 후대에 충분한 금과 은이 모이면 그리될 수도 있겠지."

"관료들에게 봉록도 화폐로 지급하고, 세금도 공납을 제하고 화폐로 받을 수 있는 여건이 조성되어야 비로소 온전한 통화정책이라 할 수 있을 것이옵니다. 그러니 관료들의 봉록부터 화폐로 지급하셔서 화폐가 시중에 돌게 하시옵소서."

"허… 세자가 문재와 무재에만 능한 줄 알았더니, 이러한 상재(商材)도 있었구나."

내가 제시한 건 미래에선 씨알도 안 먹힐 임시방편과 극히 원시적인 경제활동에 불과하다. 지금 조선에선 전조 고려 시절만도 못한 통화정책이 시행 중이니 문제가 심각하다고 할 수 있다.

"그리고 지금 화폐들은 가치가 지나치게 높으니, 쌀 한 말이나 한 되 정도의 소액 가치의 저화들을 만들어야 하옵니다."

"그래, 세자의 의견은 모두 다 한 번에 시행할 수야 없도다. 그러나 시전 안에서만이라도 화폐가 돌게 만들려는 발상 자체는 높이 살 만하니, 이를 시행할 방도를 편전에서 논의해 봐야겠다."

"수십 년의 시간이 걸리더라도 점차 익숙해지기만 하면 개인 간의 거래에서도 화폐로 거래하는 이가 차차 늘어나게 될 것이옵니다. 당장 모든 이가 화폐만 내고 쌀로 바꿔 손해를 보게 되더라도 이는 백성들의 신뢰를 쌓는 과정 중 하나이니 참고 묵묵히 실행해 가야 하옵니다."

"그래, 그동안 비축된 구휼미나 군량미도 사실 지나칠 정도로 넉넉하니 당분간 손해를 보더라도 조정에 큰 타격은 없을 것이다."

"그리고 소자가 만든 미당(味糖)을 명에 조공으로 올리는 게 어떨지요?"

미당은 내가 MSG의 조선식 명칭을 고심하다가 나온 이름이다.

"미당을?"

아바마마께서도 요즘 미당을 음식에 아주 조금씩 넣어 조리하게 하신다. 그만큼 누구든 한 번 맛보면 끊기 힘든 게 MSG다.

"명의 사신이 올 때 음식에 넣어 대접하고 이를 명 황제에게 진상하면 분명 그 맛을 잊지 못하고 다음부터 공물로 보내라고 요구할 것입니다."

"허… 그렇게 하면 대뜸 감당하지 못할 만한 양을 요구해 올 것이다."

"명이 그리 나오면 희귀한 다시마가 원료라 제조가 힘들고 기후 때문에 대량생산이 힘들다고 하시옵소서. 적당한 핑계를 대면서 공급량을 서서히 조정하여 명의 관료들이나 민간에 조금씩 공급하소서. 미당의 맛에 빠지게 만든 후, 식(食)이 삶에 커다란 비중을 차지해 먹을 것에 큰돈을 쓰는 중원인들의 습성을 이용하시면 되옵니다. 시간이 점차 흐르면 훗날 그들의 식탁을 조선이 움켜쥘 수 있게 될 것이옵니다."

"먹을 것을 이용해 그들의 은과 금을 가져오자는 발상이로구나! 사정을 모르는 이가 들었으면 네 말이 허무맹랑하다고 치부할 수도 있지만, 과인도 근래에 미당 없이 수라를 들 수 없게 됐도다. 과인이 몸소 겪어보니 그 말이 정녕 타당한 것 같도다."

"이후엔 사대부들에게도 조금씩 풀어 그들이 자발적으로 소비에 나서도록 해야 하옵니다."

"설마… 그들에게 억지로 세금을 더 걷는 대신 그 방법으로 국고를 채우려 하느냐?"

"예, 아바마마. 억지로 그들에게 세금을 걷는 것은 반발을 사겠지만, 그들이 원하는 것을 자발적으로 사게 만들면 알아서 나라의 곳간이 채워질 거라고 생각하옵니다."

"허허… 네가 처음부터 단순하게 이 아비에게 맛있는 것을 바치려 한 게 아니었구나. 이 모든 것을 염두에 두고 행한 것이냐?"

"송구하옵니다. 소자가 아바마마께 효를 행하려 궁리하다 나온 방도지만, 이후 여러 가지 활용법이 떠올라서 아뢰었사옵니다."

"아니다. 그저 이 아비에게 효를 다한 것만으로도 장한 일이다. 하지만 그것을 이용해 조선의 사직을 번영시킬 방도마저 고안했으니 과인이 어찌 이리 기뻐하지 않을 수 있겠느냐!"

"성은이 망극하옵니다. 이는 모두 주상 전하의 은덕으로 가능했던 일이옵니다."

"이 아비가 이리도 총명한 아들이 있으니 정말 기쁘기 그지없도다. 과인도 드디어 선대왕마마의 심정을 이해할 수 있게 되었어! 정녕 이 나라의 왕이기 전에 너의 아비로도 최고의 순간이로구나!"

어느새 아바마마께서 다가와 내 손을 잡고 말씀하셨다.

"이리도 총명하고 효성 깊은 아들이 세자라니… 과인이 나중에 열성조 앞에서 자랑할 일이 늘었구나. 이 아비는 네가 정말 자랑스럽다."

"불민한 소자에게 과분하신 평이옵니다. 그저 국정에 힘쓰시는 아바마마께 도움이 되어드리고 싶었을 뿐이옵니다."

그래, 이건 그저 시작일 뿐이다.

*   *   *

석탄광의 탐사에 성공했다는 소식이 들어왔다. 원래 작년에 탐색을 나갔던 광물 탐사대가 성과가 없자 장영실이 아버님께 윤허받아 장인청 소속 인원과 군기감 소속 제자들의 인맥까지 동원해 석탄을 찾다가 평양 근교에서 석탄광을 운 좋게 발견했다고 한다.

역시 사람은 뭐든 자기가 필요로 하고 간절해야 성과가 잘 나는 것 같다.

앞으로 이런 일은 내가 직접 나서기보단 관련 분야에 관심을 가진 이들에게 슬쩍 암시만 주고 스스로 처리하게 만드는 게 더 효과적일 것 같은데?

지난번에 김처선 덕에 내리갈굼이란 단어를 알게 됐는데, 이런 건 내리갈림이라고 해야 하나?

전부터 생각하던 정음 반포 방법을 위해 자선당의 궁인들을 모아 정음을 교육 중인데 그들 중엔 임신하여 배가 제법 나오기 시작한 세자빈과 내 딸 경혜도 있다.

그리고 의외의 얼굴도 보인다. 어? 저 여자가 여기 왜 있어?

그래도 가르침을 소홀히 할 순 없지, 먼저 내 할 일에 집중하자.

"자, 순서대로 외워 써보아라. 가나다라마바사……."

"가, 나, 다, 라, 마, 바, 사……."

그렇게 다들 정음을 배우는 와중에 경혜는 거듭 졸린지 연거푸 하품만 하고 있다.

"군주가 수마에 시달리는 듯하니 누가 가서 재우고 오라."

그러자 유모인 듯한 궁인이 빠르게 움직여 경혜를 안고 침전으로 갔다.

그렇게 한참 동안 정음을 가르치고 그들이 써낸 받아쓰기가 맞는지 확인해 봤다. 그중 세자빈이 필기한 것을 보니 반나절도 안 되어 거의 다 이해한 듯 보인다.

"음… 역시 빈궁의 오성이 참으로 뛰어나오. 이만하면 웬만큼 다 깨우쳤다 할 수 있겠소."

"아니옵니다. 이는 저하께서 워낙 훌륭한 스승이시니 그렇사옵니다."

"아니오, 다른 이들도 같이 배우기 시작했는데 이만큼 깨우친 건 빈궁이 유일한 듯하오."

"세자 저하, 소첩의 것도 한번 봐주시길 청하옵니다."

이건 내 후궁인 승휘 홍씨의 목소리다. 예전엔 후궁 중에서도 워낙 재지가 총명하고 말이 잘 통해 의논 상대로 생각하고 자주 찾았었는데, 작년에 그 사건을 겪은 후 거의 찾지 않았다.

"그래, 어디 한번 보세."

원래 총명한 것은 알고 있었지만, 이 정도였나? 기본적인 정음의 철자만 다 익힌 세자빈과 달리 벌써 다 터득한 듯 문장으로 내게 말하고 있었다.

'오늘은 부디 신첩의 처소에 찾아주시지요.'

"과연 그대의 재지도 대단하구려, 주상 전하께서 창제하신 정음을 왕실의 여인들이 이리도 빨리 배우니 이는 분명 주상께서도 기뻐하실 일이라 보오."

그러고 보니… 홍씨가 오늘은 가체도 안 하고 있고 묘한 향이 나는 게 사향이라도 구해서 뿌린 듯하다.

"과찬이십니다. 별거 아닌 재주이옵니다."

그러면서 슬쩍 세자빈의 배를 바라보는데, 그 시선은 질투

라기보단 갈망의 감정이 느껴진다.

"왕실의 여인들이 이리도 왕실의 치적을 알리기 위해 노력하는 걸 주상께서 아신다면 상을 내릴지도 모르오. 그러니 차후에 궁인들을 그대가 맡아서 가르쳐 보시게."

사실 죽었다 살아난 후엔 후궁들이 거북하게 느껴졌었다.

세자빈에게 깊은 정이 들어 그런지 후궁을 찾는 건 아내 말고 다른 여자에게 눈 돌리는 것 같은 죄책감이 들어 그동안 찾지 않았다. 그러나 홍씨의 처연한 모습을 보니 내가 너무 무심했던 것 같아 미안해진다.

나도 모르게 미래의 사고방식에 물들어 가족을 내팽개친 거나 마찬가지니 반성해야겠다.

그날 저녁 내가 그동안 무심했던 걸 사과할 겸 선물로 사탕을 가지고 홍씨를 찾았다.

"그간 내가 무심해서 미안했네."

"아니옵니다. 소첩은 세자 저하께서 흉사를 겪고도 무사하신 것만으로 그저 감읍할 뿐이옵니다."

"그래, 이건 내가 그대에게 주는 선물일세."

"저하, 소첩에게 이런 건 필요 없사옵니다."

웅? 뭐라고?

갑자기 홍씨의 눈빛이 포식자처럼 돌변하고 어마어마한 압박감이 느껴진다. 뭐지? 이게 갓 스물 먹은 여인에게 느껴질 만한 압박이 맞나? 이런 공포는 아바마마께서 진노하신 이후 처음이다.

"가… 갑자기 왜 이러나? 내가 그동안 서운하게 해서 그런가?"

"아니옵니다. 본래 세자 저하는 예전부터 동궁빈 저하보다 소첩을 더 총애해 주셨으니 소첩도 불만은 없었사옵니다."

"그럼 대체 왜……?"

"저하께서 소첩을 총애해 주셨어도 가장 중요한 것은 주시지 않으셨사옵니다."

"그게 뭔가?"

갑자기 기습적으로 내 품으로 안겨 날 쓰러뜨리곤 위로 올라간 홍씨가 혀로 입술을 핥으며 말했다.

"저하께선… 제게 남녀 간의 정을 주지 않으셨지요."

정체를 알 수 없는 압박감에 눌려 차마 그녀를 떨쳐낼 엄두도 나지 않는다. 그렇게 겁에 질리자 아무 말이나 마구 튀어나온다.

"아… 아니… 빈궁도 회임했는데 이러지 말게나! 가족끼리 왜 이러나?"

그러자 내 귓속에 입김이 섞인 간드러진 목소리가 들려온다.

"이게 다… 왕실의 의무를 다하고 더 많은 자손을 보기 위해 동궁빈 저하께서도 허락하신 일이옵니다."

뭐? 아내가 이걸?

"오늘은 저하께서 무슨 말을 하셔도 소용없을 것이옵니다."

아… 안 돼!

"잠시… 눈만 감았다 뜨면 끝날 것이오니, 순순히 받아들이시지요."

그날 난 홍씨를 오랫동안 내버려 둔 벌을 몸으로 받아야 했다.

그렇게 몸으로 벌을 받은 후, 홍씨에게 앞으로 후궁들에게 소홀히 하지 않겠다는 약조를 했다.

그 후 세자빈이 미리 내 취향을 모든 후궁에게 미리 말해뒀는지 그녀들은 필사적으로 내 취향에 맞추려는 모습을 보이곤 했다.

휴… 그래도 오빠라고 부르는 후궁은 없어서 다행이네, 그것까진 말 안 했나 봐.

하아… 아무리 그래도 그렇지… 여긴 여인끼리 물밑으로 치열한 암투가 오가는 궁중이다. 다른 여자들한테 내게 매력적이게 보이는 법을 알려주다니, 이게 말이 되나? 세자빈은 정말 착하다 못해 멍청할 정도로 순진하다. 이 귀여운 여인을 어찌해야 하나?

장영실에게 최근 대량으로 생산된 철괴를 공조(工曹)에 보냈고, 공조에선 따로 장인들을 부려 농기구를 만들고 있다는 서신들이 왔다. 전에 아버님과 내가 상의한 대로 국가에서 농민들에게 필요한 신형 농기구를 대여해 주고 세를 약간 더 거두기 위한 정책의 일환이다.

후대에 지주들이 가진 도구와 농지 환경 때문에 그들에게 의존적으로 살 수밖에 없었던 백성들이 미리 자립할 수 있는 사회 기반을 조성하려는 의도다.

내게 온 서신과 공문을 차례대로 보여주던 김처선에게 물었다.

"김 내관, 내가 방금 몇 회째 하던 중이었나?"

"백오십구 회이옵니다. 저하, 방금 자세가 흐트러졌사옵니다."

지금 난 미래에 푸시업이라고 부르는 팔굽혀펴기를 하면서 문서들을 확인하고 있다.

"그래? 오늘은 삼백 회만 채우고 쉬어야겠군."

"팔의 자세를 곧게 유지하소서."

요즘 김처선은 내 덕에 하체 단련이 되어 그런가, 얼마 전물을 잔뜩 길은 항아리를 등에 지고 일각 동안 느린 속도로

나마 달리는 과제에 성공했다. 자선당 내관들 모두가 같이 단련했는데, 그중 김처선만큼 단련된 내관도 거의 없다. 역시 어린 나이부터 단련해야 효과가 더 좋은 듯하다.

그래도 묘하게 기분 나쁜 말투는 전혀 달라지지 않았다. 그래도 이전보단 아주 조금은 진중한 성격이 된 것 같기도 한데……

내가 애초에 김처선을 단련시킨 건 건방진 성격과 말버릇 좀 고치려던 심산이었지만 다른 이유도 있다.

원칙적으로 반란 같은 위급한 사태가 발생하면 내시들이 왕과 왕실의 노약자들을 데리고 피신해야 한다. 그런데 지금은 업무에 찌들어 단련에 소홀한 내시들이 정말 많았다.

이젠 일어나지 않을 계유정난, 아니, 수양의 반란 때 내관들이 눈치채고 모두 합심해 내 아들만이라도 데리고 무사히 피난했다면… 고작 며칠만이라도 홍위의 신변이 무사했다면, 그대로 반란은 실패했을 거다. 고작 소수 무관에 왈패가 대부분으로 구성된 사병만 보유했던 수양은 이후 군에 제압당했을 테고… 이제 미래가 바뀌어 당장은 위험이 없어 보이지만, 나중에 어찌 될지 모르니 전통으로 만들어 내관들을 단련시켜야겠다.

그렇게 공부와 단련에 매진하며 지내는데 아버님께 의외의 요청이 들어왔다. 곧 북방으로 교대해서 올라갈 초임 군관들을 단련시켜 줄 수 있겠느냐는 요청이다.

요즘 아버님께서 단련의 효과를 몸으로 체감하고 계셔서 그런지, 이 좋은 걸 군관이나 병사들과 같이 나누고 싶어지셨나 보다.

내가 직접 수많은 군졸을 전부 가르칠 순 없다. 그래서 초임 군관들만 모여 내게 배운 후, 그들이 나중에 병사들을 직접 가르치기로 했다.

내가 직접 병영에 행차해서 군관들을 소집시켰다.

"다들 불철주야, 나라를 위해 노고가 많도다. 내 친히 주상 전하의 명을 받아 단련에 도움이 될 양생법을 그대들에게 알리려 왔다. 일조일석으로 꾸준히 단련하면 그대들도 나처럼 될 수 있을 것이다."

그렇게 말하면서 상의를 풀어헤쳐 단련된 내 상반신을 보여주었다.

"……"

그들은 차마 말은 못 하고 있지만, 표정을 보아하니 많이 놀란 듯하다. 소문으로 듣기엔 학문에만 힘쓰던 세자가 이렇게나 단련된 몸을 가지고 있으니 많이 놀랐을 거다.

그건 그렇고… 과시욕의 화신 수양 놈처럼 남들 앞에서 자연스레 웃통을 벗다니… 나도 모르게 그리도 혐오하던 놈을 그대로 닮아가는가 싶어서 잠시 자괴감도 들었다.

내가 운동을 스쿼트부터 시작해서 그런지 자연스레 스쿼트 찬양론자가 됐기에 일단 몸풀기로 스쿼트부터 시작했다.

"자, 다리를 이 정도로 벌리고 서서 자세를 낮추고… 손은 균형을 잡을 수 있게 앞으로 팔짱을 끼듯 잡고… 그렇지! 그 자세일세."

음… 전에 김처선에게 듣기엔 무인들은 마보란 걸로 하체를 단련한다고 했었다. 초임이지만 군관이면 다들 말도 잘 타야 하니, 아마 하체 단련은 기본이겠지?

"그대들이 평소에 단련을 게을리하지 않고 기초를 잘 닦아 둔 것 같으니, 처음엔 가볍게 이백 개부터 해보세."

"명을 받들겠사옵니다."

그들도 군관이라 자신의 체력에 자부심이 있었는지 모두 자신 있게 대답했다.

"자, 그 자세로 앉았다 일어나는 듯한 동작이 일 회일세. 도중에 자세가 흐트러지면 근골에 무리가 올 수 있으니 반드시 처음 자세를 그대로 유지하게."

"저하의 당부를 명심하겠사옵니다."

"책만 읽던 백면서생이 나라를 위해 고련하던 군관들을 가르치려 하는데, 그대들의 반감을 살 수 있음에도 이리도 내 말을 잘 들어주니 기쁘기 그지없네."

그러자 다들 힘차게 대답한다.

"이는 나라의 녹을 먹는 이로서 당연한 일이옵니다!"

"그럼 첫날이고 도구도 준비 안 된 맨몸이니, 가볍게 이백 개부터 시작해 보세."

"명을 받들겠사옵니다."

그렇게 스쿼트를 시작했는데 다들 단련한 가락이 있는지 쉰 개 정도까진 다들 흔들림 없이 하는 게 보인다… 가 아니네?

쉰 개를 넘기고 백 개에 가까워지자 눈에 띄게 여러 명의 자세가 흐트러지고 하반신을 떠는 게 보인다.

뭐야… 평소에 마보로 단련한다면서?

"거기 자네! 다리를 바로 하고 상반신을 곧추세우게."

"거기 세 번째 줄 맨 뒤에 자네! 다리에 몸 기대지 말고!"

이거… 생각한 것보다 실망스러운데?

미래 지식으로 얻은 운동의학에 따르면, 모든 운동에 필요한 근력의 기본은 하반신부터 나온다고 하던데…….

군관들의 하반신이 이리도 부실할 줄이야.

"허어… 이 나라의 지존이신 주상 전하와 국모이신 중전마마께서도 매일 백 번 이상 체굴법으로 단련 중인데… 아무리 초임이래도 명색이 군관이란 이들이 이리도 부실하다니… 쯧쯧."

한탄하는 듯한 내 말을 듣자 앞줄에서 체굴법을 시행하던 군관들의 눈이 부릅떠진다.

"안 되겠어, 내가 그대들의 신체 능력을 지나치게 과대평가한 듯하네. 오늘은 여기까지만 하고 그대들의 수준에 맞춰 새로 계획을 짜봐야겠네."

그러자 앞줄의 군관 중 제일 나이가 들어 보이는 이가 대답했다.

"아… 아니옵니다! 소관들도 할 수 있습니다!!!"

"그렇게 말하는 자네도 이미 자세가 흐트러졌다네."

그 말을 듣자 황급히 자세를 고치려 했지만, 이미 하반신이 말을 듣지 않는지 그의 의지를 거부하고 다시 양 무릎이 붙었다.

얼핏 주워들은 말로 이들의 신체 능력을 지나치게 과대평가하여 첫날부터 무리하게 시킨 것 같으니 제대로 공부해서 다시 시작해 봐야겠다.

"오늘은 이만 파하고, 3일 후 내가 그대들의 수준에 맞춰 단련법을 다시 고안해서 오겠네. 그때까지 아무것도 하지 말고 물을 많이 먹고 쉬게나. 안 그러면 근육에 손상이 올 수 있네."

"저… 저하의 명을 받들겠사옵니다."

"그럼 해산하고 쉬게나."

그렇게 내 처소에 돌아와 미래의 군대식 단련법을 찾았는데, 한눈에 봐도 효과가 좋아 보이는 체조가 있다.

PT(Physical Training)? 자세히 보니 미래의 강대국, 미국군의 제식 체력 단련법이라고 한다.

좀 더 자세히 알아보니 미래 정음씩 명칭은 피티 체조라는 데, 영어는 빼고 유격 체조라고 부르면 적절할 거 같다.

흠, 어디 보자……. 종류가 18가지나 될 정도로 동작도 다양하고 전신의 근육을 고르게 자극하고 단련에 효과가 있을 것 같다.

그래, 내가 한번 시범 삼아 해보자.

그래서 설명대로 동작마다 10회에서 20회 정도씩 해봤다.

뭐야, 이거… 너무 쉬워서 몸풀기 정도밖에 안 되겠는데? 이 정도면 초임 군관들에게 매우 적절하겠어.

아니면 내가 그동안 식단도 바꾸고 꾸준히 단련한 덕에 체력이 월등히 좋아진 건가?

아무튼 이걸 순차적으로 하면서 군관들의 전신 근육도 단련하고 몸을 서서히 적응시킨 후 내가 사용 중인 운동기구를 사용하게 만들어야겠다.

그렇게 새 운동법을 찾은 후 군관들에게 가니 사흘 동안 근육통은 잦아들었는지 다들 멀쩡해 보인다.

그렇게 가볍게 첫 동작부터 10회가량 차례대로 시작해서 근육을 혹사하지 않고 몸을 푸는 식으로 운동을 할 때였다.

미래 말로 온몸 비틀기라고 부르는 동작을 시키던 중 갑자기 평소처럼 귀신 놈의 지식이 아닌 희미한 기억의 파편이 흘러들어 왔다.

그놈의 개인적인 기억은 전부 소멸하고 지식만 남은 게 아니었어? 아니면 잊고 싶던 기억이라 깊숙이 숨겨두어 묻혀 알 수 없던 건가?

올빼미? 왜 저 이상한 관을 쓰고 있는 사람들은 다른 이들을 올빼미라고 부르는 거지? 뭐야… 이 영문 모를 분노와 처절한 감정은……?

머리와 다리를 허공으로 세우고 바닥에 누워 있는 저들을 보니, 미처 나도 모르고 있던 내면의 악이 깨어난 거 같은 느낌이 들면서 다른 사람처럼 돌변했다.

"거기 훈련생, 시선은 단전을 향합니다. 절대 시선 돌리지 않습니다."

나도 모르게 귀신의 기억에서 조교라고 불리는 이들의, 미래 군대식 말투가 자연스럽게 나온다.

"예? 저하… 갑자기 왜 그러시는지……."

"거기 훈련생, 누가 대답을 길게 하라고 했습니까? 대답은 '악!'으로 통일합니다!"

"저하……?"

"훈련생, 대답 제대로 합니다."

"악!"

"그렇습니다. 이제부터 대답은 '악'으로 통일하고 훈련생이
본 교관에게 질문할 땐 자신을 올빼미라고 통칭합니다. 알겠
습니까?"

"알겠사옵……."

"올빼미들! 정신 안 차립니까?"

"악!"

"올빼미들이 아직 정신 못 차린 듯한데, 전신회 삼십 번 추
가!"

전신회(全身回)는 내가 미군식으로 브이—업(The V—up), 정음
으론 온몸 비틀기라고 부르는 체조를 한자식으로 개명한 명칭
이다.

갑자기 나도 모르게 큰 소리로 휘파람이 나온다.

"횟— 휘이— 횟— 횟! 자, 본관의 휘파람 박자에 맞춰 동작
을 나눠서 하고, 박자가 멈춘다고 자기 멋대로 동작을 전부
끝내면 안 됩니다. 알겠습니까?"

"악!"

그렇게 내 휘파람 박자에 맞춰 온몸 비틀기를 하던 군관들
이 거의 죽으려고 한다.

다들 머리는 땅을 베고 있고 다리의 방향은 제멋대로다.

"제군들, 본 교관은 너희에게 실망했다."

"……"

"북방을 지켜야 할 조선의 강군들이 이리도 허약하다
니……."

"……"

"정녕 이 정도의 고난도 이길 수 없다니… 귀관들 정녕 남
자가 맞는가?"

"악!"

"요즘 자선당 내관들도 체굴법 백 개 정도는 거뜬히 해내는
데, 막상 군관들이란 작자들은 체굴법도 제대로 못 해? 이 교
관은 정녕 실망스럽기 그지없도다."

그 말을 듣자 독기가 올랐는지 군관들은 눈에 귀기를 띠고
정확한 자세로 동작을 재개했다.

"거기 훈련생! 제대로 안 하면 본 교관이 열외의 기회를 줄
것이다. 열외가 무엇인지는 열외하면 보여줄 테니 기대해도 좋
다!"

"악!"

"좋아, 그대로 자세 유지합니다!"

"으악!"

"방금 누가 으악 소리를 내었는가?"

그렇게 두 번째 훈련 일정이 끝났다. 그러자 내 감정을 지배
하던 분노의 기억이 씻겨 나가고 평소의 나로 돌아왔다. 설마

그게 귀신이 겪었던 미래 군대의 기억이었던 건가…….

미래엔 개인화기가 발달해서 병사들의 육체는 지금보다 약할 거라고 생각했었는데 그게 아니었나 보다. 미래의 군대는 병사들이 매일 저렇게 극한까지 몸을 단련시키는구나…….

매우 감탄스럽다. 역시 미래의 군대는 내 상상보다 더 발전했나 보다.

이번에 아주 좋은 교훈을 얻었다. 초임 군관들은 아직 몸이 못 따라갈 테니, 휴식과 적절히 병행하면서 미래의 군대를 목표로 삼아 단련시켜야겠다.

이건 앞으로 내가 하려는 군제 개혁에도 좋은 방침과 기준이 되어줄 것 같다.

*   *   *

군관들의 기초적인 체력 훈련을 하는 김에 적은 비용으로 효율적인 양생 식단을 짜서 먹여봤다. 그렇게 하니 다들 겉으로 티는 안 내려 하지만 표정으로 보이는 불만이 대단하다.

그들 중 대표 겸 교관을 불러 물어봤는데, 쌀밥의 양을 줄였다는 게 그 이유다.

그래서 하루에 한 끼는 쌀밥을 빼고 지방이 적은 살코기나 닭고기를 먹게 했더니 그제야 불만이 줄었다.

조삼모사의 고사도 아니고 이거 원…….

앞으로 병영에서 닭이라도 여러 마리 키우게 하고 나중엔 양계장이란 걸 만들어봐야겠다.

군관들을 체력 훈련만 시키기 아까워서 미래에 정리된 전술 중 지금에 적용할 만한 것들도 찾아 속성으로 교육해 봤다. 역시 그들의 상식과 달라 그런지 제대로 이해하는 사람도 없는 듯하다.

정말 갈 길이 멀구나…….

그렇게 한참 동안 병영에 출퇴근하며 훈련에 매진하던 중 의외의 인물이 병영에 찾아왔다.

"영중추원사(領中樞院事) 대감, 참 오랜만이오."

이 노인은 축성 대감으로도 불리는, 현 조선 최고의 축성전문가이자 군부의 원로인 최윤덕(崔閏德)이다.

"세자 저하, 기체후 일향만강하셨나이까?"

"그래요, 건강하니 이리 군관들도 가르치는 것 아니겠소. 그런데 무슨 일이시오?"

"소관의 불초 가아(家兒), 광손(廣孫)이 저하께 친히 고된 가르침을 받고 있다길래 왔사옵니다."

어? 이 사람 아들이 지금 여기 있었다고?

"아, 그랬소? 내 따로 가문을 신경 쓰지 않아 잘 몰랐소. 설마 가혹하다고 항의라도 한들 특별대우는 해줄 수 없소이다."

"아니옵니다. 소관은 오히려 불민한 아들이 저하께 좀 더 많은 것을 배우길 원해, 더 많은 가르침을 청하러 왔사옵니다."

음… 최광손이 집에서 나에 대해 불평 좀 했나 본데?

"서북 사군을 개척한 공의 아들이라면 어릴 적부터 군무를 접했을 텐데 나 같은 백면서생에게 배울 게 있겠소?"

"그것이… 어릴 적부터 절 따라 군무를 조금 보긴 했지만, 정식으로 관직을 받은 것도 아니었고… 그저 불민한 소관의 후광으로 방자하게 굴고 있사옵니다."

아하… 그러니까, 명문 무가의 망나니 아들이란 이야기인가?

"불초한 아들놈이 최근 무과를 포기하고 과거를 보려 하기에 소관이 억지로 북방으로 다시 보내려 손을 썼사옵니다. 마침 그러던 차에 세자 저하께서 초임 군관들의 참된 교육에 힘을 쏟으시니 소관은 기쁘기 한량없사옵니다."

자기 아들을 더 힘들게 굴려달라고 청탁하다니, 정말 참된 부모의 표상이다.

사실 이 할아범은 대마도 정벌도 다녀왔고 아버님께 평생 북방에서 갈리다가 좌의정까지 올라갔다. 그 후 나이가 들어서 사직하려다 억지로 명예직인 영중추원사로 봉해졌고 결국은 죽을 때까지 사직 못 했다…….

기록엔 죽은 날이 1445년 12월이라고 하니, 이제 4년 조금 넘게 남았네. 조금 더 장수할 수 있게 아들을 통해 건강 식단과 운동법이라도 전해줘야겠다.

최윤덕은 서북 사군을 개척한 명장이라 아버님께 군사 쪽으로 발언권도 엄청나고 군부에도 아직 영향력이 대단할 거다. 이런 이의 부탁을 들어주면 앞으로 도움이 될 날이 올 거다.

"그동안 광손을 특별히 대우하려 한 적은 없었지만… 그래도 지중추원사가 이리도 성의를 보이니, 내 앞으로 특별히 더 신경 쓰겠소."

내 의도가 전해진 것인지 최윤덕이 내심 환하게 웃는다.

"그럼 소관은 저하만 믿겠사옵니다."

그래… 당신은 아버님께 갈리고, 아들은 내게 갈리고… 대대손손 아름다운 전통을 만들어봅시다!

"훈련생 최광손이 누군가?"

"이십육 번 올빼미!"

전에 귀신 놈의 기억에 취해 난리를 한번 쳤더니 그다음 날부터 다들 자발적으로 번호 정해서 자길 올빼미라고 부르고 있다. 내 온전한 의지가 아니었지만 이미 한 말을 번복하기도 뭐해서 방치 중이다.

"좀 전에 그대의 춘부장이 다녀갔다. 그대를 내게 잘 부탁하고 가더군."

그러자 대놓고 웃지는 않았지만 티가 날 정도로 광손의 얼굴이 환해졌다.

"그래서… 그대는, 오늘부터 특별히 열외를 받아야겠어."

그 말을 듣자마자 최광손의 밝아지던 표정은 한순간에 똥이라도 씹은 듯 돌변했다.

"내가 그대의 춘부장과 전혀 모르는 사이도 아니고, 그대도 나와 이렇게 인연을 맺었으니 앞으로 계속 지켜보겠네."

"악!"

"남 교관은 어디 있는가?"

남 교관은 이들 중 가장 먼저 내 체력 시험을 통과해 내가 훈련 인원들을 통제하기 위해 뽑은 조력자 겸 군관들의 대표다. 개국공신 집안인 의령 남씨 출신인데도 특권의식도 없고 내 지시에 유독 잘 따라서 며칠 전부터 교육 일정의 절반을 위임 중이다.

"세자 저하, 소관을 찾으셨는지요."

"이십육 번 훈련생은 오늘부터 특별 열외니, 그대가 단독으로 잘 가르쳐 보게. 그동안 다른 이들 교육은 내가 맡겠네."

"예, 저하의 명을 받들겠사옵니다."

그렇게 말하며 교관 남빈(南份)이 최광손을 슬쩍 노려본다. 그동안 배운 것을 실천할 결연한 의지가 담긴 듯 보여 내심 흐뭇해졌다.

"거기, 올빼미! 당장 본 교관을 따라옵니다."

내가 보여준 교관 말투도 그대로 따라 하는 걸 보니 그게 엄청나게 인상 깊었나 보다. 이러다 앞으로 조선군의 아름다운 전통으로 남으려나?

한참 후, 멀리서 최광손의 비명이 들린다.

"으아— 아— 악!"

"대답은 짧게! 악으로!"

그러다가 한 달 후, 정해진 시간이 지나 군관들의 교육이 끝이 났다.

군관들은 이제 풍기는 분위기부터 완전히 달라졌다. 몸을 만들기엔 한 달은 비교적 짧은 시간이라 극적으로 몸이 변화한 사람은 없었지만, 적어도 전원이 하반신 근력의 기초는 다졌다고 생각한다. 남빈은 스쿼트 삼십 개를 한 세트로 나누고 휴식을 반복하며 하루에 이백 개 이상 하는 걸 내 눈으로 이미 봤다.

그 후 장영실에게 철판 갑옷이 완성됐다는 기별이 왔다.

기쁜 마음으로 장인청에 행차했는데, 사격 시험장에서 누군가 철판 갑옷을 입고 화승총을 쏘는 시험을 하고 있다.

뭔가 그 광경이 현실을 벗어난 듯 보여 난 잠시 넋을 잃었다. 시험하는 이는 사격 실력이 좋지 않은지 과녁엔 명중하는 탄이 없고, 빠르게 쏘고 장전하는 데만 집중하고 있었다.

"세자 저하, 기체후 일향만강하셨나이까?"

"아니… 인사는 되었고, 저게 대체 무슨 시험인가?"

"그것이… 최근에 들어온 제자 하나가 철판 갑옷에 심취했사옵니다. 화승총과 갑옷을 같이 장비하면 무적의 병사가 될 거라고 주장하길래 일축했더니, 증명해 보이겠다며 혼자 갑옷을 입고 연속으로 방포 시험 중이옵니다."

"그래? 그것참 특이한 자일세… 저치는 이름이 뭔가?"

"최공손(崔功孫)이라 하옵니다."

"영성 부원군(永城府院君) 최무선(崔茂宣)의 손자 말인가?"

고려와 조선의 역사에 중대한 영향을 끼친 최무선과는 달리 그의 아들은 재주를 믿고 태업을 했었다. 거기에 최무선의 손자는 뛰어난 점도 없었고, 나중에 일 처리 잘못해서 벌 받은 기록만 봤던 기억이 난다.

그런데 기록만 보곤 알 수 없었던 엉뚱한 면이 있었나 보다.

"대장군! 제가 드디어 철판 갑옷을 입고 일 각에 열 발에서 열두 발가량 쏠 수 있게 되었습니다! 제 주장이 맞다니까요?"

뭐? 정말? 갑옷 입고 그게 정말 가능하다고?

"세자 저하의 안전이다! 어디서 방자하게 구느냐!"

날 따라온 김처선이 최공손을 나무라자 곧바로 최공손이 철판 갑옷을 입은 채로 바닥에 부복했다.

"소… 송구하옵니다. 부디 통촉하여 주시옵소서, 저하……."

"아닐세, 내가 갑자기 행차해서 몰랐을 테니 괜찮네. 일어서

게나."

"예… 예."

그런데 최공손은 바닥에 엎드린 채로 몸만 부들부들 떨며 그대로 자세를 유지 중이다.

"안 일어나고 뭐 하는가? 그만 일어서게."

"그… 그것이… 소관이 연습에 매진하느라 끼니를 걸러서……."

"허… 거참, 김 내관 일으켜 세우는 걸 도와주게."

저걸 입고 일어설 기운도 없이 방포 시험은 어떻게 했대?

"예, 세자 저하. 자, 내 손을 잡으시오."

김처선이 돕자 최공손이 금세 일어서는 걸 보니 역시 단련시킨 보람이 느껴진다.

그런데 최공손의 발상은 나쁘지 않은데, 지금의 군사 상식에서 한참 동떨어졌다.

미래에서 기관총이라고 부르는 무기라도 있으면 몰라… 철판 갑옷 입고 장전도 느린 화승총을 사용할 생각을 하다니 정말 제정신인가?

그러자 귀신의 지식이 하나 깨어난다. 뭐? 미래에도 비슷한 개념이 있다고? 파워드 슈트? 강화복? 에이… 창작물에서 나오는 거잖아… 어… 미래의 미국이란 나라엔 진짜 있었네?

"철판 갑옷은 몇 벌이나 완성되었나?"

장영실이 잠시 뭔가 생각하더니 답했다.

"어갑과 의장용을 제외하면 약 일백 벌이 조금 안 될 것 같사옵니다."

"허어… 생각보다 수량이 많은 것 같소."

"그것이… 따지고 보면 기존의 찰갑하고 비교해서 들어가는 재료가 크게 차이 나지 않고, 작은 철판을 꿰는 작업도 필요 없사옵니다. 이젠 분업 생산 체계가 잡혀 오히려 전보다 속도가 더 나옵니다. 게다가 병사용은 공통 치수를 몇 가지로 정한 후 최대한 단순한 형태로 만드니 작업이 더 효율적이옵니다."

"그런가? 대부분 북방에서 사용하게 될 테니 안팎으로 걸칠 보온용 털가죽이나 속에 입을 복장만 만들면 되겠군."

"그것도 몇 개 정도 본보기로 만들어둔 것이 있사옵니다."

장영실이 보여준 복식은 털가죽을 갑옷 겉면에 둘러 보온성을 높인 방식도 있고 피풍의나 견폐를 둘러 온몸을 감싸는 방식도 보인다.

"저 피풍의는 말을 탈 땐 방해가 될 걸세."

"으음… 저건 사실 실전에 사용할 용도가 아니라 그저 의장용이옵니다."

미래에 망토라고 부르는 복식은 마상 전투에서 실용성이 별로 없다시피 하다. 그래도 거기에 매력을 느끼는 사람이 지금이나 미래나 새삼 많은가 보다. 장영실도 이쪽 취향이었나?

"그럼 의장과 보온 목적도 겸해 등의 절반가량 내려오는 정도로 만들면 되지 않겠나?"

"저하의 고견이 맞는 것도 같사옵니다."

"물론, 의장용은 직접 싸울 일 없는 지휘관들에게 한정해야겠지. 싸우다가 적의 손에 잡히거나 창에 휘말리면 그대로 낙마할 테니 말일세."

"옳으신 방책이옵니다. 여기 세자 저하의 갑주가 준비되었으니 한번 봐주시옵소서."

"오… 이게 그……"

한번 봤던 경험이 있어 전처럼 정신을 놓진 않았지만, 그래도 나도 모르게 입이 헤벌려졌다.

면갑은 눈가리개를 위로 올려 개방할 수 있게 만들었다. 머리 위 꼭지 부분엔 장식용 수실을 여럿 달아 화려한 맛이 있었고, 제작하면서 희귀한 주석을 조금이나마 섞었는지 광채가 대단하다.

나머지 부분은 서구와 조선의 양식이 조금씩 섞여 화려하면서도 기묘한 매력을 가졌다.

장인들의 도움을 받아 갑옷을 착용해 봤는데, 생각보다 더 가볍게 느껴진다. 이 상태로 팔굽혀펴기를 해도 별로 문제없을 것 같은데?

생각난 김에 해봐야겠다.

"잠시 비켜보게, 시험해 볼 게 있으니."

갑옷을 입은 채로 팔굽혀펴기를 오십 회가량 해봤다. 맨몸으로 움직이는 것보다 요령이 더 필요해 땀은 조금 나지만 별로 힘들게 느껴지지 않는다.

이거 생각보다 더 움직이기 편한데?

그래서 생각난 김에 달리기부터 구르기, 주먹질 등 생각난 동작을 하나씩 시험해 봤는데 크게 지치진 않았다.

음… 북방의 기병들을 모아서 근력 훈련 좀 시키고 판금 갑옷용 전투법을 따로 개발해서 익힌 후 경기병과 같이 운용하면 북방에서 상대가 될 만한 이가 없겠군.

아바마마에게 어갑을 진상하면서 이야기해 봐야겠다.

*   *   *

그렇게 완성된 갑옷들을 아바마마께 그냥 진상만 하기엔 아까워져서 궁 외곽에서 시연회를 열었다.

일단 아바마마의 전용으로 제작된 어갑이 화려한 장식으로 치장되어 아바마마의 옆을 지키고 있다.

"주상 전하, 이것이 대호군 장영실이 직접 제작한 어갑(御甲)이옵니다."

"오호라… 이것이 전부터 제작한다던 그 철판 갑옷인가?"

"예, 그러하옵니다."

"기존의 갑옷과는 양식이 많이 달라 보이는구나, 과연 그 성능도 남다를 테니 세자가 이렇게 다들 모이게 했겠지?"

"예, 이번에 새로이 만든 철판 갑은 예전의 찰갑과 다르게 유지 보수가 쉽고 성능도 훨씬 뛰어나옵니다."

"그럼 어디 한번 세자가 자신하는 갑옷들의 성능을 보자꾸나."

"예, 그럼 시작하겠사옵니다."

신호에 맞춰 약 15보(약 27m) 거리에서 50여 명의 궁수가 10여 개의 갑옷 걸이를 표적으로 삼아 일제히 화살을 발사했다.

"오호… 이 정도 거리에서 쐈는데 관통된 게 하나도 없다니."

이순지에게 진상받은 망원경으로 표적을 살피시던 아버님이 감탄하셨나 보다.

이어서 거리를 절반으로 줄인 후 다시 여러 발 쐈지만, 갑옷마다 몇 군데가 약간 찌그러지는 정도로 끝나고 말았다.

"움직이지 않는 표적이라 그나마 흔적이 남은 것입니다. 갑옷을 입은 이가 조금만 움직여서 화살의 각을 바꾸면 경사면을 타고 화살이 미끄러지거나 부러지옵니다."

"허어? 그럼 이 갑옷을 입은 이는 거의 무적에 가까운 게 아니냐?"

"아니옵니다. 근거리에서 다수의 신형 총통이나 대형 화포에 적중 시엔 갑옷과 사람 둘 다 무사하지 못하옵니다."

그리고 총기 제작 기술이 좀 더 발전해 미래 말로 라이플 링이라고 부르는 강선을 총열에 팔 수 있게 되면 모든 갑옷은 무용지물이 되고 만다.

아직까진 제대로 된 총이 조선에만 있으니 타국에서 철판 갑옷을 입은 기사를 무력화하려면 애 좀 먹게 될 거다.

결론은 내가 진보된 기술을 자체 개발할 때까지는 소수의 대인전에서 무적에 가깝다는 이야기다.

"그럼 갑옷을 입은 이들이 단기 접전에서 어찌 싸울 수 있는지 보여 드리겠사옵니다."

일단 철판 갑옷에 숙련된 군관도 아직 없고 결정적으로 치수가 안 맞아서, 개발 도중 입으면서 갑옷을 시험하던 장인을 불러 갑옷을 입혔다.

"그런데 철판 갑은 입고 벗는 게 불편해 보이는구나."

갑옷을 입는 걸 보던 아바마마의 말씀이시다.

"예, 어느 갑옷이든 마찬가지긴 하옵니다. 철판갑 역시 갑주의 연결 부위를 걸쇠를 이용해 고정하기 때문에 혼자 입기가 난망하옵니다."

"그럼 저걸 입고 용변은 어찌 해결하는가?"

사실 역사 기록 보니까 서역의 기사들은 입은 채로 그냥 쌌다고 하길래, 그건 좀 아니다 싶어서 가랑이 부분은 혼자 위로 젖혀 올릴 수도 있게 만들었다. 안에 입는 가죽옷도 역시 단추를 전부 풀면 가랑이 앞뒤 전체가 개방되게 만들었다. 다만 손이 짧아 안 닿는 사람이면 다른 사람이 풀어줘야 한다…….

"국부 부분을 풀어볼 수 있게 만들었사옵니다."

"그런 작은 부분도 세심히 처리한 게 과인의 마음에 드는구나."

"저들이 갑옷을 전부 착용한 듯한데, 저곳을 보시지요."

장인 두 명이 십여 명의 장창 병과 대치하고 있다. 창병들이 짝을 지어 몸통을 찌르며 공격했지만, 착용자들은 공격이 들어오는 순간 살짝 몸을 비틀며 움직였다. 그 순간 모든 공격이 경면을 타고 미끄러지며 무력화되었다.

"저 갑옷을 상대 시 함부로 피격 면적이 적은 찌르기를 하면 저렇게 공격이 무력화되기 십상입니다."

"허, 그것참 경탄스럽구나……. 저 갑옷을 입은 부대가 진을 짜고 도보로 전진하는 걸 상대하려면, 장창진을 구성해 길고 탄력 있는 창대를 쥐여주고 위에서 후려쳐 머리에 충격을 주는 수밖에 없겠구나."

어! 그건 왜군 놈들 수법인데? 역시 아바마마께서도 병법에 조예가 깊으시다. 아니면 대마도 정벌 당시 연구라도 하셨나?

생각해 보니 그건 전국시대를 거쳐 발전한 전술인데… 역시나 아버님의 발상은 내 예상을 뛰어넘으신다.

"그럼 다음엔 단병을 상대하는 걸 보여 드리겠사옵니다."

궁궐 시위들이 환도를 들고 갑옷만 입은 장인들과 대치 중이다.

시위들도 먼저 시범을 봐서 그런가? 그들도 나름 최선을 다해 공격 중인데 전혀 효과가 없다. 그러다가 시험장 안에 있던 이들 모두가 경악할 광경이 나왔다.

장인 중 하나가 강철 건틀렛을 찬 걸 이용해, 공격해 오던 칼날을 잡아낸 후 그대로 부러뜨린 것이다.

그러자 공격한 시위는 초상이라도 난 듯 침울해졌고, 구경하던 이들은 손뼉이라도 칠 기세다.

"허어! 사람이 어찌 손으로 칼을 잡아 저럴 수 있단 말인가? 정녕 대단하구나!"

장영실 제자들이 스승만큼은 아니지만, 다들 근육이 장난 아니더라고요. 아버님……

조정 대신들 역시 전부 새로운 갑옷의 위용에 감탄한 듯 서로 의견을 나누기 바쁘다. 사실 지난번의 총보다 더 반응이 화끈하다. 총은 화약과 탄환이 소모되는 무기인 데 반해 갑옷은 만들어두면 유지보수만 잘하면 되니 그런 듯하다.

"새로운 갑주의 성능이 예전의 갑주들과는 비교할 수 없을 정도요. 가히 고금에 없던 기물이라 할 만하오."

"소장도 그렇게 생각하오. 이 갑옷으로 무장한 기병대라면 저 무도한 북방 야인들의 씨를 말려 버릴 수 있을 거 같소."

"어허… 그들은 언젠간 조선에 복속되어야 할 무리들이오. 함부로 씨를 말려선 곤란하오."

"병조판서께선 그 짐승들이 정말 우리에게 복속될 거라고 생각하시오?"

"함길도절제사께선 북방에 오래 있더니 교화의 의미를 잃으신 듯하오?"

"오랫동안 북방의 현실을 보게 되니 왕화나 교화의 이치가 통하지 않는 이가 많다는 걸 알게 된 지 오래요."

병조판서 황보인과 함길도절제사 김종서가 한창 의견을 나누고 있는데, 사실 김종서는 원래 이번 해에 형조판서로 승진해서 조정으로 왔어야 했다. 역사가 바뀐 탓에 아직도 함길도 절제사를 역임 중이고 황보인 역시 병조판서를 계속 역임 중이다.

최근 아버님의 인사 원칙이 왜 변했는지는 잘 모르겠지만, 전처럼 겸직이나 빠르게 영전하는 이들이 줄었다.

그러다 이징옥과 김종서가 동시에 날 찾아와 물었다.

"세자 저하, 그간 평안하셨는지요."

"나야 늘 평안하오."

"소관이 전처럼 새로운 장비를 함부로 사여해 달라는 목적은 아니옵니다. 저하, 오해하지 마소서."

"그래요? 절제사 두 분은 무슨 일로 오셨소?"

"새 갑주의 성능을 좀 더 자세히 알고 싶어 이리 실례하였습니다."

"일단 방호력은 앞서 보다시피 튼튼하고 무게는 모든 갑주의 부품을 포함하면 약 사십 근 정도 나갈 거요."

"그렇다면… 혹시 갑주가 전부 분리가 가능하단 말씀이신지요?"

"그렇소, 면갑하고 흉갑만 분리해서 입으면 십여 근이 조금 넘겠구려."

"허어… 저하가 만드시는 기물들은 항상 소장들의 상상을 초월하는 것 같사옵니다. 얼마 전 이순지가 만든 망원경이란 기물의 원리도 저하의 머리에서 나왔다고 들었사옵니다."

그러자 이징옥도 김종서의 말에 맞장구를 쳐준다.

"그러하옵니다. 신형 갑주의 면갑과 흉갑만으로도 경기병이나 팽배수에게 커다란 도움이 될 것입니다."

"궁을 사용하는 기병용으로 따로 고안해둔 면갑도 있고, 새로 집필 중인 병서도 있소. 여긴 가지고 나오지 않았지만."

그러자 두 명이 합창하듯 같은 말을 꺼냈다.

"정말 대단하십니다! 이제 저하께선 옛 촉한의 승상 제갈량을 능가하시고도 남을 것이옵니다."

"……."

사실 전에 진양대군 놈하고 병략을 토론할 때마다 자주 그런 소릴 했었다. 내 병법은 아직 제갈량이나 장량에게 조금씩 못 미치는 거 같다고… 그런데 그 말이 저 아재들한테까지 들어갔었어?

갑자기 심하게 부끄러워졌다. 그런데 후대의 기록에도 저 발언이 그대로 남은 걸 보면 이제 오지 않을 미래의 나 또한 전혀 변하지 않았나 보다.

미래에서 이런 걸 자뻑이라고 하던데… 하긴 나 정도면 이래도 별 상관 없겠지?

『내가 바로 세종대왕의 아들이다』 2권에 계속…

초대형 24시 만화방

신간 100%, 샤워실, 흡연실, 수면실(침대석), 커플석, 세탁기 완비

■ 광명 광명사거리역점 ■

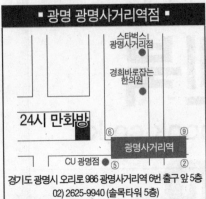

경기도 광명시 오리로 986 광명사거리역 6번 출구 앞 5층
02) 2625-9940 (솔목타워 5층)

■ 강북 노원역점 ■

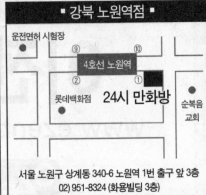

서울 노원구 상계동 340-6 노원역 1번 출구 앞 3층
02) 951-8324 (화용빌딩 3층)

■ 일산 정발산역점 ■

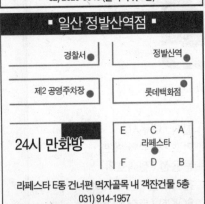

라페스타 E동 건너편 먹자골목 내 객잔건물 5층
031) 914-1957

■ 일산 화정역점 ■

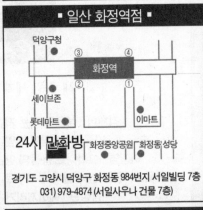

경기도 고양시 덕양구 화정동 984번지 서일빌딩 7층
031) 979-4874 (서일사우나 건물 7층)

■ 부천 역곡역점 ■

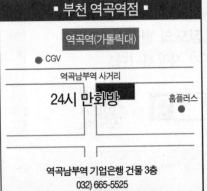

역곡남부역 기업은행 건물 3층
032) 665-5525

■ 부평역점 ■

(구) 진선미 예식장 뒤 한신포차 건물 10층
032) 522-2871